ダッシュエックス文庫

「まもの」の君に僕は「せんせい」と呼ばれたい

花井利徳

プロローグ

「わかってるって、来年こそは……だから大丈夫だってば！」

電話の向こうで、心配そうに「大丈夫？」を繰り返す母親に、僕は思わず声を荒らげた。

寒さをはらみ始めた九月下旬の秋風が、ホームからの階段を下る僕の足元を吹き抜ける。

「心配しないでよ」

そう言って僕は乱暴に通話を切って、携帯をポケットに押し込む。手に持っていた封筒をクシャクシャに握りつぶして、改札近くのゴミ箱に投げつけると、それは縁《ふち》に当たって弾《はじ》かれた。

僕は慌てて駆け戻る。

「はぁ……ははっ、まるで僕みたいだな」

しゃがみこんでそれを拾うと、自嘲《じちよう》気味《ぎみ》に笑って今度こそきっちりゴミ箱に放り込む。

「さて、と……これから、どうしようかな」

結果を変えることはできないのだから、引きずったってしかたがない。切り替えよう。

封筒の中身は、教員採用試験の結果だった。昨年に続いて、二度目の教員採用試験。

「背水の陣のつもりで、塾のバイトも辞《や》めちゃったし――、参ったなぁ」

大見栄《おおみえ》切って辞めた塾にはもう戻れないし、また職を探さないと。

『君には適性がないよ。諦《あきら》めて、別の仕事を探したほうがいい』

面接官の、最後の言葉が頭をよぎる。

中学の頃からずっと憧れていた『教師』という仕事。

あの頃お世話になった先生のようになりたくて、死に物狂いで教員免許を手に入れた。

なのに、二年連続で教員採用試験に不合格。おまけに『適性がない』ときたもんだ。

僕は自分の『これから』への不安で頭をいっぱいにしながら、改札を通り抜けて駅の外へと歩き出し深くため息をついた。

その時、僕の耳に大きな声が飛び込んできた。

「ぐずぐずするなっ！　なんでそんなこともできないんだっ！」

俯《うつむ》き、身を固くしている少女を怒鳴りつける男性の声が、人通りの多い駅前のロータリーに響いていた。その場にいた誰もが見て見ぬふりをして、足早に通り過ぎていった。

かくいう僕も、その中の一人だった。

しかし、視界の端で手を振り上げる男性が口にした言葉を聞いて、僕の身体《からだ》は勝手に動いてしまったのだった。

「この、出来損ないがっ!!」

少女は、これから自分の身にふりかかる理不尽《りふじん》な暴力に対して身体をこわばらせる。

パァンッと、かわいた音がロータリーに響いた。

鈍《にぶ》い痛みが僕の右腕にじんわりと広がる。見ればそこには、手の平型の赤い跡がくっきりと残っていた。僕の背後で、少女がハッと息をのむ気配を感じた。

「な、なんだお前はっ!? いきなり現れて、いったいどういうつもりだっ!?」

考えるより早く、身体が勝手に動いていたのだ。『どういうつもり』かと言われても答えようがない。

「こ、子供に向かって、出来損ないなんて言葉をぶつけ……ないであげてください」

「なんだと?」

ぶつけるな! と言いたかったが、僕を睨《にら》みつける男性の視線に気圧《けお》されて中途半端な敬語になってしまう。それでも僕は口から言葉がこぼれるのを止められなかった。

「こ、子供に、できないことがあるのは当たり前じゃないですか? 誰かに教わったり、真似《まね》したり、そうやって『これから』できることを増やしていくのが子供でしょう? だから、出来損ないの子供なんていない……んです。みんなこれからできるようになるんだ。子供のこれからを貴方《あなた》の今と比べて、暴力をちらつかせて否定するのはやめてあげてください」

やってしまった。そう思った。目の前の男性は顔を真っ赤にしていた。

彼は僕に向かって怒鳴り散らし、怒りにまかせて拳《こぶし》を振り回した。

その一発を顎《あご》にくらった僕は、意識が朦朧《もうろう》として後のことをあまり覚えていない。

微《かす》かに覚えているのは、怯《おび》える少女を背にした僕の前に割って入ってきてくれた、色黒の可愛い女の子の横顔だった。

その記憶を最後に僕の意識は完全に途切れ、世界は——暗転した。

「おぁ、やっと起きた。君、やったことはかっこいいのに、結果がこれじゃあいろいろ台無しだよ？」

目覚めた僕を覗《のぞ》き込《こ》むようにして見下ろしているのが、意識が途絶《とだ》える直前に見た色黒の女の子だと気づく。

「あ……れ……？　君は？」

「あはは、急に動かないほうがいいよ。顔とか体の怪我《けが》は一応治療しておいたけど……」

大体どうなってしまったのか、なんとなくわかった。

「ご、ごめん。……それにありがとう。君が助けてくれたんだよね？」

「たいしたことはしてないよ。駅員を呼んで、君を殴《なぐ》ってたやつを追っ払っただけだから」

「十分たいしたことだよ。君のおかげで僕は助かったんだ。本当に、ありがとう」

「今の君はとても助かったようには見えないけど……まぁそこまで言うならその感謝は受け取るよ。こうして私は今も君に膝枕《ひざまくら》の出血大サービス中だしね！　本当に出血してたのは君のほ

うだけど」

言われて、後頭部に感じる柔らかいものが、目の前の少女の太腿《ふともも》だということに気づく。

僕は身体を起こそうとしたけれど、眩暈《めまい》に襲われて、少女の太腿に後頭部を預けたままになってしまう。わざとではない。

「え？　ごめん。今すぐに退《ど》くから……っぅ……」

「あはは、だから、急に動かないほうがいいって言ってるのに……君は本当に面白い人だね」

そんな間抜けな僕を見下ろして、少女は楽しそうに笑う。健康的な褐色《かっしょく》の肌に、白い歯が映《は》えて、彼女の明るい印象をより際立たせている。整った顔立ち、長い睫毛《まつげ》、きっと将来はスゴイ美人さんになるだろう美少女さんだ。

「そうだ、何かお礼をしないと……」

少女の美しい顔立ちを意識して変に緊張してしまう。自慢ではないがこれまでの人生で、こんなに女性と話をしたことも触れ合ったことも一度もない。

「お礼かぁ……そうだなぁ。本当に大したことはしてないんだけど。……でも、君がそこまで言うなら。一つ、私の頼みごとを聞いて欲しいんだけど……いいかな？」

「も、もちろん。僕にできることなら、何でもするよっ!!」

膝の上に乗せた僕の顔に、覗き込むように自分の顔を寄せて笑顔を見せる少女に、ドキドキした。まるで、キスでもしそうな距離だ。真っ黒いサラサラの髪が、僕の頬《ほお》をくすぐる。

「うん。じゃあ、私の部下として働いてよ」

「もちろん、ＯＫだよ。……ん？　僕が、君の……部下？　働く⁇」

少女の口から出てきた言葉を、僕は飲み込めずに反芻《はんすう》する……。

「私は調江《ととのえ》くるみ。えーと、一応、学校の理事長なんだよ。よろしく、衣笠大地《きぬがさだいち》くん！」

手に持った僕の免許証を見て名前を確かめてから、少女は笑顔で言う。そんな彼女に、僕は『余計な一言』を返してしまう。

「え？　理事長って、君、何歳？」

女性に年齢を問うのがマナー違反だということはもちろん知っているが、つい口が動いてしまうのが僕のダメなところだ。

「んー？　二十八歳独身だけど？　いくつに見えた？　よく若く見られるんだよねぇ」

「え、そういう次元の話？　いや、その見た目で二十八歳なわけないって……」

この少女、改め、女性との出会いが、僕の人生を百八十度変えてしまうなんて、このときは考えもしなかった。


「ここが、『学校』？」

翌朝、僕は調江さんに言われるままに、スーツを着て渡された地図の場所に足を運んだ。

海岸沿いを吹き抜ける陸風の冷たさに、コートも着てくるべきだったかと後悔した。

海と空の青を背にそびえ立つ、年季の入ったビルを見上げて僕は首をかしげる。

「ここって、噂の廃ビルだよね？」

――夜な夜な死霊《しりよう》が徘徊《はいかい》する、立ち入り禁止区域の廃病院。

――自殺志願者がこぞって飛び降りる、危険スポット。

――迷い込んだ人間をとり殺す、呪いの建物。

この廃ビルにまつわる噂は枚挙《まいきょ》にいとまがない。街に住む人間なら、学生時代に必ず一度は肝試《きもだめ》しで訪れる、地元では有名な心霊スポットだ。

中学生のときに友人に無理やり連れてこられて、イタズラで驚かされ、情けなく失神したという、僕にとっては嫌《いや》な思い出の場所でもある。

「えーと、『地図と一緒に渡した社章を身につけて、廃ビルに入ってすぐのエレベータの〝下〟ボタンを押してね！』……って調江さん、自分でも廃ビルって言っちゃってるし」

地図の裏に書かれた、可愛い文字のメモ。およそこの建物が『社屋』だとは思えないのだが、彼女の連絡先を聞き忘れてしまった間抜けな僕には、このメモに従う以外の選択肢がない。

自分でも馬鹿なことをしていると思う。

そもそもどう見ても十代の少女が、『二十八歳の理事長』だなんてありえない。

きっとイタズラの類《たぐい》だろう。そんな彼女の言葉に従って僕がこの廃ビルを訪れたのは、調江さんが僕の恩人だったからだ。恩人の望みなら、僕は素直に従うだけだ。

「それにもし、本当に彼女が理事長を務める『学校』の教員になれるんなら嬉《うれ》しいし」

開いたままになっているビル入口の自動ドアを通り抜けて、僕はエレベータの前に立った。

そのボタンはずいぶんホコリで汚れている。僕はメモに書かれた通りに、そのホコリまみれの〝下〟ボタンを押した。

しかし当然だが、ボタンが灯ることもエレベータの扉が開くこともない。この廃墟に電気がきているはずがないのだ。やはりイタズラだったのか。そう思ってエレベータに背を向けようとしたときだった。

『社章ヲ認証。――登録者キヌガサダイチヲ確認。学園エントランスニ転送シマス』

どこからともなく、そんな機械的な声が聞こえた。と思ったら、僕の身体が不思議な光に包まれる。足下にはアニメやゲームで見るような複雑な文様《もんよう》の丸い魔法陣が現れ、ゆっくりと空中に浮かび上がってきた。そして、魔法陣《それ》が通過した僕の膝から下はかき消えていく。

「ちょいちょいちょいちょい、なにこれ？　え？　なにこれっ!?」

僕の身体はせり上がってくる魔法陣にどんどん飲み込まれ、もう首まで消えている。

『完全転送マデ、アト五秒――オ疲レサマデス、キヌガサダイチ。本日モ頑張リマショウ』

と言う声を聞きながら、とうとう僕の身体は完全に魔法陣に飲み込まれる。

このままどこかへ消えてしまうのかと思って、僕は恐怖で目を固く閉じた。

まぶたに明るい光が当たっているように感じて恐る恐る目を開く。すると、瞳に強い日差しが入ってきた。

「……あれ？　生きてる？」

僕はあのエレベータ前から一歩も動いた覚えはない。だというのに、古ぼけたエレベータはおろか、踏み入ったはずの廃ビルすらきれいさっぱりなくなっていた。

代わりに僕の目の前に広がっているのは、リノリウムの床と白塗りの壁。見たところ清潔感漂う、掃除の行き届いた何かの施設の中だ。

その窓の外を見て息をのむ。そこには、レンガ敷きの並木道、トラックが描《か》かれた広場、そして、巨大な無数の魔法陣が浮かぶ、真っ青な空が見えた。

「……ここ、どこだ？」

ここが『なに』かは、すぐにわかった。

はじめ、病院かと思ったが、扉の開いていた部屋の壁には横長の深緑色の板があった。見間違うわけがない、あれは黒板だ。

ほどなくして響き渡る『ウェストミンスターの鐘』でもうダメ押しだ。俗に言う『学校のチャイム』。おそらく僕らが人生で最も多く耳にするクラシック曲だ。

そう、つまりここは学校だ。

と判断がついたとき、「こんにちは」と挨拶《あいさつ》をしながら、子供たちがやってきた。なぜか、ハロウィンにはまだ早いのにおよそ人間らしからぬ仮装をしている。生徒なのだろうか。

犬耳、猫耳を生やした子に、背中に黒や白やさまざまな色の翼を背負った子、角《つの》や牙のある子に、どう見ても全身骸骨《がいこつ》の子も通り過ぎる。僕の横をゆっくり歩いて通りすぎる子もいれば、信じられない速度で走り去る子、窓の外で翼を羽ばたかせながら、空を飛んでいく子すらいる。

人間は驚きの限度を超えると、もはや何も感じられなくなるのだと身をもって知った。

もう完全に頭の中は真っ白だ。

僕はただ呆然《ぼうぜん》として、どこへ行くでもなく歩き続けた。

いつの間にか開けた場所に出てきていた。木やらベンチやらが点在しているところを見ると、おそらくは中庭か何かなのだろう。ふと見ると木陰《こかげ》に数羽の鳩が集まっていた。

不思議に思ってそっと近づくと、どうやら少女が鳩を餌付《えづ》けしているようだ。少女が地面に落としたパンくずを鳩がつついている。

木陰で鳩と戯《たわむ》れる制服姿の少女——一瞬、その光景が夢か幻なのではと思ってしまった。まるで絵画から抜け出してきたのではと思わせるような可憐《かれん》な顔だったのもある。

でも、それ以上に僕から現実感を失わせていたのは、そんな少女の身体を構成するパーツだった。真っ赤な長い髪とその髪の間に見える、黄色く堅そうな木の枝のようなもの。あれは、角だろうか。それに彼女のスカートから生えているものは、赤い鱗《うろこ》まみれの太い爬虫類《はちゅうるい》の尻尾《しっぽ》のように見える。

なんだろうか、たしかファンタジーでは『ドラゴニュート』とかいうのだったたか。そんな半人半龍の少女が、物憂《ものう》げな顔で鳩に餌《えさ》をあげているのだ。とても現実だとは思えなかった。

するとその少女が鞄《かばん》をゴソゴソと漁《あさ》りだした。何が出てくるのかと思って見ていると、なんと少女は食パンを一斤《いっきん》、鞄から取り出したのだった。

まさか鞄からそんなものが出てくるとは思っていなかったので、呆然としていた僕だったが、そんな僕の予想の斜め上の行動を少女がとるからさらに驚いた。

「いやいやいや、直《じか》に食べちゃうんだっ!?　鳩にあげないんだっ!?」

思わず声をあげてしまった。さすがに彼女が食パンにそのままかぶりつくとは思わなかった。

鳩が逃げてしまわないように、声を潜《ひそ》めて身を隠していたのに、我慢できなかった。

一斉《いっせい》に飛び去った鳩と突然現れた僕に、彼女は言葉もなく目を見開いてこちらを見つめた。

「えーと……おいしそうなパンだね？」

咄嗟《とっさ》に言葉が出てこなかったにしても、この言葉はないと自分でも思う。

「っ!?　た、食べますか？　食べますよね？　ど、どどうぞっ!!」

しかし、彼女も彼女でなぜか混乱しているらしい。僕の反応を待つことなく、真っ赤な顔で食パンを少しちぎって僕に差し出してくれた。僕がそのパンを受け取ると、しばし二人で無言のままそのパンを頬張った。すると、また数羽の鳩が飛来する。彼女はパンくずをまいていないのに……不思議に思い彼女のほうを見て、僕は合点《がてん》がいった。

彼女は最初から餌付けなどしていなかったのだ。食パンにかぶりつく彼女の口元から、パンの食べこぼしがポロポロと落ちていた。鳩は、このパンくずを狙って集まっていたのだ。絵画のような幻想的な雰囲気が、一気に漫画のような残念な光景に様変わりした。

気がつけば僕も彼女もパンを食べ終わっていた。どうにも気まずい空気だ。彼女の混乱に引っ張られる形で、よくわからない状況になってしまっていた。

女の子が人目を避けて食事していたのだ。見られて恥ずかしくないわけがない。

「お、美味《おい》しいパンを、ありがとう」

「い、いえ……どういたしまして……」

しかし、僕に気の利《き》いたことなど言えるわけもない。混乱した彼女もどうしていいかわからないといったふうで、こちらを見ずに食パンの入っていた袋を鞄にしまう。

「い、いっぱい食べるんだね……」

僕の言葉を聞いて、少女は動きを止めて固まった。そこで自分の失言に気がつく。女の子に向かって言うべき言葉ではなかった。また、『余計な一言』だ。

「や、やっぱり君くらいの娘は、成長期だし、大きくなるにはそれくらい食べないとだよね！」

ごまかそうとした自分の言葉が墓穴を掘ったことに、立ち上がった彼女を見て気づく。

彼女の身長は、思ったほど大きくなかったのだ。いや、問題はそこじゃない。それだけなら、

『ただの見当違い』で済んだのだから。

「……最低。——どこを見て言っているんですか」

彼女が僕を見る目が、まるで汚物を見るようなものになるのも当然だ。

両腕で隠すように覆う彼女の制服の胸元は、はち切れんばかりにパツパツだった。

これでは、先ほどの『大きくなる』という言葉が、身長のことではなく、そういう意味に取られてしまって当然だった。

「ち、違うんだよ！　その、そういう意味で『大きくなる』って言ったんじゃなくて……」

しどろもどろの僕を、彼女は顔を真っ赤にして睨みつけてきた。

「最っ低！　本当に大きなお世話ですっ!!」

そう叫ぶように言って、彼女は可愛い八重歯の覗くその口から、紅蓮《ぐれん》の炎を吐き出した。肌に感じた熱から、それが幻覚でないことがわかる。

「おわぁっ!?　危なっ!!」

僕は驚き、その炎を避けようと仰《の》け反《ぞ》ってその場に尻餅《しりもち》をついてしまう。強《した》かに打ちつけた腰に鈍い痛みが広がった。どうもこの光景、夢ではないらしい。

自分の口から飛び出した炎に、僕以上に彼女が驚いた顔をしたような気がした。

そして、そのまま逃げるように中庭から走り去った少女の背中を、僕は黙って見送った。

異形《いぎょう》まみれの学校。食パン一斤を食べる、角と尻尾を生やした火を吹く少女。

「……えっと、コ、コスプレ隠し芸大会の会場とか？」

　目の前のありえない光景に対して、僕が絞り出せたのはそんな言葉だった。

「どこにいるのかと思ったら、大地くんはそんな面白い大会にエントリーしてるの？」

「うわぁっ!?　って、調江さん？」

　驚いて振り返った先に立っていたのは調江さんだった。

「廃ビルがエレベータで、魔法陣の赤い髪の女の子が炎で！　とにかく、ここはどこで、なにがどうなってるんですかっ!?」

「あははは、これ以上ないくらいに混乱しているみたいだね大地くん。こんなところに飛ばされるなんてちょっと想定外だったよ。いろいろ説明をしてから生徒たちに会わせたかったんだけど……転送装置の不具合かなぁ――」

　混乱しきった僕を見て、調江さんは楽しそうに笑った。

「あはは、まずは落ち着こうよ大地くん」

　ニコニコと笑う調江さんの顔を見て、混乱しきった頭が少しだけ冷えたように感じた。

「すいません、調江さん。取り乱してしまいました」

　僕は、調江さんの手を借りて立ち上がると、彼女の正面に立ってもう一度質問した。

「調江さん、ここはどこで、彼女たちは何なんですか？」

　混乱していた頭が落ち着きを取り戻しても、それについてはまったく理解できなかった。

廃ビルのエレベータのボタンを押してから、今までのすべてが夢だと言われたほうがしっくりくるくらいだ。でも、いまだに感じる腰の痛みはこれが夢ではないと言っている。

「さっきの生徒――子供たちは人間じゃないよ」

僕の目を真正面から見つめて、ゆっくり、そしてはっきりと、

「――『魔物《まもの》』と呼ばれる存在だよ」

調江さんは、先ほどの笑顔のままに、よどみなくそう答えた。


――人間ではない存在、『魔物』。


にわかには信じ難い話だが、目の前で空を飛ぶ少年や、口から火を吹く少女を見た後だ。調江さんの語る夢のような話を、かろうじて僕は『そうかもしれない』と思うことができた。

「へぇ……驚いた。ことのほかあっさりと受け入れるんだね。『魔物』っていう存在を――」

「いや、受け入れてなんてないですよ。今でもまだ、夢なんじゃないかって疑ってます。でも、『コスプレ隠し芸大会』っていう僕の説よりは、そっちのほうがだいぶましだなって――」

「うんうん、いいねぇ。思った以上に柔軟で、機転の利く頭。以前に見た、『勇気』に加えて、さらにプラスだよ。変に取《と》り繕《つくろ》わない、その正直なところもいいね！」

僕の返答を聞いて、嬉しそうに笑う調江さん。

『ここはどこだ？』と君は私に尋ねたね？　君はここが、『異世界』かなにかであることを期待しているみたいだけれど、残念ながら、君の住む、君のよく知る街の中だよ」

「え？　で、でも……」

「『こんな場所、知らない』でしょ。当然だよ。君も体験したからわかるだろうけど、この場所は『魔法』によって厳重に秘匿《ひとく》されている。この空に浮かぶ魔法陣は、外からこちらを認識できないようにする、大きな結界魔法だ。そして、この空間へは、特定の場所からの転送魔法でしか出入りできない」

耳に慣れない『魔法』という単語に僕が目を回していると、調江さんがパチンと指を弾く。すると、目の前にあったはずの中庭は一瞬でかき消えて、見覚えのある海岸の景色があたり一面に広がった。

「結界の外から見ると、こんな感じだね」

どうやら、廃ビルの近くの海岸のようだ。たしか、岩礁《がんしょう》に囲まれた立ち入り禁止の区域だ。

僕がこの場所がどこであるかを認識したのとほぼ同時に、調江さんが再び指を鳴らすと、僕の目の前には大きな校舎が姿を現した。

「そしてここが結界の中。人間にはこんなふうに転送魔法を起動できないから、『前人未到』ってやつだね。君が最初にここに足を踏み入れた、おそらく最初で最後の人間だ。いろいろビックリさせちゃったと思うけど、私たち『魔物』のこと信じてくれたかな？」

「魔法とやらを使われて、もはや信じる以外に選択肢がない感じではありますが……一応は」

「よかったぁ、やっぱり君は私の見込んだ通りの大地くんだね！　信じてくれると思ったよ」

こんなことまでされて、もはや疑う余地などなかった。『魔物』も『魔法』の存在も。

「調江さん……あなたはいったい？」

「改めて、私は調江くるみ。さっきの子たちと同じ『魔物』だ。その中でも私は……君たちふうに言えば、『神族《しんぞく》』かな？」

頬に人差し指を当てながら、小首をかしげる彼女の姿は、確かに『神』がかった可愛さだが、彼女が言うそれは、そういう話ではないのだろう。

「まぁ、そんなことはどうでもいいんだよ大地くん。大事なのはここからだ」

再び混乱する僕を見かねて、調江さんは笑顔で両手を合わせると、話を先に進めた。

「『ここはどこだ？』という君の質問に、私はまだきちんと答えていないんだ」

調江さんは、そこでわざわざ言葉を切って、もったいぶるように、コホンと咳払いをする。

「ようこそ、大地くん。『私の学園』へ！」

調江さんはそう言って両手を広げた。

「ここは『魔物』の子供が、人間界へ出ていくためにさまざまなことを学ぶ、『魔物』のための学校だよ」

「――『人間界へ出ていくために』？」

「大昔……もう千年以上前のことだ。私たち『魔物』の世界は、『魔物』同士の大きな戦争で、滅亡寸前のところだった。……互いに唱《とな》え合った呪詛《じゅそ》は幾重《いくえ》にも絡《から》まり合って、私たちの世界の土壌を、海を、空を汚染し尽くした。結果的に、私たちは生きる世界を失った」

突然始まった、壮大すぎるスケールの話に、僕の頭はまったくついていけない。

「まぁとにかく、行き場を失った私たち『魔物』は、人間界に移り住むしかなかったんだよ。――争いに疲れ果てた『魔物』たちは、人間とさまざまな約束を交わし、人間の世界で隠れてひっそり生きることを選んだそうだ。そんな『魔物』が、人間に紛れる術を身につけ、人間界に歩み出す『資格』を得るための学校……それがこの魔物学園『Mono - NOCE《モノ・ノーチェ》』なんだ」

僕がなんとか理解できたのは、目の前の学校が、『魔物』の通う学校であることと、『魔物』が人間の世界に、大昔から紛れ込んでいたという、にわかには信じられない事実だった。

疑問も疑念も、もちろんあった。でも、『魔法』を目の当《まあ》たりにした。人ならざる姿の子供たちも見た。そのうえ、どうやら夢ではないらしいことも確かめた。

となれば、もはや諸々《もろもろ》全部をひっくるめて、無理やりにでも認めるほかないではないか。

「そんなわけで、我が学園は、君を教員として迎え入れよう！　よろしくね、大地くんっ!!」

「ん？　ちょっと待ってください。僕にこの学園の『教員』なんてできるんですか？」

「あれ？　君は『私の部下』として働くために来たんでしょ？　『魔物』のことを隠してたから、もしかして断られるかもって思ったけど、その辺の事情が飲み込めたのなら、問題ないってことだよね？」

「ん？　いや、確かにそうなんですけど……そうではないというか……えーと……」

「もしかして、ダメだった？　やっぱり、『魔物』の学校で働くのは嫌《いや》だったかな？」

頭を抱える僕の顔を覗き込んで、残念そうな顔をする調江さん。

人間じゃない生徒を相手に教師をやる。そんなことが果たして僕にできるのだろうか――。

「僕はこれまでに二度、教員採用試験を落ちてるんです。そんな僕でいいんですか？」

「『君でいい』じゃなくて、『君がいい』んだよ。君と出会ったとき、駅前で子供のために身体を張った情熱も、そうやって自分に不利なことさえ躊躇《ためら》わず口にしてしまう素直すぎるその性分も。私は、そんな君の全部が、生徒のための、君の武器になるって思うんだ」

あの日、『適性がない』と言って僕に別の仕事を勧めてきた面接官の言葉は、きっと正しい。生徒と向き合う教員という仕事には、ときに嘘《うそ》や演技も必要だ。

僕はきっと、上手に嘘をつくことができない。だから僕には、きっと教員は務まらない。

そう思って、僕は教師になる夢を諦めかけていた。捨てようとすら思っていた。

でも、調江さんは『そんな僕がいい』と言ってくれた。生徒のためになれると笑ってくれた。

「君の助けを必要とする生徒たちが、この学校にはいるんだよ。だから、大地くん。君にはそんな『生徒』たちの『先生』になってほしいんだ」

そうして差し出された調江さんの手を、無意識に僕は握っていた。

『魔物』とか『魔法』とか、人間じゃない生徒とか――

不安なことは、それこそ数え切れないほどあったけど。

「『生徒が苦しんでいるなら、何にかえても助けるのが教師の務め』、僕の恩師の言葉です。僕はたとえ生徒が人間でなくても、生徒の心に寄り添える、そんな先生に……なりたいです」

こんな僕を必要だと言ってくれた調江さんの信頼に、真正面から応《こた》えたいと思ったのだ。

「だから調江さん、僕に、彼女たちの『先生』をやらせてください」

「もちろん。よろしく大地くん。今日から君は、彼女たち、『魔物』の生徒たちの『先生』だ」

大きな校舎の外《はず》れ、離れのような作りになっている建物の二階にある、小さめの教室に案内されて、僕はこれから担当する生徒たちの前に立たされた。

「はいはい、みんな注目！　君たちに新しい先生になる人を紹介しようっ!!」

教壇に立つ僕を、教室の入口から大きな声で紹介してくれたのは、もちろん調江さんだ。

「こ、このたび、国語と英語と社会を教えることになった衣笠大地です！　よろしくお願いしますっ!!」

「あー……。いや、大地くん。新入社員が上司に挨拶するんじゃないんだからさ……」

調江さんの呆《あき》れた声に、僕はゆっくりと顔を上げた。

すると、生徒の中から、聞き覚えのある声があがった。

「あ、アナタはさっきの——、いえ、違います、なんでもありません……」

「あれ？　君は確か、中庭で会った……」

僕の顔を見て驚きの表情を浮かべたのは、食パン一斤にかぶりついていた少女だった。

「あれ？　大地くん、シャオともう面識あったの？」

「さっき『大きい』って言ったのは、変な意味じゃなくて——」

「……知りません。黙ってください、変態。迷惑です。そもそもアナタと私は初対面です」

僕の言葉を遮って、きっぱりとそう言う……ええと、シャオさん？　名簿で確認すると、イエン＝シャオロンさん。そんなシャオさんの言葉をかき消すように、調江さんは大爆笑だ。

「あははははっ！　大地くん。確かにシャオは、入学してから急成長したおっぱいは特盛だけど、初対面であえて『そこ』を指摘しちゃったの!?　本当に君は最高だねぇ!!」

「ですからくるみ、『それ』とは初対面です……くるみ、今度の教師は、『それ』なのですか？」

僕との出会いをなかったことにして、調江さんに質問するシャオさん。彼女は、まるでゴミでも見るような目で僕を一瞥《いちべつ》した。

「どうどう、シャオ。仮にも目上の人に向かって『それ』は失礼だよ。『それ』がセクハラ野郎でも、目上の人への敬意は最低限払わないと」

「すみません、私としたことが……以後は面倒なので無視します」

「シャオ、敬意敬意――あ、それと、シャオはクラス委員として大地くんの補佐もお願いね」

「っち、……はぁ――……ワカリマシタ、マカセテクダサイ……めんどくさいです」

シャオさんは調江さんの言葉に心底嫌そうに舌打ちをしたあと、棒読みの台詞《せりふ》で答えた。最後に小声でつぶやいた言葉も、しっかり僕には聞こえていた。いや、たぶん聞かせるつもりで言ったのだろう。そんな彼女の態度に苦笑いを浮かべていると、別の方向から調江さんに声をかける生徒がいた。

「ねぇ、くるみちゃん、『こくご』と『えいご』と『しゃかい』ってなぁにぃ～？」

「ああ、『人語』と『人類史』のことだよ、ラヴィ」

「くるみちゃーん、『じんるいし』ってなぁにぃ？　新聞紙みたいでウケるんだけど！」

「ラヴィはもう少し、人間の言葉の勉強をしないとだねぇ……」

調江さんの言葉に、「はーい」と楽しそうに笑うラヴィと呼ばれた能天気《のうてんき》そうな生徒。クラス名簿を見ると、ラヴィ＝グリーンフィールドというらしい。

肩まで伸びた栗色のフワフワの髪、十四歳とは思えない見事なスタイル。ファッション雑誌でポーズを決めていそうなモデル顔負けの容姿もそうだが、それよりも目を引くのは、頭から生えている二本の長いウサギ耳だ。心なしかピクピクと動いているように見える。もの珍しさもあったが、そのウサギ耳に見とれていたら、シャオさんが蔑《さげす》むような顔で僕を見ていた。

「くるみ……その新しい教師が、呼吸も忘れて、ラヴィを欲望にまみれた視線で見つめているようです。今後何かのトラブルを起こされたら面倒なので、クラス委員として粛清《しゆくせい》してもいいですよね？」

「粛清なんてしたら駄目《だめ》だよ、シャオ。これでも一応先生だからね」

「ですが、このまま放置したら、あとあと面倒なことになりますよ？」

「大丈夫だよ、シャオ。あれは大地くんの通常運転。ようは仕様だから」

「し、仕様……そ、そうなのですか、汚らわしい……」

女の子に見とれていただけで、この言われようだ。

「アウラ……新しい先生が自己紹介してるんだ。本を仕舞って、ちゃんとこっちを向いて」

調江さんに言われて、読んでいた本を仕舞ったアウラと呼ばれた生徒は、アウラ＝ダークフォレストさん。長すぎる前髪でその表情はまったく窺《うかが》えない。ほかの二人のように、『頭から生えているもの』は見当たらないが、背後に見える大きな純白の翼と、それと対照的な黒い矢印型の尻尾は存在感抜群だ。生徒の中では一番小柄なので翼に埋もれそうだ。

言葉を発さない彼女に代わって、翼と同じ色の真っ白な長い髪の頭の上で、小さな白いフクロウ（？）が、こちらを見ながら「……ホォウ」と一声鳴いた。

ラヴィと呼ばれた生徒が、ウサギ耳をピコピコ動かしながら調江さんに話しかける。

「ねぇ、くるみちゃん。そいつすごく動揺してるよ？　心臓バクバクの、呼吸ハァハァ状態？」

「大地くんは、これまで恋人がいたことがないからね。君たちみたいな可愛い子にドキドキなのさ」

「あはは、そいつ彼女いないんだ？　いなそー、かわいそー……あ、でもかわいーかも？」

なんだか酷《ひど》い言われようだがしかたがない。たった数人の生徒を目の前にしただけだというのに、僕の心臓は緊張でラヴィさんの言うように破裂せんばかりにドキドキだった。

「さて、大地くん。これから君の生徒になる可愛い女の子たちを紹介しよう。まず、もう知り合いみたいだけど、真っ赤な顔して君を睨んでるのが火龍人《サラマンダー》のシャオ」

「……はじめましてイェン＝シャオロンです。めんどくさいので、あまり関わらないでください」

頑《かたく》なに『初対面』を強調しつつ、一瞬、敵意むき出しの視線をぶつけてきたあと、この上なく面倒くさそうにため息をつくシャオさん。どうやら、出会いはなかったことにしたいようだ。

「いやぁ、シャオがここまで感情的になるなんて珍しいんだけど。……まあいいか。あ、ちなみに、シャオは有名な武門の家のご令嬢だから超強いよ。君なら大丈夫だとは思うけど、怒らせると怖いから注意してね。んで、さっきからいろいろ騒いでいるこの長耳少女が兎獣人《ワーラビット》のラヴィ」

「やっはー！　ラヴィだよ。まぁ、頑張りたまえダイッチ!!」

元気よくそういって僕に手を振るラヴィさん。手の動きに合わせて長い耳も揺れている。

「あと、あっちで本を読みたそうにウズウズしているのが悪魔族《マモン》のアウラね」

調江さんに紹介されたアウラさんは、無言のまま僕のほうを一瞥してからため息をつく。

「それと最後に、今日は来てないけど、もう一人。吸血鬼《ヴァンパイア》のキリエ、キリエ＝ブラッドレインの、合わせて四人かな？　それぞれが癖のある子たちだけど、みんなチョー可愛いでしょ？」

「え、ええ、そうですね。それぞれ個性的で、とても可愛らしいと思います」

覚悟していたとはいえ、生徒たちの人間とは異なる姿に面食らった僕は、調江さんの質問に、また、後先を考えずに素直に感想を述べてしまう。

直後、突然の突風が僕の顔に当たった。見ると椅子に座っていたはずのシャオさんが、いつの間にか真っ赤な顔で怒りに震えながら、拳を突き出していた。

その拳は僕の鼻先十センチでピタリと止まった。先ほどの突風は、彼女の拳の風圧のようだ。

「不埒《ふらち》なことばかりおっしゃっていると、手加減とか面倒ですし、次は打ち抜きますよ？」

シャオさんの目はすわっていて、その言葉に僕はゆっくり首を縦に振る。ドラゴンな彼女の勇ましい姿を見て、『武門の家のご令嬢だから超強いよ』という調江さんの忠告が身に染みた。

「うっきゃーっ!?　『可愛い』って本心から言ってくれてるね。ホント嬉しいよぉ!!」

ラヴィさんのほうは立ち上がってピョンピョンと跳ねている。言葉の端にいちいち入る心理分析が、的確すぎて実はちょっと怖い。

視線を移すと、アウラさんは本を取り出して立て、その陰に隠れた。

静かに隠れる彼女とは対照的に、頭の上のフクロウは翼をばたつかせて大暴れだ。

「それじゃ、休み時間が開けたら、大地くんの『人語』の授業だから、教科書とノート用意して待っててね。それじゃ大地くん、あとよろしく！」

調江さんの言葉に生徒たちは「はーい」と答えた。


僕を残して調江さんが去ったあとの教室では、ドラゴン少女が面倒くさそうに僕を睨みつけ、ウサ耳少女が跳ね回り、悪魔少女がそんな騒ぎなど素知らぬ顔で黙々と本を読んでいる。

この子たちが、僕がこれから担当することになる生徒たちなのだ。

人間で言うところの中学二年生。思春期真《ま》っ只中《ただなか》の女の子たちだ。

初日でこの調子だと、先が思いやられるばかりだけれど。


こうして僕は、『魔物』な生徒たちの、『先生』になることになったのだった。

第1話 MEMENTO

学園の外《はず》れ、僕の担当する教室である離れの二階からは、今日も爆音が聞こえていた。

魔物《まもの》学園『Mono - NOCE《モノ・ノーチェ》』。

『魔物』が、人間に紛れる術《すべ》を身につけ、人間界に歩み出す『資格』を得るための学校。

なんでも、この『Mono - NOCE《モノ・ノーチェ》』のような学校は少ないらしく、人間界に出たい生徒が毎年殺到《さっとう》して、初等部から高等部まですべての生徒を合わせると、生徒数は軽く三千名を超えるという。

僕の担当するのは、生徒がたった四人の中等部の特別クラス、通称『落第クラス』だ。

聞けば、四人が四人とも、何らかの問題を抱え、他のクラスでは上手《うま》くやっていけなかったらしい。いろいろなクラスをタライ回しにされた挙句《あげく》、こうして一つの教室に押し込められたのだそうだ。

これまでさまざまな教師がこのクラスを担当し、最終的には匙《さじ》を投げたのだとか。

調江《ととのえ》さんは『大地《だいち》くんならできる。なんたって、私の見込んだ、大地くんだからね！』と言ってくれるが、果たしてご期待に添えるだろうか。

この教室で、彼女たちに紹介されてから約一週間が経った。僕の学園における教員生活の当面の目標は、まず彼女たちに僕が『先生』であることを認めてもらうことなのだが……。

「ダイッチー！　いっくよぉーっ!!」

明るい声で僕に向かって手を翳《かざ》したラヴィさんは、笑顔のままその手から攻撃魔法を放った。

「おわぁっ！　びっくりした……授業中に魔法を使ったらダメだよ」

ラヴィさんが魔法で放った光の球を、僕はチョークを持った右手でかき消した。

光球の余波で、いくつかの机と椅子が若干《じゃっかん》歪《ゆが》んでいる。

他のクラスなら、静かに過ぎるはずの問題演習の時間すら、この状況なのだから困りものだ。

「あははーっ、ホントーに噂どおり魔法が全然効《き》かないんだねぇー。すごぉー！」

「僕はいいけれど、今のはアウラさんも危なかったよ！　魔法を使っちゃダメでしょ、ラヴィさん」

飛《と》び交《か》う光球などまったく気にも留めずに本を読みふけるアウラさんの神経も大したものだ。

「ギャーギャー騒がないでください、大地。授業を続けてください。授業の進度が遅いと問題になって、クラス委員の私の責任になったらどうするんです。めんどくさいじゃないですか？」

アウラさんも図太いが、シャオさんはもっとだ。この状況を、『めんどくさい』と一蹴《いっしゅう》できてしまうのは、もはや感心してしまうレベルの図太さだ。

「――そもそも、どうせあなたがそうして防いでしまうんです。アウラの安全は折り紙つきなんですから、ラヴィの悪戯《いたずら》心ぐらい受け止めてあげてもいいじゃないですか。度量の狭い男ですね……」

シャオさんは退屈そうに僕を見て、深いため息をついた。

「そんな物騒な度量は狭くていいよ。万一、僕が防御に失敗したらアウラさんはどうなるのさ！」

「大丈夫だよ、ダイッチ！　もうアウランには当たらないからぁっ!!」

僕がシャオさんに投げかけた疑問に、いつのまにか僕とアウラさんの間に立って手を振って答えるラヴィさん。確かに、その位置から魔法を放てば、アウラさんには当たるまい。

「いつの間に君は僕の後ろに？　――ああ、もう、兎獣人《ワーラビット》の身体能力はとんでもないね！」

思わず溢《あふ》れた僕の言葉に、深いため息とともにシャオさんが異論を唱《とな》える。

「はぁ――……とんでもないのは、あなたの有するその『防御能力』です。今の爆炎魔法、直撃して炸裂《さくれつ》していれば、確実にこの教室丸ごと蒸発させるほどの威力のはずです。それを、炸裂前にかき消してしまうなんて非常識にもほどがあります。何なんですかあなたは――？」

「いやいやいや、非常識なのは、授業中に教室消し飛ぶ魔法を放つラヴィさんでしょ!?」

僕の言葉なんて聞こえていないというように、ラヴィさんは笑顔で指を翳す。

「というわけでもう一発ね！　今度は雷ね！　ほい、サンダーッ!!」

「『というわけで』ってどういうわけさ!?　だから、授業中に魔法は禁止だってばっ!!」

ラヴィさんの放った魔法を僕がかき消すと、シャオさんからため息とともに、

「大地、もうめんどくさいので、自習ということでいいですよね？」

「いいわけないよ、シャオさん！　頼むからみんな真面目に授業を受けてよ！」

今日も今日とて、教室は大騒ぎ。シャオさんはラヴィさんを止めるでもなく、僕の言葉に文句を言うばかりだし、ラヴィさんは面白《おもしろ》がって僕に魔法を撃ってくるし、そんなの関係なしに、アウラさんはこんな大騒ぎの中でも黙々と読書に勤《いそ》しんでいる。

教室の様子は、控え目に言って、悪夢のような状況だ。

ラヴィさんの放つ魔法の余波で歪んだ机たちは、教室の隅に重ねられ、謎のオブジェの様相を呈している。ここ数日の教室での攻防の唯一の被害者たちだ。こんな命がいくつあっても足りないような状況下で、ただの人間の僕が、こうしてかろうじて生存が許されているのには、もちろん理由がある。

「まったく……いったいどういうからくりなんですか。その噂に名高い『鉄壁《てっぺき》』は？」

シャオさんの言う『鉄壁』とは、ラヴィさんの魔法をかき消した僕の力のことだ。だが、その力は僕が持っていると噂されている『防御能力』などではない。

そもそも、魔法を有する魔物が、大昔から人間界に紛《まぎ》れ込《こ》んでいるのに、魔法による人類侵

略が企《くわだ》てられてこなかったというのは少々おかしな話だ。身体能力でも、魔法という超常の能力でも、魔物は圧倒的に人間に優《まさ》っているのだ。魔物たちがその気になれば、きっと人間なんて一晩で殺し尽くされ、あっさりとこの世界は魔物たちのものになってしまうだろう。そんな恐ろしい状況に至っていないのは、魔物たちが自身の持つ高い戦闘能力に関して千年以上も前に厳しいルールを決めたからだ。

『一つ、人間は魔物の存在を受け入れその融和を認める代わりに、魔物は人間に対する直接的な、殺傷《さつしょう》、略奪、その他あらゆる攻撃的行動の一切を禁ずることとする』

魔物たち自身の強力な魔法によって編み上げられたそれは、魔物の世界を蝕《むしば》む幾重《いくえ》にも重なった呪いと同等かそれ以上の効力を持つ『盟約《めいやく》』となったのだそうだ。

この絶対遵守《じゅんしゅ》の盟約による加護で、人間にはあらゆる攻撃が効《き》かなくなり、魔物と人間は対等に近い関係になったわけだ。

そう、生徒たちが『鉄壁』と呼ぶ能力の正体は、この盟約による加護なのだ。

ではなぜ盟約による加護が『鉄壁』などという謎の能力と思われているのかといえば、僕が『人間』であることを生徒たちに隠しているからだ。理由は単純。魔法の通用しない存在が学園内にいると知られれば、確実に学園の魔物たちが混乱してしまうからだ。

これは、魔物たちが人知れず人間界で暮らしている理由と同じだ。たとえ『盟約』があっても、魔法や高い身体能力に対しての人間側の不安を拭《ぬぐ》いきれない。だから魔物は、『人間には、決して正体を知られてはならない』という『掟《おきて》』をつくり、隠れ住むようになったのだそうだ。

　このあたりの話は、調江さんがこのクラスに僕を紹介する少し前に廊下で教えてくれたものだ。そのときは実感なんてほとんどなかったが、今は全力でその恩恵にあずかっている状況だ。

　なんにせよ、大昔から人知れず生きてきた魔物たちの中で、人間である僕のほうがその正体を知られないように暮らすことになるなんて、なんとも因果な話だった。

「ダイッチ、私たちのクラスにきた日、大活躍だったんでしょぉ？」

「噂によれば、魔法研究部の開発した最上位攻撃魔法の暴発から生徒たちを守ったとか……」

「あれぇ？　私が聞いたのはぁ、まほうかの先生が見本で使ったさいきょーまほーが当たりそうになった子猫を謎のぼうぎょのうりょくで助けたって話だよぉ？」

　実際は、別のクラスの生徒のいざこざを仲裁しようと割って入ったとき、逆上した生徒が「邪魔《じゃま》するな」と放った魔法が『盟約』の力で打ち消されただけなのだが。

　話に尾ひれがついてこの有様《ありさま》だ。

「それにしてもシャオさん、君のその答案用紙空欄ばかりじゃないか」

「ほわぁっ!?　み、見ないでくだしゃい！」

　シャオさんは、盛大に言葉を嚙《か》みながら、口から紅蓮《ぐれん》の炎を吐き出して、机の天板ごと答案用紙を焼却した。そんなに見られたくなかったのだろうか。

「シャオさん……できないからって解答用紙を燃やしちゃダメだよ」

「べ、べつにいいじゃないですか！　どうせ私にはできてもしょうがないんですから……」

一瞬落ち込んだように見えたので事故なのかもしれないとも思ったが、すぐに開き直ったところを見るとやはり故意だったのだろうか……判断に苦しむ状況だ。

今日一日を振り返っただけでも、彼女の失敗はすでに片手の指では収まらない数だった。算術（僕らでいう数学）の授業中、教員に途中過程を聞かれた際説明を面倒くさがって『わかりません』と言ったがためにカンニングを疑われたり、本当は割れた窓ガラスの前を通りかかっただけなのに、言い訳を面倒くさがって犯人にされそうになったり、調理実習で卵を茹《ゆ》でるのを面倒くさがって電子レンジに入れて爆発させたり……他にも、これは失敗ではないが、体育の体力測定の五十メートル走で『疲れる』といって手を抜いたり、反復横跳《よこと》びや立位体前屈でも『もう無理』とあっさり記録を『諦《あきら》め』たりしていた。ソフトボール投げなんて紙飛行機でも飛ばすようにひょいと投げる始末だ。

とにかく、なんでもかんでも面倒くさがり、諦めてしまうのが彼女の悪い癖らしい。

「なんでそうすぐに、諦めちゃうのさ？　君ならもう少し頑張ればできるだろうに――」

そんな彼女に、ため息とともに吐き出した僕の言葉。

「『頑張れば』……やはり大地、あなたもそれを言うのですね。本当にめんどくさいです……」

それが彼女的には、『余計な一言』だったのだろう。彼女は見るからに不機嫌になる。

「『頑張れば』できるようになる。『頑張れば』上手くなる。『頑張れば』認められる。これまでさまざまな大人たちが、あなたと同じようにそう言いました。本当にめんどくさいことこの上ないです」

シャオさんは言葉通り面倒くさそうな顔で憎々しげにため息をつく。

一瞬、彼女の顔のまわりの空気が陽炎《かげろう》のように揺らいだように見えた。

「っ――正直、もううんざりです」

深呼吸のような深いため息をついたシャオさんは、僕の顔をジッと見つめてハッキリとこう言った。

「頑張ったって無駄です。めんどくさいだけです。だから、そういう暑苦しいのも迷惑です」

そんな彼女に僕が言い返そうとすると、『ウェストミンスターの鐘』に言葉を遮《さえぎ》られた。

「大地、授業はおしまいです。――号令を」

もう話はない。そんな声が聞こえてきそうな目で僕を見つめるシャオさん。

「あ、ああ……それじゃあ、今日はここまで。みんなキチンと宿題やってくるようにね」

とりつく島もないシャオさんに促《うなが》されて、僕が授業終了の号令をかける。

「んじゃ、ダイッチお疲れ様ぁー!!」

「ああ、うん、ラヴィさん、さようなら。いろいろと言いたいことはあるんだけどね……」

ラヴィさんは、そのまま跳《は》ねるように教室を飛び出していった。兎獣人《ワーラビット》だけに『脱兎《だっと》の如《ごと》く』教室を飛び出していく彼女の姿を、調江さんは『終業ダッシュ』と呼んでいるようだ。

「アウラさんもお疲れさま。今日は何の本を読んでたの？」

帰り支度《じたく》をしているアウラさんに挨拶《あいさつ》をしてみるがやはり返事もなく、そのまま教室を出ていってしまう。その代わりに、彼女のフクロウだけが元気に「ホォウッ！」と僕に返事をしてくれた。

「あははは……はぁ……」

「大地、ラヴィの忘れ物です」

完全に無視されて苦笑いする僕に声をかけてくれたのは、帰り支度を済ませたシャオさんだ。

「ああシャオさん、ありがとう……って宿題プリントか。これ絶対確信犯だよね？」

「それでは大地、私もこれで失礼いたします」

シャオさんは面倒くさそうにため息をついてから、恭《うやうや》しく頭を下げすたすたと歩きだす。背中には『私に関わるな』と書かれているようだ。何も言えずに僕は彼女を見送った。

西日が差し込む空の教室を見渡して、僕は黒板の文字を消しながら今日何度目かわからないため息をつくのだった。


昼休み。学園の校舎西館一階にある、生徒と職員で賑《にぎ》わうまるでフードコートのような学食で昼食をとっていた。デザートバイキング完備の学食なんて僕はここしか知らない。

だが、トレーの上のそばに手をつけずに僕は頭を抱えていた。

問題児だらけの僕のクラスだが、やはり一番に気になるのは彼女だ。

シャオさん。イェン＝シャオロンさん。いつも退屈そうな、不機嫌《ふきげん》そうな顔をしている女の子。僕は、彼女の笑った顔を今のところ見たことがない。

失礼な話だが、ラヴィさんやアウラさんと比較して、正直シャオさんが一番まともな生徒だと思う。一応授業は受けているし、クラス委員としての仕事も嫌《いや》そうではあるがやっている。

だが、特段問題がある生徒には見えないのに、成績はすこぶる悪く、教員からの評判も悪いのだ。

僕が思うに、彼女の問題点は、あの極端なまでの『面倒くさがり』にあるではないだろうか。

彼女は何に対しても、とにかく徹頭徹尾『頑張らない』のだ。

でも、僕の『頑張れば』という言葉は彼女には届かない。どうすれば伝わるのだろう。

「『僕みたいな新米教師が、彼女に何ができるんだろう？』って顔してるね、大地くん」

僕の心の内を見透かすような言葉を口にしながら、目の前の席に座ってきつねうどんを食べ始めたのは、この学園の理事長である調江さんだ。ぱっと見は色黒の可愛い少女にしか見えない彼女が、齢《よわい》二十八歳だという言葉を、僕は未《いま》だに信じられずにいる。

「むむむ、大地くん。女性の年齢についていろいろと詮索《せんさく》するのは良くないぞぅ？」

「ええと、詮索した覚えはないんですが……もしかして調江さんって、実はお暇なんですか？」

「失礼な！　これでも午前中いっぱいは、学園理事会、来客対応、各学年主任の報告書確認業務エトセトラで大忙しだったんだぞ！　あと、何度も言うようだけど『くるみちゃん』ね！」

「それは大変失礼しました、えっと……じゃあ、く、『くるみ……先生』？」

「もぉー……だから堅いってば……はぁー、まぁいいや、この件についてはそこで妥協してあげよう。それにしてもさ、大地くんってけっこう小食？」

笑ってそう言ってくれた調え――改め、『くるみ先生』は、僕の前のかけそばを指差して首をかしげた。

「いえいえ、一人暮らしの僕が毎朝駅前のコンビニで弁当も買わずに通勤してるのは、学食のご飯が楽しみだからですよ？　先立つものがあればスペシャルランチ食べたいですけど――最近、なにかといろいろ入り用で……僕のお財布には、夏目《なつめ》さんすらいないってだけの話です」

「なにそれ辛《つら》い。給料日はまだずっと先だよ？　……そういうことは早く言ってよ。言ってくれれば、学食の年間フリーパスあげるのに。理事長パワーで学食食べ放題だよ！」

「職権濫用はやめてください。大丈夫ですから、遠慮しておきますよ」

くるみ先生は丼に残ったつゆを一気に飲み干して、「ごちそうさま」と手を合わせた。僕もちょうどそばを食べ終えたので、タイミングを合わせて「ごちそうさま」とつぶやいた。

「ちなみに大地くんは、むちむちグラマーな子と、ツルペタ幼児体型の子、どっちが好き？」

脈絡なしに突然放り込まれた、唐突すぎる謎の質問に、僕は口をつけたお冷《ひや》を盛大に噴いた。

「あっはっは、口から虹が出てる！　漫画みたいなリアクションどうもありがとう！」

「く、くるみ先生が、突然変なこと聞くからじゃないですか！」

「いやぁ、ちょうど学食に、むちむちグラマーなシャオと、ツルペタ幼児体型のアウラが入ってきたのが見えたから、大地くんはどっちが好みかなって思ってさ」

くるみ先生の指差す先には、券売機の前で腕を組んで悩むシャオさんと、食券を片手に料理を受け取りに行くアウラさんの姿が見えた。

「ああして胸の下で腕を組むと、シャオの凶暴《きょうぼう》なボリュームのお胸が強調されて、そそるものがあるよね？　あの年であの肉づき……とりあえず拝《おが》んでおこう。ありがたやー……」

そして、僕の横で、生徒に向かって両手を合わせるこの人は、別の意味で心配だ。

「やや？　シャオのやつ、いつもはスタミナ丼定食にうどんかそばかラーメンを一緒に頼むのに、今日はおいなりさんだけだなんて……大地くん同様お財布が氷河期なのかっ!?」

初めて会ったときも食パン一斤《きん》をペロリと食べていた彼女が、いなり寿司だけとなると僕としてはお財布事情より彼女の体調のほうが心配になった。

「おっと、そろそろ私はお仕事に戻るので……、ほい」

「ええと……これは？」

僕は、立ち上がったくるみ先生から差し出されたカードを見つめて質問した。

「学食の全品目年間フリーパスだよ」

「冗談ではなく実在したんですか、それ……先ほどお断りしましたよね？」

「これは君にじゃなくて、育ち盛りのわがままボディ……じゃなかった、シャオにだよ」

「可愛い生徒の名前をなんて言い間違えしてるんですかあなたは……」

この数分間のやり取りで、僕の中での『くるみ先生像』が音を立てて崩壊していく。

さすがに呆れていると、くるみ先生はとたんに真面目な顔になって言葉をつけ足した。

「火龍族《サラマンダー》はね、ものすごく代謝がいいからびっくりするくらい燃費が悪いんだ。ほら、シャオもたまーに気持ちの高ぶりに合わせて炎を吐いたりするでしょ？　あれって魔法とかじゃなくて、火龍族《サラマンダー》特有の体質なんだよ。小さな子供のうちはコントロールが効かないことも多いらしくて、けっこうエネルギー消費するみたいなんだよね。まあ、シャオはもう子供じゃないから、所かまわず炎を吐くこともないけどさ。もし『君と同じ事情』で、あれだけしかご飯が食べられないんだとしたら、午後の授業途中で倒れちゃうかもしれない。だからこれでご馳走《ちそう》してあげてよ」

僕の目の前にそのカードを置くと、ウインクを僕に飛ばしてからくるみ先生はお盆を持って颯爽《さっそう》と立ち去った。なんだかその古臭い仕草に彼女の年齢が少しだけ現実味を帯びた気がする。

『学食の全品目年間フリーパス』を渡されてしまったので、僕はそのカードを持ってシャオさんのもとへと行くことにした。

「シャオさんのお財布も氷河期に突入しちゃったの？」

「……はい？」

僕の言葉に、シャオさんは怪訝《けげん》そうな表情と険《けわ》しいトーンの声を返してきた。

「いや、この前の食パンもそうだし、普段はもっと食べるらしいから、お金がなくて困っているんならご馳走するし、そうじゃなくて食欲がないのなら心配だなって思って——」

「……そんな、人をただの食いしん坊みたいに……」

言われて、女の子にかける言葉ではなかったことに気づいて後悔する。さすがは僕だと感心してしまうほどに、綺麗に地雷を踏んでしまった。僕が怒られることを覚悟したときだった。

『くぅきゅるるぅ——……』とものすごく可愛い音が、彼女のお腹から、盛大に響いた。

「いや、……これは、その……違くてっ『きゅるるるるぅ——……』……——くぅ……」

必死に否定しようとするシャオさんの言葉をかき消すように、再び鳴く腹の虫。顔を真っ赤にした彼女は、口の端から小さく炎をこぼしながら消え入るような声で弁明した。

「べ、べつに私は、食いしん坊とかそういうのではなくて……」

「知ってるよ。火龍族《サラマンダー》はすごく代謝がいいから、たくさん食べないといけないんだよね。大丈夫、僕はシャオさんが食いしん坊だなんて思ってないから」

「……いや、だから、——『くぅきゅるるるるるぅ——……』……うぐぅ……」

鳴り止まないお腹を必死に押さえて赤面する彼女があまりに可愛くて、思わず笑ってしまう。

「わ、笑わないでくだ――『きゅううううぅー……』……さい……」

「いや、べつに馬鹿にして笑ってるわけじゃなくて、その、可愛いなって思って」

真っ赤な顔で絶句したシャオさんは、照れているのを隠すように俯《うつむ》いた。

さすがに気の毒になって、僕は『学食フリーパス』を使い、スタミナ丼定食を買ってきた。

「ほら、シャオさん。おばちゃんも『たんとお食べ』って言ってたよ」

僕がシャオさんの前にお盆を置くと、シャオさんはお盆と僕の顔との間で視線を何往復かさせてから、泣きそうな顔をして首を横に振った。

「お金のことなら気にしなくていいから。お腹いっぱい食べなよシャオさん」

僕の言葉に再び首を横に振るシャオさん。両手で押さえたお腹からは、まだ可愛い音が聞こえている。

「……お、お金は……あるんです……」

「へ？　そ、そうなの？　……だったらなんで？」

てっきり、持ち合わせがないからだと思っていた僕は、シャオさんの乙女心を理解もせずに、デリカシーのない馬鹿《ばか》な質問をしてしまったと思う。いや、後から思った。

「……た、体重とか……お腹の……お肉とか……プヨプヨで……その……」

「なんだダイエットか！　シャオさん可愛いから、全然そんなの必要ない――っておわぁっ!?」

結果、彼女は炎を吐き出しながら、食べかけのいなり寿司を僕の顔に叩《たた》きつけたのだった。

「本当に僕って、一言多いよな……」

昨日の一件を思い出して僕はつぶやく。

レンガの石畳でできた舗装路に、長い影が落ちている。僕らの教室がある離れから少し歩いた体育館の裏手、広大な駐輪場で、僕は先輩教師に言われて、生徒の自転車の整理をしていた。

「ふぅ、こんなもんか……にしても魔物も自転車に乗るんだな。飛べる子とか、馬みたいな子とかいるし、自転車なんて必要なさそうなのに――」

僕は額の汗を拭《ぬぐ》って、魔物には必要なさそうに思える自転車だらけの駐輪場を見渡した。

広さもそうだが、停められた自転車の数も相当だ。

学園の敷地もかなり広いので、学生寮から通学に自転車を使う生徒も多いため、駐輪場もこの有様《ありさま》だ。なんだか、魔物が存在する世界にいることを忘れてしまいそうな光景だった。

「おわぁっ！　しまった!?」

自転車の整理を終えて、踵《きびす》を返して職員室に戻ろうとした僕は、足で一番手前の自転車を引っかけてしまう。等間隔に綺麗に並べてしまったことが裏目に出た。自転車のドミノ倒し。すでに十数台が音を立てながら傾いている。僕は、あれをもう一度並べ直すのかと思うとため息をついた。

そんな僕の耳に、「はっ！」という聞き覚えのある短いかけ声と、『カシャンッ』と自転車を叩いたような音が聞こえた。そしてその『カシャカシャ』音がだんだん迫ってくるように聞こえた。

「……え？」

そして僕は、自分の目を疑った。目の前では、向こう側に倒れるように傾いた自転車たちが、まるで逆再生のように次々と立ち直っていくのだ。

自転車の列の先にはシャオさんがいた。シャオさんは右足を振り上げて、最後の自転車のハンドルあたりに向かって足を突き出して立っていた。聞こえた最初の音は、彼女がそのハンドルを軽く蹴った音だったようだ。

「……嘘《うそ》だろ？」

信じられないことに、彼女は倒れゆく一列の自転車を、最後の一台を絶妙な加減で蹴り返すことですべて元に戻してしまったのだった。

「あの、どうしてシャオさんがここに？」

「私は日課を終えて、寮に帰るところです」

シャオさんは、駐輪場近くの和風の建物を指差す。確か、あの建物は『格技室』だ。彼女の家は武道の名門らしいので稽古《けいこ》帰りといったところか。

僕のもとに歩いてきたシャオさんはため息をついた。

「まったく、めんどくさいのも大概《たいがい》にしてください、大地」

「……ごめん、ありがとう……でも、こんなのどうやって……？」

信じられないような神業《かみわざ》を当然のように披露した彼女に、僕はそんな質問をした。

「タイミングと重心を見計《みはか》らえば、こんなの造作《ぞうさ》もありません。すべての自転車が倒れてから起こすなんてめんどくさいじゃないですか――」

造作もないワケがない。だが、彼女はそう思えるほど、武門の家の娘として鍛錬を積んできたのだろう。彼女は短く嘆息《たんそく》してから、「それでは」と踵を返してその場を去ろうとした。

「ありがとう！　……それに、昨日《きのう》は食堂で、その……変なことを言ってごめん」

その言葉を聞いて、シャオさんはぴくりと反応し、立ち止まる。

「……はぁー……大地、あなた的には謝罪のつもりなのかもしれませんが、こちらとすれば、終わったことをわざわざ掘り返されているようでめんどくさいです……」

いつものように無視をされるのではと思っていたので、反応がもらえたことが驚きだった。

「……そして、なぜあなたは、『めんどくさい』と言われているのにそんなに嬉しそうなんですか？　罵倒《ばとう》されて喜ぶタイプの性癖の持ち主なのですか？　気持ち悪いです……」

無視されなかった喜びが顔に出てしまう僕に、ウンザリしたようにこちらを振り返るシャオさん。

「……性癖？　いやべつにそうじゃなくて、『迷惑だ』とか『気持ち悪い』とか言われたらやっぱり悲しいけど、今はシャオさんに無視されなかったことが嬉しくてさ……」

「うれ――っ!? 何恥ずかしいこと口走ってるんですかっ！」

彼女は顔を赤くしてそっぽを向いてしまう。

「……はぁ。なんとなく、あなたがどんな性格なのか私にもわかってきましたよ――。そんな申し訳なさそうな顔をしなくても大丈夫です。べつに怒っているわけではありませんので」

またも表情に出てしまっていたらしく、シャオさんはため息交《ま》じりにそういうと、『なんですか？』とでも言いたげな表情で僕の顔を見上げた。

「ごめん……」

「それはもう聞きました。食堂での件ももう怒っていません。――他に何かありますか？」

さっさと会話を打ち切りたい彼女の気持ちがヒシヒシと伝わってくる。だが、いつまたこうして彼女と話ができるかわからない。

「えっと、昨日みたいな無理な食事制限は、君ぐらいの年頃には身体に良くないよ？」

「っ――……本当に、あなたは……めんどくさい人ですね」

シャオさんはなぜか少し優しい表情でため息をついた。そして、目を閉じ短く深呼吸をする。

「『頑張れ』と私に言ったあなたが、今度は『頑張るな』と言うんですか？」

「え？ 『頑張るな』なんて言った覚えは……」

先ほどまでの面倒くさそうな態度ではない、真面目な顔で僕を見るシャオさん。

「昨日あなたは、ダイエットを『頑張る』私を悪魔の如《ごと》く誘惑し、その心をへし折りました」

真っ直ぐに僕を見つめる目から、なぜだか僕は目が離せなかった。

「いや、だって、すごくしんどそうだったし、ものすごい勢いでお腹の虫が鳴いてたし……」

「でしたら大地は、甲子園《こうしえん》出場を目指して過酷な練習を『頑張る』野球少年に、『練習がしんどそうだったから』と『頑張る』のをやめさせるんですか？」

「うぐ……確かに。――この件に関してはシャオさんの言う通りかも……せっかく『頑張ろう』としてたのに努力を踏みにじっちゃって、本当にごめん、シャオさん」

「……はぁ、本当にあなたは何なんですか？　子供の屁理屈に簡単に納得させられて、真面目な顔して、申し訳なさそうに謝って……調子が狂います。本当に『めんどくさい人』ですね」

ふと、シャオさんが、これまでで一番穏やかな顔で僕を見た気がした。僕はいつも、彼女に面倒くさそうに睨まれてばかりだったので、なんだかそれだけで嬉しい気持ちになった。

「べつに言うほど、ダイエットを『頑張っていた』わけでもなかったんです。最近『とあるストレス』から食べすぎの傾向だったので、少し食事の量を抑えようとしていたんです」

どうにも『とあるストレス』の部分にトゲを感じた。もしかしなくても僕のせいだろう。

「だから、謝らなくていいです。――どちらかといえば私の勘繰りすぎでしたので……」

また申し訳なさが顔に出てしまっていたのだろう。僕が謝る前に釘を刺してシャオさんは苦笑いを浮かべた。

「あなたが実直な性格だということはよくわかりました。その言葉に悪意や下心がないことも」

そう言ってから、僕の顔を見て盛大にため息をつくシャオさん。

「ご心配頂かなくとも、無理な食事制限なんてもうしません。でも、これ以上の体重増加は、殿方からの印象が悪くなるので食事の量は少し気をつけようと思います」

シャオさんは心配する僕に言い聞かせるように、話を切り上げようとした。僕も、『それならば』と納得した。なのに、僕の口はやはり『余計な一言』をこぼしてしまう。

「異性の目を気にするなんて、シャオさんも女の子だね」

それが失言だったことに気づき、恐る恐る彼女の顔を見る。てっきり怒られると思った。

「大地、あなたはそのデリカシーのなさをきちんと自覚するべきです」

しかし、彼女は怒らずに、右手を額《ひたい》にあてて何度目かわからない深いため息をついた。

「それに、『女の子』なんかじゃありません。……『女』の私にはそれしかないだけです――」

背を向けて、歩き出しながらシャオさんが言い残した言葉の意味が、僕にはよくわからなかった。茜色《あかねいろ》の西日が、歩き去る彼女の長い影をレンガの石畳に落としていた。

「ふいぃー……今日もなんとか一日を乗り越えられたぁ……」

夕日の差し込む二階の廊下で、僕は大きく伸びをした。ここ最近の僕の日課である放課後の黒板清掃を終えて、見回り当番で廊下を歩いていると、窓の外から聞き慣れた声がした。

「……顕人《あきと》さん!?　ご機嫌麗《うるわ》しゅう存じます。珍しいですね、このような所にいらっしゃるなんて？」

「やあ、俺の可愛いシャオロン。相変わらず君は綺麗だね」

思わず下に視線を向けると、シャオさんと誰かが話しているのが見えた。

「たまには君の綺麗な顔が見たくなってね……迷惑だった？」

「いいえ、滅相《めっそう》もないです。そんな、御足労いただいてしまって申し訳ありません。呼びつけてくだされば私がそちらに伺《うかが》いましたのに……」

「いいよ気にしないで。俺が顔を見たかったのに、君に足を運ばせるのはおかしいよ」

シャオさんと話している生徒は、美しい金髪の背の高い男子生徒だった。制服を見る限り、高等部の生徒のようだ。その男子生徒の美しすぎる見た目も気になったが、それよりも、シャオさんのその男に対する態度が妙だった。

まるで傅《かしず》くような、付き従うような態度。今まで聞いたこともないような敬語や謙譲語を使っているのだ。普段の彼女からは想像できなかった。

「ですが、顕人さんがこのような場所にいらっしゃっては、よからぬ噂を流されかねませんし……」

「そんなの俺は気にしないよ。これでも一応『最強』なんて言われているからね、見回りや治安維持もそれこそ俺に与えられた責務みたいなものだからね――」

ニコリと笑うその男子生徒と目が合ったような気がした。絵に書いたような好青年だ。

「そちらの方は、俺に何か御用ですか？」

「ん？　え？　僕？」

絵画のような微笑《ほほえ》みのまま、片目を瞑《つむ》ってどうやら彼は僕に声をかけてきたらしかった。

「はい。新人の校務員さんか、先生だと見受けますが？」

叫んでいるわけでもないのによく通る声で、男子生徒は二階にいる僕に語りかける。

「それとも、まさか、俺の可愛いシャオロンに御用とか？」

微笑みの表情を崩して、先ほどまでとはうってかわって真面目な顔で僕を見る。

「別に、どちらにも用はないよ。放課後の見回りをしていたら、普段見かけない生徒がいたから思わず足を止めてしまっただけだ。立ち聞きしてしまったことを不快に思ったなら謝るよ」

なんだかよくわからないが、少々不機嫌になっている男子生徒に咄嗟《とっさ》にそんな言い訳をしてしまう。そのまま立ち去ろうとした僕を、彼は再び笑顔に表情を戻して呼び止めた。

「べつに構いませんよ。シャオロンも平気だよね？」

隣で黙っていたシャオさんに、彼が笑顔でそう問うと、彼女は素直にコクリと頷《うなず》いて答えた。

僕は内心、そんな素直なシャオさんに驚いたが、その驚きを飲み込んで彼に言葉を返した。

「ああ、えっと、僕は衣笠《きぬがさ》大地。シャオロンさんのクラスの担任だよ。——ええと」

「俺は龍皇寺《りゅうおうじ》顕人。一応この学園の魔法科主席で『最強の魔法使い』ってことになってます」

職員会議で噂は聞いていた。強い術師の家系の御子息で、凄い攻撃魔法の使い手だって話だ。

「それにしても、あなたが衣笠先生でしたか。いやいや、お噂はかねがね——なんでも、正体不明の絶対的な『防御能力』を持っていらっしゃるとか？」

楽しそうに笑いながらも、どこかこちらを挑発するような視線で僕を見る龍皇寺。

「俺の魔法も、防御不能の絶大破壊魔法といわれる『極大魔法《きょくだい》』なんですよ。俺の魔法と、あなたの防御魔法、いったいどっちが優《すぐ》れているんでしょうね？　ああそうだ。なんだったら、古い故事《こじ》に倣《なら》って、ここで今すぐ試してみましょうか？」

故事とは、絶対突き通せない盾《たて》となんでも突き通す矛《ほこ》のことだろうか。

僕がぼんやりそんなことを考えていると、彼が笑顔のまま、右手をこちらに向けて翳した。

すると、その腕と手のひらにいくつもの魔法陣が浮かび上がった。

「お待ちください、顕人さん！　こんなところで顕人さんが魔法を放てば、校舎を含めた周囲に甚大な被害が出てしまいます!!　どうかお戯《たわむ》れはおよしになってくださいませ！」

そんな龍皇寺の左腕に、慌ててシャオさんは炎を吐きながら縋《すが》りついて首を左右に振った。

「あはは、シャオロン落ち着いて。冗談だってば。こんなことで『火炎息《ファイアブレス》』を起こすなんて、子供じゃないんだから……君は本当に可愛いよね。その純粋さ、俺は大好きだけどさ」

「も、申し訳ありません……お恥ずかしい限りです」

龍皇寺は自分の腕に縋りつくシャオさんの頭を優しく撫《な》でて、僕をまったく見ずに言った。

「安い挑発をしてすみませんでした。なにものをも通さない『絶対防御』の『鉄壁』なんて噂を聞いて、ちょっと術師としての血が騒いじゃって……」

シャオさんの頭を撫でる手を止めて、僕を見上げて例の笑顔でこう続けた。

「そういえば、あなたは俺の可愛いシャオロンの担任でしたね。どうかこの子をお願いします。いろいろ足らない子ではありますが可愛いやつなんですよ」

僕の返答など聞く気もないのだろう。すぐにシャオさんに視線を移して笑顔を向けた。

「じゃあ、俺は行くよ。邪魔したね、シャオロン。……君はそのままでいいよ。むしろ、そのままがいい。俺は君のその美しさと純粋さが愛《いと》しいんだ」

龍皇寺は彼女の頭を再び優しく撫でてから、踵を返して歩き出した。

遠くからチャイムの音が響き渡った。シャオさんの顔が悲しそうに見えた気がしたが、僕はどう声をかけていいかわからないまま、その場に立ち尽くすばかりだった。

職員室に戻った僕は、ふらりと現れたくるみ先生に龍皇寺のことを聞いてみた。

「龍皇寺顕人、高等部二年生にして、人化《じんか》の術を始めとする、人間界に渡るのに必要な魔法をすべて完璧に使いこなすエリート中のエリートだ。加えて、学園最強の魔法を有する魔法科生の頂点に君臨してる……あとはもう少し人らしく振る舞えるようになれば、卒業確約なんだけど」

言われて僕は思わず納得してしまった。絵画から出てきたような容姿に、落ち着いた物腰の好青年。エリートという単語が、あそこまでしっくりくるやつはいないだろう。

ちなみに、くるみ先生の言葉の中にあった『卒業』について少し触れておこう。

この学園を卒業し人間界に渡るには、『人間に擬態する魔法』、『人間社会での一般常識と教養』、『人間社会における普通教育レベルの学力』を習得し、高等部三年の最後に行われる『卒業認定試験』に合格する必要があるのだそうだ。

くるみ先生曰《いわ》く、『魔物の世界では、高校までが義務教育みたいなもの』なのだという。

「もしかしたら、もう話を聞いてるかもしれないけど、彼はシャオの『許嫁《いいなづけ》』だよ」

「い、『許嫁』――?」

続けてくるみ先生の口から、もはや漫画の中でくらいしか聞いたことのない単語が登場して、僕は思わず復唱してしまう。一瞬で、シャオさんがすごく遠い存在に感じられた。

「シャオの家、イェン家が古くから続く武門の名家だって話は前にしたよね？　古くから続く名家にはありがちだけど、シャオの家も家柄を気にする家系でさ……特に、ここ最近は落ち目で、お家再興のために娘の婿《むこ》に『当代最強の魔法使いを』っていうのが方針らしいよ？」

なんでも、イェンの家の当主である彼女のおばあさんが、龍皇寺家の当主に頼み込んだという。龍皇寺家の跡取《あとと》りは彼の兄で、ゆくゆくはシャオさんと結婚した彼がイェン家を継ぐのだそうだ。跡取りとか結婚とか僕には縁遠い話題が、まさか生徒の個人情報から飛び出すとは。

「家同士が決めた『許嫁』……本人同士はちゃんと納得してるんですか？」

「うーん、どうなんだろう？　少なくとも彼のほうはシャオのことをえらく気に入ってるみたい。基本的に『男嫌い』っぽいシャオも、彼のこと受け入れてるみたいだし」

「そうですか……それなら」

確かにあのときも、シャオさんは躊躇《ためら》いなく彼の腕に縋りついたり、頭を撫でられたりしていた。あれが僕なら、間違いなく彼女は口から炎を吐きながら全力で拒絶していたはずだ。そうしないということは、彼女も彼のことを憎からず思っているのだろう。

それにしても、『許嫁』とは……さすがはいいところのお嬢様だ。もしかしたら、あの過剰なまでの男性に対する拒絶反応は、シャオさんが彼へ操《みさお》を立てているのかもしれないな。


西日が差し込む、格技室。

普段はシャオさんが一人黙々と汗を流している畳張りの床に、ファンシーなレジャーシートが広げられ、その上に僕とシャオさん、そして色とりどりのドーナツが大量に置かれていた。

もはやちょっとしたピクニックだ。

「えっと、シャオさん、口元にクリームが付いてる……」

「ん……どこですか？」

どうしてこうなってしまったのか。僕はシャオさんとの心の距離を縮める方法を考えに考え抜いて思いついた、とある『お願い』を彼女にしようと思い、賄賂《わいろ》を持参して彼女がいつも稽古しているこの場所に呼び出したはずだ。だがすでに、その目的も見失いそうな状況だ。

「下唇の左下あたり――って、両手がふさがってるからって、ブラウスの肩で拭こうとするとか、ありえないから！　あと、ポロポロ盛大に食べこぼしてる……」

僕は急いでハンカチを取り出して、彼女の口元に付いたホイップクリームを拭き取った。ハンカチを見るとチョコの汚れもついていたので、あのままブラウスで拭かせていたら肩にチョコのシミが付いてしまうところだった。

「このハンカチを前掛け代わりにしなよ。このままじゃ胸元が色とりどりのシミで汚れちゃうから」

「私は今ドーナツで両手がふさがっていますし、めんどくさいので大地がやってください」

「一度ドーナツ置けば自分でできるよね!?　男に向かって、胸突き出して何考えてるのさ?」

ドーナツを食べるのに夢中で無防備に大きな胸を突き出すシャオさんから、僕は慌てて目を逸《そ》らすが。

「――っ!?　い、いやらしい目で、こっちを見ないでください変態っ!!」

シャオさんは真っ赤な顔でそう叫ぶと、突き出していた胸を両手で抱きしめるように隠しながら口から紅蓮《ぐれん》の炎を吐き出した。僕はその炎と熱量に思わずのけぞってしまう。

「おわぁっ!?　自分で胸を突き出してたのに理不尽だっ!!」

シャオさんはドーナツをお皿に置いて、僕から受け取ったハンカチを襟口に差し込んだ。そして、お皿に置いていたドーナツを再び両手に持ってかぶりつく。

「なるほど、これは便利ですね。私はなぜか、いつも食事の後は服のこのあたりが汚れるのですが、こうしておくと服がほとんど汚れません。素晴らしいです」

自分の胸元を見下ろして、感心するシャオさん。

なるほど、ああして大きな胸が突き出ているから、食べこぼしがすべてそこに落ちるのか。パスタやカレーうどんでも食べない限り、胸元を汚す心配のない僕らには縁遠い話だった。

甘い物で警戒心をどうにかしようというこの作戦は、成功といっていいのだろうか。

でも、本当に幸せそうにしているシャオさんに思わず僕の悪い癖が出てしまう。

「教室でも、もっと笑ったりすればいいのに」

「――？　なぜですか。教室は真面目に勉強をするところです。必要がありません」

僕の言葉に、首をかしげるシャオさん。ドーナツを頬張りながらなので、喋るたびに口の端から食べかすが溢れている。まるで小さな子供のようだ。

「必要かどうかはわからないけど。単純に、そうしたほうが可愛いだろうなって思ったんだ」

「か、かわっ⁉」

「それにそのほうが、きっと周囲のみんなも君のことをもっと好きになってくれると思うよ」

一瞬シャオさんは赤面して口から小さな炎を見せたが、すぐにいつもの顔に戻ってしまった。

「そんなわけないです。こんなふうにことあるごとに火を吹く私を、きっと皆さんは『まるで子供のようだ』って馬鹿にするに決まってます……『あの方』のように……」

「『あの方』って、もしかして……」

もしかしなくても、龍皇寺のことだろう。やはりシャオさんも許嫁の目は気にするのだな。

「話しかけないでください。私は今、このもちもちのドーナツを食べるのに忙しいんです」

照れ隠しなのかもしれないが、それ以降、僕が喋りかけても一心不乱にドーナツを食べるばかりで、シャオさんは僕の声に耳を傾けてくれなくなってしまった。

結局シャオさんが食べ終えるまで、僕は話を切り出せず彼女の世話に追われるのだった。

「ごちそうさまでした」

「お粗末さまでした」

ドーナツを食べ終えて、両手を合わせるシャオさんに僕は笑顔で応答する。

「では、失礼いたします」

「待て待て待て！」

そのまま立ち上がって出ていこうとするシャオさんに、僕は思わずツッコミを入れる。

「僕は君にドーナツをご馳走するために、ここに招待したわけじゃないよ？」

「……そうでした。それで大地、私に話とは何ですか？」

返答があるまでに数秒の間があったので、たぶん本気で僕の用件を忘れていたのだろう。

「……変な用件だったら、すぐに帰りますよ？」

警戒の表情、やはりドーナツ程度では、彼女の心は溶けなかったか。

「……おいしいドーナツをごちそうになったので、ある程度は目をつむってあげないこともないですが」

「そりゃどうも……僕も、まさかシャオさんが、ドーナツを全部食べちゃうとは思わなかったよ」

「──はっ!?　もしかして、大地も食べたかったですか？」

「ああいや大丈夫。もとから全部君にあげるつもりだったから。気にしなくていいよ」

遠慮してまったく手をつけてもらえないかもと思っていたが、まさか二十個近く買ってきたドーナツを躊躇なく、全部食べ切ってしまうとは。

「そうですか、よかったです。なんだか、気づいたらドーナツがなくなっていたので、私もちょっと驚きました。ドーナツ超おいしかったです」

表情から伝わる感情は乏しいながらも、どこか幸せそうに見えるシャオさん。

これだけ機嫌がよければもしかしたらと期待しながら、僕は今日、彼女に頼もうと思っていたお願いごとを切り出してみることにした。

「シャオさん、僕に『武術』を教えてくれないかな？」

僕の言葉を受けて、その目を見開くシャオさん。

驚くのも無理はない。彼女にしてみれば、あまりに唐突すぎる申し出だろう。

僕も本当にいろいろ考えたのだ。何でもかんでも『頑張らない』シャオさん。彼女はそれでもいいと思っているようだが、このままでは仮に高等部まで時間をかけても必要な能力を身につけることができず、この学園を卒業することも危《あや》うい成績らしい。担任としてそれをどうにかしてあげたいのだ。しかし、『頑張らない』彼女に、彼女からの信頼が圧倒的に足りない僕が何を言っても彼女の心には響かないだろう。

ではいかにしてその圧倒的に不足している信頼を得ればいいのか。考え抜いて僕が捻《ひね》り出《だ》した結論は、『彼女のことをとことん知ること』と『僕のことをとことん知ってもらうこと』だった。

愛情も友情も信頼関係も、まずは『お互いをよく知ること』から始まると僕は思う。

そのためには、同じ目標に向かって、同じものを見て、同じものを聞いて、同じものを感じて……そうやってさまざまなことを共有していくしかないと思ったのだ。でも『頑張らない』彼女になにか新しい目標を提示しても、『面倒だ』と一蹴されてしまうに決まっている。だったら彼女がこれまでやってきた、『頑張らずにできること』なら——そう考えたのだ。

「あなたが、『武術』を……ですか」

見るからに『もやしっ子』の僕があまりにも無謀《むぼう》なことを言い出したので、シャオさんも戸《と》惑《まど》っているようだ。でもそんな『頑張っても無駄』そうな僕が、必死に頑張る姿を彼女に見せることで何か感じてもらえるかもしれない。

もちろん、彼女がこのお願いを簡単に聞き入れてくれるわけがないことぐらいわかっていた。

だから僕は、何度彼女に断られても誠心誠意お願いを続けようと――。

「――はぁ……しかたがないですね。わかりました。いいですよ」

「僕みたいなやつが『武術』なんてって――って、あれ？　引き受けてくれるのシャオさん？」

予想外すぎるシャオさんの返答に、僕は思わず聞き返してしまった。

「『武術を習いたい』という用件は、べつに変なものでもいかがわしいものでもありません。それにイェン流柔拳術門下拡大は私の使命でもあります。本当にめんどくさいですが断る理由がないです」

めんどくさいと言いながらそれでも僕の申し出を受けてくれたのは、複雑なお家事情も関係しているらしい。しかし、そう言いながらも真面目な顔をしてシャオさんは僕を見た。

「――あと個人的に、『鉄壁』と名高い防御術の使い手のあなたが、どれほどのものなのか武門の家の娘として少しだけ興味もあります――もちろん、めんどくさいのは変わりませんが」

「いや……そっちのほうはからきしなので、あまり期待をされても困ります、ごめんなさい」

なんだか、いつの間にかとんでもない期待をされているようで、背中に嫌な汗が伝った。

でも、そんなこんなで僕は、シャオさんに弟子入りすることになったのだった。

イェン流柔拳術の稽古は、日を改めて始めることになった。

ジャージに着替えて格技室にいくと、シャオさんは袴姿《はかますがた》で待っていた。

こころなしか、普段よりも凜々《りり》しい気がする。

準備運動のあと、『どれくらい動けるのか見たい』という要望で、体力測定をすることになったのだが、一通りの測定を終えた僕にシャオさんはため息をついた。

「まさかここまでとは……さすがは大地ですね」

声のトーンからして、この『さすが』は褒《ほ》められているのでないことはわかった。

「柔軟性も瞬発力も持久力も筋力も、人間の平均にすら劣るとは——武の道を極める上で、絶対的に必要な要素をここまで持ち合わせていないなんて……あなたほど武術に不向きな者はいないでしょうね」

もちろん、自分にその手の才能がないことは知っている。でも、もう少し違う言葉はなかったのだろうか。さすがに少しショックだった。

「でも、武術とは本来あなたのような『弱者』のためのものです。己の弱さを知り認めたうえで、『強者』に対する牙を磨こうとするその姿勢は立派です。武を志す者のあるべき姿です」

不意打ちのシャオさんの優しい言葉。辛辣《しんらつ》すぎる言葉によって折れかけた僕の心は、そんな彼女の優しさで癒された。たったそれだけで『頑張ろう』と思えてしまう。絶妙な『アメとムチ』。おそらく僕なんかよりずっと、彼女のほうが教師に向いていると思う。

そうして始まった、シャオさんによる稽古は苛烈を極めた。

数十キロの走り込み。数百回にも及ぶ、腕立て、腹筋、背筋、スクワット。何十回と反復して行われる『歩法《ほほう》』の修練。構えや呼吸法の訓練。突き、蹴りの型数百本。

僕が授業を終えてから始めて、それらすべてが終わる頃にはすっかり日も暮れている。

そんな過酷な稽古の日々が、雨の日も風の日も何日も続いた。

すべてのメニューをなんとかこなして、格技室の畳の上で大の字になる僕。対してシャオさんは、『めんどくさい』と言いながら同じメニューをこなしているのに汗ひとつかかず、僕が買ってきたドーナツをペロリと十個ほど平らげてしまうのだ。僕がもともと軟弱であることを除いても、魔物と人間の身体能力の差を嫌というほど痛感した。

その日の鍛錬ノルマを一通り終え、僕は畳の上に横たわる。まだ組手を三本残しているが。

そんな僕に、シャオさんはスポーツドリンクを注《つ》いだカップを差し出しながら、ほんの少しだけ柔らかい表情を見せてくれた。

「はぁ……はぁ……まだ全然ダメダメだけど、自分がこんなに動けるようになるなんて思わなかったよ。僕も少しは体力がついたってことなのかな？」

「大地も少しずつ成長していますが、その変化は武術を学んだことで、挙動の無駄がなくなったからでしょう。筋肉の稔転《ねんてん》と反動を主体とする西洋の武術と違い、イェン流はいかに効率よく筋肉を稼働させるかに主体を置いた、無駄を省《はぶ》く東洋の武術の流れをくみますから」

「挙動の無駄を省くか……武術って奥が深いんだね……」

話を聞いて、僕の中の疑問が一つ解消された。『面倒くさがり』な彼女が、こうして武を極めていることに矛盾を感じていたのだが、最小の動きで、最大の結果を生み出すという効率を重視した東洋の武術は、むしろ『面倒くさがり』な彼女にとっては最適なのかもしれない。

「あ、そうだ。やっぱり、イェン流にも『奥義《おうぎ》』とかってあるの？」

「そうですね、『奥義』と呼ばれるものはいくつかあります。残念ながら、私はそのどれも体得することはできませんでしたけど……自覚はないかもしれませんが、大地はなかなかにすじがいいので、この調子で何年か鍛錬を続ければ『奥義』に到れるかもしれません」

てっきり「そんなものありません」とか言われるかと思ったら、予想外の返答に驚いた。どうやらシャオさんも少しは僕のことを認めてくれたようだ。こうして共に過ごすことで、僕のダメさ加減とともに、彼女に寄り添いたいという僕の気持ちも少しは伝わったのかもしれない。

僕にも、シャオさんのことが少しずつではあるがわかってきた気がする。

ため息ひとつとっても、苛立《いらだ》ちのため息か、空腹のため息かの違いがわかるようになった。物思いに耽《ふけ》っているときも、何かを真剣に考えているのか、食べ物のことを考えているのかを見分けられるようになった。他にも、走り込みのとき、胸が揺れるのを気にして、両腕で胸を抱きかかえるようにしながら走るとか、彼女の些細《ささい》な癖などもわかるようになってきた。

そんなふうにシャオさんのことを考えていたからだろうか。

僕はふと、彼女の『面倒くさがり』についてとある仮説が思い浮かんだ。

引っかかったのは、僕が入門をお願いしたときの彼女の言葉。あのとき僕は『もっと笑えばいい』と言ったのに、彼女は『火を吹く私は馬鹿にされる』と返答した。あのときは気にしなかったが、冷静に考えれば変だ。彼女が笑うことと火を吹くことは決してイコールではない。

そこで僕は、くるみ先生が教えてくれた火龍族《サラマンダー》の体質のことを思い出した。

確か『感情が高ぶると炎を吐く』というのが火龍族《サラマンダー》の体質だったはずだ。本来は自らの意思で制御できる能力なのだが、小さな子供のうちは制御が効かないことも多いらしい。

それを思い出して、ピンときたのだ。

「ねぇシャオさん。昔さ、小さいころとかに、感情のままに口から炎を吐いて『子供っぽい』ってからかわれたことなかった？　ちょうど、この前の龍皇寺のときみたいにさ……」

僕がカップを返しながらそう問いかけると、シャオさんは驚いたような顔をして僕を見た。

そして彼女は僕から視線を逸らしながら、恥ずかしそうにコクリと首を縦に振った。

「くるみ先生から聞いたんだ。火龍族《サラマンダー》の体質の話。感情の高ぶりにともなって、口から炎を出しちゃうって……確か子供の内はそれが上手くコントロールできないんだったよね？」

感情の高ぶりに応じて炎を吐く。本来は魔力を介さずに意のままに炎を吐くという、火龍族《サラマンダー》の『固有の能力』のための成長過程なのだろう。無意識に火を吐く状態から、訓練して、少しずつ感情と火吹きを切り離し、『体質』から『能力』へと昇華《しょうか》していくものなのだと思う。

「……私は……未だに、感情が高ぶると炎を吐いてしまいます。普通なら十になる前には、収まるはずの『火炎息《ファイアブレス》』を、恥ずかしながら私は未だ完全には改善できていないんです」

袴を両手でギュッと摑《つか》んで、恥ずかしそうに俯く彼女の肩は微かに震えていた。

口ぶりからして、どうも彼女は、その体質が自然と改善するものだと思っているようだが、幼少期特有の体質を改善するには、本来はなんらかの訓練が必要なはずだ。しかし彼女は、本来体質改善の訓練にあてるはずの時間を、おそらく武術の修練に費《つい》やしてしまったのだ。結果、普通なら子供の内に克服《こくふく》するはずのことが克服できないまま今に至ってしまったのだろう。

「顕人さんに初めて会ったとき、あの方が『秘密だよ』と、彼の魔法を見せてくれました。そのとき私はすごく感動して、彼の魔法を褒《ほ》め称《たた》えました。口から炎を垂れ流しながら――」

僕は彼の魔法がどんなものなのか知らないが、くるみ先生の話では、『魔物の有する攻撃魔法で最強の威力を誇る魔法』だというから、その衝撃と興奮はものすごかったのだろう。

「私が十歳のときでした……齢《よわい》十三にして大魔法を操る顕人さんが、本当にすごいと思いました……でも顕人さんはそんな私を『君はまだ、「火炎息《ファイアブレス》」なんてしているの？』と笑いました――」

そのとき、初めて彼女は『火炎息《ファイアブレス》』が幼子だけの体質であることに気づいたのだろう。そして、その体質が幼さや未熟さの象徴のように思えてしまったのかもしれない。

「それが恥ずかしいことだと気づいた私は、両親に『火炎息《ファイアブレス》』のことを相談しました。でも、『顕人様が気に入ってくれているのだから、お前は今のままでいい』と言って取り合ってくれませんでした」

そういうのって、本人以外は気にしていないものなのだ。ご両親もそうだったのだろう。

「だから君は、君なりに『火炎息《ファイアブレス》』を改善しようとした。そうして君が行き着いたのが、とにかく『我慢する』ことだった。それによって、ある程度『火炎息《ファイアブレス》』を抑えられるようになった……違うかな？」

僕の言葉に、シャオさんはコクリと頷いた。

彼女は文字通り『気合』で、『火炎息《ファイアブレス》』を無理やりねじ伏せたのだ。感情の高ぶりに呼応して出る炎をねじ伏せるということは、すなわち『感情の高ぶりをねじ伏せる』ということだ。

「その結果、君は……『何をやっても』なぜだか上手くいかなくなった――どんなに努力を重ねても、その努力に結果が伴わなくなった……そして君は、頑張れなくなった――」

そんな僕の質問に、彼女はハッとして顔を上げた。

僕を見るシャオさんの瞳が動揺に揺れる。それが僕の推測が図星なのだと教えてくれた。

『面倒くさがり』。なにごとにも『頑張らない』という彼女の問題の本質。

それは、彼女が抱いていた『火炎息《ファイアブレス》』というコンプレックスの改善のために、彼女自身が無意識のうちに、『自分の感情を押し殺してしまっていたこと』にあったのだ。

上手くいかなくて当然だ。『感情を押し殺す』ということは、目の前のことに『本気で向き合えない』ということに他ならない。それでは何をやってもうまくいくわけがない。

「……どんなに頑張っても『火炎息《ファイアブレス》』は治らない。どんなに頑張っても私は何一つできない……どんなに頑張っても無駄。意味がない……だから私は『頑張る』のをやめたんです」

そして彼女は、『めんどくさい』という言葉で虚勢を張って強がってきたのだ。

それが、『空っぽの努力』を続けた彼女が辿り着いた、悲しい結論だった。

彼女がどんなに頑張っているつもりでも、無意識のうちに、自分の心の『タガ』を締めてしまって、『全身全霊をかける』ことにブレーキをかけていたのだ。

それではいくら頑張っても、良い結果は伴わない。そうして重ねた彼女の努力は、結実しない。少しずつ努力に裏切られ続けた彼女は、努力することの意味を見失い、『頑張っても無駄だ』とすべてを諦め、自分の殻の中に閉じこもってしまったのだ。

だったら、僕が彼女に伝えるべき言葉は決まっていた。

「シャオさん、もういっそ、一度『火炎息《ファイアブレス》』は諦めようよ」

「……え？」

今の彼女は、コンプレックスとなっている『火炎息《ファイアブレス》』という問題をどうにかすることに必死になりすぎて、本当ならできるはずのさまざまなことに気づけずにいる。

そもそも彼女が組っている『火炎息《ファイアブレス》』の改善策が間違っているのだ。そのせいですべてが上手くいっていないのだから、まずはそこに気づかせてあげないといけないだろう。

「えーと、……言ってもピンとこないだろうから、試しに何かやってみるのがいいかもね」

僕は、つい先ほどの彼女とのやり取りを思い出した。

「さっきシャオさん、イェン流の『奥義』は体得できなかったって言ってたよね？」

「はい……手技、足技、投げ技、返し技……いくつかある『奥義』すべて、体得できませんでした」

「そっか、なら『炎を吐くのを我慢しないで』、その『奥義』に挑戦してみてほしいんだけど」

僕の言葉に、目を丸くするシャオさん。

「そんなことで上手くいくなら、私だって苦労はしていま――」

「まぁまぁ騙《だま》されたと思ってさ。……僕の考えが正しければ、きっと何かを摑めるはずだよ」

不満げなシャオさんの言葉を遮って、僕は彼女の目を真っ直ぐ見て微笑んだ。

これも最近気づいたことなのだが、実は彼女はものすごく押しに弱いのだ。

面倒くさがりを演じてはいるが、根は素直で優しいから、頼み込まれると断れないのである。

「『絶対できる』って信じて、『炎を吐くこと』なんて気にせずに全力でやってみようよ！」

「……はぁー……わかりました。――だから、そんなに顔を近づけないでください」

根負けしたようにため息をつくと、シャオさんは僕に言われたとおり、真剣な顔で中空に左手を翳し、右掌底《しょうてい》を腰だめに構え、足を下げて重心を落とした。確か、『蟠龍《ばんりゅう》の構え』だったか。

「では、イェン流『奥義』が一つ、『龍掌《りゅうしょう》』に挑戦してみます。成功すれば、通常の掌打《しょうだ》の数十倍の威力の衝撃が、目の前の空間ごと相手を吹き飛ばす……というものです」

律儀に『奥義』の説明をしてくれるのが実に彼女らしい。シャオさんが深く息を吐くと、それに伴って、淡い炎が口から溢れ出ている。彼女の心が昂《たかぶ》っている証拠だ。

「さぁ、シャオさん。――まずは、炎を吐くことからはじめよう！」

僕の言葉と同時に、彼女は大きく息を吸って目を見開くと、吸い込んだ息を炎とともに吐きながら、翳した手と前に出した左足を軸《じく》にして身体《からだ》全体を大きく振り回すようにして右足を前に踏み出した。そしてその足で地面を踏みしめると、腰だめに構えた掌底を勢いよく前に突き出す。

「はあぁっ――!!」

直後、『ドパァンッ』と打ち上げ花火を直下で見たときのようなものすごい音を立てながら、彼女の突き出した手のひらの先にあった畳が、彼女の掌底から放たれた爆風によって吹き飛ばされた。

爆風で巻き上げられた畳が次々と落ちてくる。どう見ても『奥義』は成功だろう。

「……――え？」

その威力の大きさに僕はもちろん驚かされたが、それよりも驚いていたのはシャオさん自身だった。シャオさんは、『龍掌』を放った体勢で目を見開いたまま硬直していた。

僕は放心しているシャオさんに近づいて、ポンと頭に手を乗せながら話しかけた。

「ね、できたでしょ？　君は『火炎息《ファイアブレス》』を気にしすぎてたんだよ。炎を吐かないようにって、感情を押し殺してたから、君は全力のつもりでも、いろんなことに『本気が出せてなかった』んだ」

「──っ!?　き、気安く触《さわ》らないでくだしゃい!!」

硬直が解け、頭に置いた僕の手を振り払うと、シャオさんは僕から距離を取った。

僕的には放心状態の彼女に落ち着いてもらいたかっただけなのだが、よく考えれば、『許嫁』のいる女の子に他所《よそ》の男が気安く触れるのは良くなかったなと反省した。

「──……でも感謝します、大地」

もじもじとしながら僕から目をそらして、シャオさんは恥ずかしそうに頬を赤らめた。

「これまで私は、『奥義』の中でも一番簡単なこの『龍掌』ですら、まともにできたことはありませんでした。それが大地の言葉で、それもたった一言で、できるようになるなんて……」

視線を泳がせていたシャオさんは、今にも涙がこぼれそうな潤《うる》んだ瞳で僕を見た。

「……ありがとうございます、大地。──あなたのおかげでしゅ！」

口から彼女の顔に負けないくらいに赤い炎を吐きながら、シャオさんは僕に向かって感謝の言葉を吐き出した。……最後ありえないくらいに盛大に噛んでいたが、それはご愛嬌《あいきょう》だ。

シャオさんは一層顔を真っ赤にして、口から紅蓮の炎を吐いた。

「あうぅ……今度は『火炎息《ファイアブレス》』がとどまるところを知りません……」

「あはは……僕は、その体質可愛いと思うけどね」

「か、かわぁっ!? ――んんっ!!」

吹き出る炎を堪《こら》えようとして無理やり口を閉じたのだろう。シャオさんは小さな爆発音とともに、頬をリスのように膨《ふく》らませて涙目になっていた。

「だ、大丈夫?」

「らいりょうぶれふ……」

僕は口から煙を立ち上らせるシャオさんの顔を覗き込む。すると、シャオさんは恥ずかしそうに顔を真っ赤にしながらも口の端を嬉しそうに上げていた。

ずっと感情を閉じ込めていた蓋《ふた》を急にこじ開けてしまったから、どうにも歯止めがきかないのかもしれない。『余計な一言』が多い僕の前以外では基本押し殺されていた感情が、常時ダダ漏れ状態だ。

「その『火炎息《ファイアブレス》』も、これから少しずつ改善していこうよ。僕も協力するからさ」

「よろしくお願いします……大地先生」

「うん、よろしくねシャオさんって――、ん？ 今僕のこと『先生』って言ってくれなかった？」

シャオさんの声が、尻すぼみになっていたのではっきり聞こえなかったが、そう言ってくれた気がして、僕は嬉しくなって思わず聞き返す。すると彼女は真っ赤な顔で炎を吐きながら、「し、知りましぇん！」と頑《かたく》なに否定した。けれどその顔と炎、それに盛大に噛んだその言葉が、僕にそれが聞き間違いじゃなかったことを教えてくれた。

なんにしても、これでシャオさんが抱える『頑張らない』症候群《シンドローム》は改善されたはずだ。

代わりに、このダダ漏れの感情と『火炎息《ファイアブレス》』という隠れていた問題が明るみに出てしまった感はあるが――。こちらは少しずつ改善していけるようにいろいろ手伝ってあげたいと思う。

「さ、さぁ大地、組手をしましょうっ!! まずは畳を元に戻してください！ さぁ急いで!!」

その後、僕が組手の稽古で、シャオさんにおそらくは照れ隠しでいつも以上にボコボコにされたのは言うまでもない。鍛錬の疲れとは違う意味で格技室の床に大の字になる僕が、窓から見上げた夜空には綺麗な月と星たちが輝いていた。


それからがもう大変だった。

これまでがまるで嘘だったかのように、シャオさんは泣くわ喚《わめ》くわの大騒ぎだ。

「ああもう、どうして私はこんなしょうもないミスをしてしまったんですかぁ!!」

授業中答えを間違えれば、悔《くや》しがって口から紅蓮の炎を撒き散らし――。

「み、見ないでくだしゃい！　べ、べつに緊張なんてしてましぇんっ！」

作文発表で教壇に立てば、緊張でパニックに陥《おちい》り、言葉を噛みまくり炎を吐きまくる——。

『面倒くさがり』なモノグサ少女なんていう、今までの評価はいったい何だったのかというくらいの変貌《へんぼう》ぶりに、ラヴィさんも「……シャオチーが壊れた？」と戸惑いを隠せないほどだ。

廊下から教室を覗くくるみ先生は、教室で楽しそうに笑うシャオさんを見つめて言った。

「今までのシャオよりずっといいね。泣いて怒って大騒ぎだけど、私もシャオのあんな屈託ない笑顔を初めて見た気がするよ。あの子はあんな顔で笑うんだね……これは君の魔法かな？」

僕のほうを振り返ったくるみ先生の顔には、『君は、シャオに何をしたんだい？』と書いてある。

「僕はただ、シャオさんに『本気の出し方』を思い出させただけですよ」

くるみ先生は一瞬呆気《あっけ》に取られたような顔をしたあと、何かに納得したように頷いた。

「なるほど——でもさ大地くん、あれはどうなのさ？　ところかまわず炎を撒《ま》き散《ち》らして、まるで火炎放射器だよ……」

結果として、いつでもどこでも涙と炎と感情が垂れ流し状態だが、それはしかたがない。

これから少しずつ、『火炎息《ファイアブレス》』も溢れる涙も感情も、訓練で改善していけばいいのだ。

頑張れなかったせいでうまくいかなかったさまざまなことも、少しずつできるようになってきた。

そんな彼女の姿勢の変化は教員たちにも伝わって、『やる気が感じられない』というような悪い評判も、最近はすっかり影を潜めてきているらしい。

あとは時間がゆっくり解決してくれる。『頑張る』ことを思い出した彼女ならもう大丈夫だ。

「この量の仕事を大地だけにやらせるなんて……くるみはいったい何を考えているんでしょう？」

重い箱を数箱軽々と抱えて、シャオさんはため息をついた。僕も一箱抱えて並んで歩く。

「くるみは、大地の軟弱者《なんじやくもの》加減《かげん》を知らないんです。だからこんな無茶を――……」

「いやたぶんだけど……これはくるみ先生の発注ミスじゃないかなぁ？」

振り返る先に積まれた大量のダンボール箱を見て、僕はほんの十数分前を思い返した。

――放課後、教室にふらりと現れたくるみ先生は、職員玄関に届く荷物を理事長室に運んでほしいと言って去っていった。僕はいつもの稽古の前に、その荷物を届けてから行くとシャオさんに伝えて職員玄関にやってきて目を見開いた。

ざっと数えて三十箱以上のダンボール箱。試しに一箱持ち上げてみたが、僕では抱えるのがやっとの重さだ。伝票に「コピー用紙」と書かれているので、箱の中身は全部そうなのだろう。

「これ……ドラマとか漫画でたまに見るやつだよね？」

発注数のゼロの数を打ち間違えて大量に……的な失敗だ。そうでなければ鼻歌交じりに僕にこれを申しつけるなんて、イタズラを超えてもはや悪意にまみれた嫌がらせの域だ。

「……はぁ、これ何往復すればいいんだ？」

「この量を前にして一人でこなそうと考えるあなたは、やはり馬鹿なのでしょうね」

距離にして十数メートル、理事長室は二階なので、間に階段があるのが厄介《やっかい》だったが、やっとの思いで一箱運んで往復した僕がため息をついていると、シャオさんが呆れた顔で僕を見つめて僕以上に盛大にため息をついた。

シャオさんと一緒に数往復すると、山のようだったダンボール箱も残すところあと少しとなっていた。一往復で六箱以上を運べたおかげだ。シャオさんは僕のことを手伝ってくれたつもりのようだが、完全に僕のほうがお手伝いだった。

さすがに申し訳なくなった僕が残りは自分で運ぶことを伝えると、シャオさんは嘆息した。

「大地に任せたらこのまま日が暮れます。私なら一往復なんですから私に任せてください」

「でも僕が頼まれた仕事だし、シャオさんのほうが僕よりずっと多く運んでるし……」

申し訳なさすぎて食い下がる僕を無視して、彼女は残りの箱を一気に抱えた。

「『頼まれた』と言うのなら、私もくるみから『大地の補佐』を頼まれているので、問題ないです」

「うむ……うん。じゃあ、お言葉に甘えさせてもらうよ。ありがとう、シャオさん」

そのとき、シャオさんがにこりと笑った気がした。見間違いかもと思ったが——。

「そ、それでは全速力で運んできますので、大地は着替えて格技室に行っていてください」

駆け出す彼女の口から溢れた炎と、赤い髪の間から見えた真っ赤に染まった耳が、それが見間違いではなかったことを僕に教えてくれた。

照れ隠しに『全力』で駆け出していく彼女の後ろ姿を見送って、僕はニヤニヤしながら職員更衣室に向かって歩きだす。変わりはじめたシャオさんが微笑ましくてしかたなかった。


「まったく……新米教師のくせに、余計なことをしてくれましたね」

ジャージに着替えた僕が廊下を歩いていると、背後から聞き覚えのある声が聞こえてきた。

振り返ると、そこには不機嫌そうな龍皇寺。シャオさんの許嫁が僕に何の用だろうか。

心当たりがなくて、思わず首を傾《かし》げてしまう。

「えーと、君の言う『余計なこと』に残念ながら見当がつかないのだけれど……」

僕の返答に、爽やかな笑顔を崩して龍皇寺は驚いた顔をした。

「『シャオロン』のことですよ。俺とあなたの間の共通項なんてそれしかないでしょう？」

なおのこと心当たりがない。僕は彼女に教師としてしか接していない。許嫁の彼に『余計なこと』と言われるようなことは、誓ってしていないと断言できる。

僕がどうもピンときていないことが龍皇寺にも伝わったらしく、彼は深くため息をつく。

「最近、シャオロンが目に見えて変わりました。ご存じですよね？」

その話題になって、やっと鈍《にぶ》い僕もピンときた。『余計なこと』……なるほど、そういうことか。

おそらくだが、彼は僕にヤキモチを焼いているのだ。『彼女を変えるキッカケを与えるという役目は、本来は自分が担《にな》うはずだったのに』と——。自分の許嫁が、どこの馬の骨ともわからないやつの働きかけで変わってしまうというのは確かに面白くないかもしれない。

そんなふうに思っていたら、彼の口から思いもよらないような言葉が飛び出した。

「『これからは、いろんなことを頑張りたいです』とか言い出して、面倒くさいったら……、まったく笑えない冗談ですよ。——何をやってもダメな愚かさが、シャオロンの取り柄だっていうのに」

「『面倒くさい』って……君、何言って……」

「俺は『アレ』の、美しい容姿と『どうしようもなく愚かなところ』が気に入ってるんです。それが、『私も変われるかもしれない』とか……ありもしない希望に目を輝かせて、頑張るって暑苦しいこと言い出しちゃって——もう本当に面倒くさいことこのうえない」

頑張ることを思い出して、一生懸命変わろうと目を輝かせていたシャオさんのことを、『面倒くさい』と明日の天気を憂《うれ》うようなテンションで、さも当然のように言い放つ龍皇寺。

その姿があまりに信じられなくて、僕は言葉を失ってしまう。

そして思い出した。あの日、僕が初めて龍皇寺に会った日、彼がシャオさんにかけた言葉を。

『君はそのままでいいよ。むしろ、そのままがいい』――あのときは『惚気《のろけ》』だと思っていたが、あれは本当にその言葉通りの意味だったのだ。

「むしろ、変わられたら困るんですよ。『アレ』の魅力がなくなるじゃないですか？」

彼は、『そのままがいい』と、彼女に変化を望まないと言っていたのだ。

「まぁもちろん、俺のほうからも『バカなことを望むのはやめろ』って先ほど口酸っぱくいっておきましたけど。ちょうどついさっき、理事長室から出てきた『アレ』と出くわしたんでね……聞けば『アレ』にそう促したのはあなただそうじゃないですか？　人のものに勝手に変な入れ知恵はしないでください。頼みますよ本当に」

彼女のことを、まるで物のように言う彼の顔は平然としていた。

「――君の言葉に、シャオさんはなんて？」

「いろいろ駄々をこねられましたけど、『許婚の関係を白紙にしたいのか？』って言ったら、やっとわかってくれましたよ……本当に大変だったんですからね？」

自分の正しさを疑わないような口ぶりでため息をつく龍皇寺。そのまま、「もう二度とこういう面倒ごとは起こさないでくださいね」と僕に念を押して去っていった。

あまりのことに頭が追いつかない僕は、しばしその場で立ち尽くした。

彼はシャオさんのことを、完全に物扱いしていた。愛しいとまで言っていた許嫁の『頑張り』を、『バカなこと』だと言いきる彼の感覚が僕にはまったく理解できなかった。

男を毛嫌いしているふしのある彼女が、ああして接触を受け入れていたのだ。少なくとも彼女は、彼のことを好いていたに違いない。なのに――彼女のショックは計り知れないだろう。僕の脳裏にシャオさんの泣き顔が思い浮かんで、いてもたってもいられず、気がついたら僕は駆け出していた――。


「シャオさん！」

真っ暗な格技室に、シャオさんは一人でポツンと立っていた。その背中は寂しげで、今にも泣き出しそうに見えて、気づけば僕はそんな彼女のことを抱きしめ、あやすように頭を撫でてしまった。

「……突然どうしたんですか大地？　わ、わけがわからなすぎて気持ちが悪いです」

シャオさんの言葉も耳に入らず、僕は必死に腕の中のシャオさんに思いつくまま語りかけた。

「『変わりたい』っていう君の願いは、『バカなこと』なんかじゃないよ、絶対に！」

僕の腕の中で、シャオさんが息を飲んだのがわかった。僕はやっと、自分のしでかしてしまった失態に気づく。後先を考えないのは本当に僕の悪い癖だ。

「年端もいかない生徒を抱きしめて息を荒らげるなんて、――馬鹿なんですか、あなたは？」

彼女の言う通りだ。勢い余ったとはいえ、自分の生徒、しかも女生徒を抱きしめるとか大問題だ。『馬鹿なのか？』と聞かれれば、『馬鹿なのだ』と答えるしかない。

慌てて腕を解《ほど》きシャオさんの前に直立する。最悪、彼女の奥義の餌食《えじき》になることも覚悟した。目を瞑り彼女の拳が自分に突き刺さるのを待っていた僕だったが、その衝撃はいつまでたっても訪れない。代わりに訪れたのは、胸に触れるシャオさんの小さな手の感触と、腹部に押し当てられる凶悪なまでの柔らかな膨らみの感触だった。彼女の手はほんの少しだけ震えていた。

「シャ、シャオさんっ!?」

予想外すぎて僕の声は裏返る。

なんだか見てはいけない気がして、僕は閉じていた目を開けられなかった。

見えないのでわからないが、どうやら彼女は今僕の胸に縋りついているようだった。

「あなたは、……どうしてそうやって、私の言ってほしい言葉を言ってほしいときに言ってくれるんですか？　……どうしてそうやって、私を……助けてくれるんですか？」

鼻をすする音とともに投げかけられた言葉に、僕の口が勝手に答えていた。

「——だって、僕《ぼく》は君の『先生』だから。『生徒《きみ》が苦しんでいるのなら、何にかえても助けてあげるのが教師の務め』だ……」

「そんなの『先生』じゃないです……それじゃまるで『白馬の王子様』じゃないですか」

自分のクサすぎる言葉にシャオさんが笑った。冗談じみた彼女の言葉が、僕のクサすぎる言葉に合わせてのものだということはわかる。優しい彼女の気遣《きづか》い。だから今度は僕がそんな彼女の言葉に合わせて冗談っぽく言葉を返した。

「『白馬』はおろか馬にも乗ったこともない僕じゃ、『王子様』は荷が重いよ」

目を開けて見下ろすと、僕を見上げるシャオさんと目が合って、二人揃って笑いだした。

「龍皇寺が僕のところに来て、君と話したって……それを聞いて、君が心配になってさ——、見つけた君がどうしてか泣きそうに見えて、思わず抱きしめちゃったんだ……ごめんね」

ひとしきり二人で笑ってから、僕はシャオさんを自分の胸から引《ひ》き剝《は》がすと、そういって頭を下げた。まだ子供とはいえ、一人のレディーに失礼を働いたのだから当然だ。

「……はぁ……、本当に大地は馬鹿正直で、気持ちが悪いくらいに真っ直ぐなんですね……ですが、もうここまでくると逆に気持ちいいというのが不思議です」

盛大にため息をつきながら、シャオさんは僕を見上げてしかたなさそうに笑った。

「本来は、部外者の僕なんかが口出しするようなことじゃないことはわかってる……でも、そんな僕でもできることが何かあるかもしれない……話してくれないかな——君と彼のこと」

僕の言葉に、シャオさんはまたため息をついてから頷いた。

「私と顕人さんは、家長である祖母が決めた許婚同士です」

そう語りだした彼女は、以前くるみ先生から聞いた『イェン家の事情』を話してくれた。イェン家の断絶の危機と、『当代最強の魔法使い』を婿にする方針について。そして、僕の悪い癖が出てしまう。

「家の決めた許婚っていうけど、シャオさんは龍皇寺のことをどう思ってたの？」

「大地は本当に、聞きにくいことも真っ直ぐに聞いてきますね」

言ってしまってから、それが酷な質問だったと気づく。相変わらずの僕に自分で呆れる。

「もう私にもわかりません。ですが少なくとも『嫌いではなかった』です。顕人さんの『良き嫁』となり、彼と家を支えていく……そんな覚悟をしていましたから」

その横顔で察しの悪い僕でもわかった。そこには『嫌いではない』以上の感情が見て取れたのだ。

「ずっと思っていました。こんなダメな私でいいのか、彼はこんな私が許嫁で恥ずかしいのではないかと、そう思うたびに顕人さんは私に『そのままでいい』と優しく言ってくれました」

その言葉をシャオさんは、僕もそうだったように、優しい彼の慰めだと思っていたのだ。

「こんな私でもいいと言ってくれる、顕人さんの言葉が嬉しい反面情けなかった。変われない自分が、何もできない自分が……でも、それではよけいに気を遣わせてしまうと思って強がるようになりました。『頑張ったってしかたがない』って――」

その強がりが、彼女の『面倒くさがり』に拍車をかけたのだろうことは想像に難《かた》くない。

「だから私でも『頑張ればできる』ってあなたに気づかされたとき、本当に嬉しかったんです。もしかしたら私は、もっと顕人さんに相応《ふさわ》しい許嫁になれるかもしれないって」

そして『頑張る』という決意を龍皇寺に告げた結果が、あの言葉だったのだそうだ。

「ショックでした。まさか『頑張るな』なんて言われるなんて思っていませんでしたから――

最初は私を気遣ってくれているのかと思って食い下がったんですけど、『頑張られたらお前の魅力が失われる』って言われて……私の魅力は『おバカな巨乳』なところなんだそうです」

シャオさんはそう言って、目にいっぱい溜めていた涙をポロポロとこぼした。

「んなっ……龍皇寺のやつ、そんな酷《ひど》いことをっ!?」

本来、教師が生徒に抱くべきではない不適切な感情が、僕の頭を埋め尽くしそうになった。

「でも、私は顕人さんに見限られるわけにはいきません。イェン家の未来は彼にかかっています。さすがに『バカな巨乳』なんて思われていたのはショックですが、『今のままの私がい い』という彼の望み通りであること以外、私に未来はないんです。——だから、私は変われません」

彼女はその目から涙をこぼしながらも、決意を秘めた悲しげな笑顔を浮かべた。

「——大地、あなたの真っ直ぐな言葉は本当に嬉しい。でも、あなたには何もできません」

そして自らの小さな手で涙を拭って、一度短くため息をつくと凛《りん》とした笑顔を浮かべた。

それはすなわち、彼女が『頑張ることを再び諦める』という宣言だった。

イェン家再興のための政略結婚。家長が決めた許嫁のため、彼の望む女性であり続ける未来。

——『頑張ること』は誰にも望まれず、どんな未来を夢見てもその未来は叶わない。

そんな現実を知って、シャオさんは再び『頑張ること』を諦めたのだ。

それは、イェン家の子供である以上、彼女自身にはどうすることもできない問題だ。

そして、イェンの家にまったく関係のない僕にも、どうすることもできない。

――なにが、『僕は、君の「先生」だから』だ。

――なにが、『生徒《きみ》が苦しんでいるのなら、何にかえても助けてあげるのが教師《ぼく》の務め』だ。

偉そうなことを言って、何もできないじゃないか。

考えろ。本当に僕にできることはないのか？

彼女をこの袋小路から救い出す方法は本当にないのか？

考えろ。ないなら作りだせ、創造しろ。彼女を救う方法を――。

シャオさんの未来を守るには、もう龍皇寺との婚約を破棄しないとダメだ。あんなクソみたいなやつと一緒になったら、シャオさんに幸せな未来なんて絶対に訪れない。

でも彼女はそれがわかったうえで、家のために自分の感情を押し殺し、そのすべてを受け入れ自らの未来を諦めようとしている。それだけ彼女にとって家の問題は大きいということだ。

つまりこの許嫁関係を解消するには、イェン家をも納得させる形でなければならない。

御家再興のための政略結婚。そんなバカみたいな現実をぶち壊す方法――。

『この学園で彼の魔法を防げるのは、「盟約」の加護を受ける、君くらいなんじゃないかな？』

ふと僕の頭をよぎったのは、龍皇寺の話をくるみ先生としたときの言葉だ。

そして、閃《ひらめ》いた。シャオさんの未来を守り、自由を勝ち取る、逆転の一手が。

「待って、シャオさん。――僕に一つ考えがあるんだけど、聞いてくれる？」

僕は背を向けようとするシャオさんの肩を両手で摑んで、真っ直ぐ見つめてそういった。

シャオさんは驚きに目を見開きながらも、僕の目を見てゆっくりと頷いてくれた。

「上手くいくかわからないけど、たぶん僕ならできると思うんだ」

そうして僕はシャオさんに、僕の見つけた彼女の未来を守る、『一つの考え』を説明した。

「――えっ？　それってっ⁉」

僕の考えた逆転の一手。それは、イェン家が求める『当代最強の魔法使い』という肩書きを彼から奪い、シャオさんの許嫁の座から龍皇寺を引きずり降ろすというものだ。

「馬鹿だ馬鹿だと思っていましたが、彼に決闘を挑《いど》むなんて正気の沙汰とは思えません――お願いです今すぐやめてください。私なんかのためにあなたの命を無駄にしないで……」

僕の服の袖を指先でつまんで、必死に首を横に振るシャオさん。

彼女の言うとおり、確かに決闘なら分《ぶ》が悪いだろう。

だが、重要なのは『最強の魔法』のほうだ。なら、魔法勝負に持ち込んで、彼の自慢の魔法を打ち破るだけでいい。それで彼は『最強の魔法使い』ではなくなるはずだ。この学園でそれができるのは、きっと『人間』である僕だけだ。

「大丈夫。僕がどうにかして彼から『最強』の名を奪い取って、君を自由にするよ」

僕は、シャオさんを救うという決意を込めて、そう宣言した。

そうすることで新たに生じる問題に、このときの僕は何としてもシャオさんを助けたいという気持ちで頭がいっぱいになっていて、何も気づいていなかったけれど――。


「ＯＫ、いいよ」

翌日僕は、朝一番にくるみ先生のいる理事長室を訪れた。

「そんなあっさりと……」

生徒と『決闘』をしたいという僕の申し出を、あっさり了承したくるみ先生に戸惑う僕。

「だってムカつくじゃん、龍皇寺。私の可愛い生徒を馬鹿にして……最低だよ」

「龍皇寺もあなたの可愛い生徒なんですが――」

僕の目を、真っ直ぐに迷いのない瞳で見つめて、くるみ先生は言った。

「もちろん、龍皇寺だって私の可愛い生徒だよ。だからこそ、その可愛い生徒が道を誤《あやま》っているのなら、正してあげなくてはならない。違うかな？」

そのくるみ先生の言葉から龍皇寺への愛情を感じて、僕も少し考えを改めようと思った。

龍皇寺への怒りやシャオさんを救いたい気持ちで、頭に血が上ってしまっていて、どうにも自分は冷静な判断力が欠如していたように感じたからだ。

僕はいつのまにか龍皇寺に対して、シャオさんを害する『敵』であるという認識しかなくなっていたが、彼だって大事な生徒の一人なのだ。確かに言動や思想に腹は立つが、僕は一人の大人として、教師として、彼の間違いを正してあげなくてはいけない。

ん？　他にももう一つ大事なことを忘れているような……。

「にしても、勝算あるの？　彼の魔法の威力は本物だ。防ぐこと自体は君なら容易だろうけど、普通に『決闘』したんじゃ負けは目に見えてるよ？　君からも、彼に対する決定打がないと」

ふと頭をよぎった予感は、くるみ先生の言葉でかき消えてしまう。

忙しそうにいろいろと立て続けに連絡を入れながら、くるみ先生は心配そうに僕を見た。

「そこは、彼の驕《おご》りと、術師であって武人ではないところにつけいろうかと思います」

「ほほう……我に策ありって顔だね、大地くん。聞かせてよ、君のその作戦を――」

僕は、くるみ先生に自分の考えたことを説明した。僕が一晩かけて考えた、必勝の作戦を。

「――と、いう感じなんですけど、どうでしょうか？」

「――なるほどね。確かにそれなら彼が勝負にのってきた時点で、ほぼ君の勝ちは確定する」

僕の作戦を聞いたくるみ先生も、そう言って頷いてくれた。

「いやでも、それってつまり――、ああいいや、これは気づかないほうが面白いし――うん、諸々の準備はとりつけられたから、明日の放課後に決行できそうだよ。――さて、覚悟はいいかい、大地くん？」

僕と話をしながらだったのに諸々の計画を立てて、あっという間に話をとりつけて準備を終わらせてしまうくるみ先生の手腕に感心しつつ、僕は気合を入れてその問いかけに再び頷いた。

「はい。シャオさんの未来と自由を、取り戻してみせます！」

「よしよし、その意気だ！　さすがは私の見込んだ大地くんだね！」

決戦は明日の放課後、場所は野外演舞場《えんぶじょう》。僕は覚悟を決めて、固く拳を握るのだった。


「はぁー……、まさかこんなことになるとは……」

僕は思わずこぼれるため息を我慢せずに、演舞場の舞台から周囲を見渡した。

僕の立つ舞台を囲むすり鉢状の観客席は、すでに生徒たちでいっぱいだ。スタジアムでライブを行うアーティストは、きっとこんな光景をいつも見ているのだろう。それにしてもまるでお祭りだ。縁日のような出店に、野球場でよく見る売り子さんまで観客席を行き交っている。人のごった返す観客席の反対側には、大きな液晶掲示板のようなものがあり、舞台上の僕らを映し出していた。

「『こんなに大勢のギャラリーがいるなんて聞いてませんよ？』って顔だね、大地くん？」

片耳につけたインカムから、くるみ先生の声が聞こえる。もちろん、くるみ先生の魔法で隠《いん》匿《とく》しているので、僕が耳にそんなものを付けていることに気づく者はいない。

「『最強』を失墜させるには、相応の目撃者が必要だよ。誰の目から見ても、勝敗が揺るがない状況でないと、イェンの家も龍皇寺の家も納得しないでしょ？」

僕は、その言葉に、インカムを指で一回叩く。『Ｙｅｓ《イエス》』の合図だ。

「何にせよ、そろそろ試合開始だね。『Good Luck《グッドラック》』大地くん、健闘を祈るよ」

僕は、くるみ先生の言葉にもう一度インカムを一回叩いて、眼前に立つ龍皇寺を見据《みす》えた。

「本当に、この条件だけでいいんですか、衣笠先生？」

「え？　ああ、うん。それで十分だよ」

緊張する僕とは対照的に、余裕の龍皇寺は大きな画面を見上げて話しかけてきた。

まぁ、こういう状況に慣れているのだろう。『最強』という名の看板を背負うに至るまで、きっと何度となくこんな決闘じみたことをしてきたのだ。

画面には勝敗を決める規定が表示されている。

僕の勝利条件は、『龍皇寺に触れること』。一方の龍皇寺の勝利条件は、『僕に魔法を当てること』。

加えて彼には、『魔法で僕以外に甚大《じんだい》な被害を生じさせた場合は敗北となる』という万一の被害を避けるための規定が設けられている。

「それにしても、攻撃魔法も使えないのに、俺に『決闘』を挑むなんて……そんな衣笠先生の蛮勇に免じて、条件は二つとも、快《こころよ》く受け入れさせてもらいますよ」

馬鹿にするように、いや、事実、明らかにこちらを馬鹿にして龍皇寺は僕を見つめる。

余裕綽々《しやくしやく》の笑みで、舞台上の僕らを捉える放送部のカメラにウインクを決める龍皇寺。

僕らの姿を映した大きな画面にそのウインクが抜かれて、観客席から黄色い歓声があがる。

決戦の場となる野外演舞場の周囲は、くるみ先生が集めた選《よ》りすぐりの結界術師の先生方が数人がかりで結界を編み上げてくれている。周囲の建物や観客に被害が及ぶことはないそうだ。

「ああ、それと確認なんですが、俺の『極大魔法』は、致死の可能性もあるんですが――」

「大丈夫大丈夫。君のその『矛』は、決して僕には届かないよ。放つ間もなく君負けるから」

「そうですか――、じゃあ死んで後悔してください」

「死なないし後悔もしない。逆に証明してあげるよ、君は『最強』なんかじゃないって」

挑発に対して安い挑発を返したら、静かに怒りを浮かべて右手を翳して構える龍皇寺。

「君の『最強の矛』では、僕の『脆弱《ぜいじゃく》な盾』すら、貫けないってことを――」

そんな彼にダメ押しの挑発をして、僕もシャオさんから習ったイェン流の構えをとる。

僕らが構えを取ったことを確認した審判員の教師が腕を振りあげると、大きな液晶画面に、『試合開始』の文字が大きく表示された。

同時にとんでもない熱量が、彼の右手に集まっていく。シャオさんの吐く炎など比べ物にもならない熱量だ。あんなものをまともに食らえば確かにひとたまりもないだろう。

「何を企んでいたのか知りませんがおしまいです。さようなら、『落第クラス』の新米教師さん!!」

龍皇寺が『極大魔法』の発動に入ったことを確認して、僕は躊躇なく駆け出した。

「なっ!?　間合いを詰めるだと!?」

驚く龍皇寺の声。僕はシャオさんから習った歩法を使って、限りなく身を低くしながら、たった二歩で彼の懐に滑り込み、彼を見上げた。

一瞬で間合いを詰められた龍皇寺は、前につき出した手のひらを下にして、僕の顔に向けた。

「残念だけど『詰み』だよ、『学園最強』。その角度じゃあ、君は魔法を放てない」

「くうっ――！　しまった!?　そうか、貴様の狙いはこれか!!」

僕の狙いに気づいた龍皇寺だが、もう彼は魔法を放てない。

魔法を放てば負けてしまうからだ。

慌てて後方に飛《と》び退《の》き、再度体勢を立て直そうとするがもう遅い。

僕の手が音もなく彼の右手に発現した『極大魔法』をかき消す様子と、龍皇寺の手のひらに僕の手が触れる様子は、大きな画面にしっかり映し出されていた。

それでおしまい。あっという間の幕切れだった。

――龍皇寺は放心して立ち尽くす。

観客の誰もが、龍皇寺の勝利を疑っていなかったのだろう。誰も言葉を発せずにいた。

「勝者、衣笠大地――っ!!」

審判員の教師の声が、そんな静寂を切り裂いて演舞場いっぱいに響き渡る。

観客席に動揺が広がる。この呆気《あっけ》なさすぎる幕切れに、観客たちは納得もできずにいるようだった。

「認めない！　認めないぞ!!」

そんな中、おそらくこの場でもっともこの結果に納得していない人物が声をあげた。不満いっぱいの顔をして、僕を睨みつけて言葉を続けた。

「こんなもの無効だ！　なにが『万一の被害を避けるための規定』だ！　お前は最初から、『これ』を狙ってあの条件を俺に提示したんだろう、卑怯者《ひきょうもの》め!!」

そう、龍皇寺が魔法を放てなかったのは、僕が彼に提示した二つ目の条件があったからだ。

この『魔法で対戦相手以外に甚大な被害を生じさせた場合は敗北となる』という条件のせいで、龍皇寺は身を低くしたことで演舞場の舞台の床を背にした僕に、魔法を放つことができなかったのだ。

僕が避けても、僕に魔法を当てても、彼の魔法は僕の下の演舞場の舞台床も破壊してしまう。つまり、それでは僕を消し飛ばせても、この決闘自体は彼の負けということになるのだ。

「卑怯なのは『誰も防げない最強魔法』を持つチート全開の君のほうでしょ。――それに、君が僕の思惑を見抜けずあの条件を認めた時点で、君の負けだったんだよ。魔法の威力に溺《おぼ》れて勝負の『駆け引き』を忘れた君の失態。残念ながら決闘が始まる前から君の負けは決まってたのさ」

僕は敢《あ》えて、挑発するように龍皇寺にダメ押しをする。

観客たちも彼も、イエンの家も、これでは納得いかないだろう。だから――、

「きぃーさぁーまぁ――っ!!」

龍皇寺は僕に向かって再びその手を翳すと、躊躇いなく呪文を詠唱《えいしょう》しはじめた。

不意に観客席から、紅蓮の炎とともに絶叫に似た悲鳴が上がった。

「大地先生、逃げてぇ――っ!!」

そんなシャオさんに向けて僕が微笑むのと、龍皇寺の『極大魔法』が放たれるのはほぼ同時だった。

膨れ上がる光弾の熱量に、観客席にいる魔物たち全員が、身を固くして身構えた。

「……なん……だと……」

しかし、その放たれた『最強の魔法』は、炸裂《さくれつ》することもなく一瞬でかき消された。

龍皇寺にも、観客席の魔物たちにも、その場にいた誰の目にも、こう見えていただろう。

龍皇寺が放った『最強』の『極大魔法』を、僕が右手を翳して、いとも容易《たやす》くかき消した、と。

「喚《わめ》くなって、少年。わざわざ君のプライドが傷つかないように、『放てなかった』ってことで終わらせてあげようと思っていたのに――はぁーあ、僕の気遣いを無駄にしてくれちゃって……」

もちろん、彼の魔法をかき消したのは僕じゃない。『人間』を魔物から守る『盟約』だ。

でも僕は、さも自分がその魔法をかき消したかのように言いきった。

「これでわかっただろ？　仮に君がその『極大魔法』を放っていても、僕には決して届かなか

った。最初から君の『矛』では、僕の『盾』に勝てなかったってことが――さ？」

彼に倣ってウインクすると、大画面にその自分の顔が映って恥ずかしくて死にたくなった。

もはや言葉もなく、その場に膝《ひざ》からくずおれる龍皇寺。その姿を視界の隅に収めながら、僕は震える足を誰にも気取られないように舞台を降りて、そのままトイレに駆け込んだ。


「ヒュ――っ！　大地くんかっこいい！」

個室に駆け込み、崩れるように座り込むと、インカムからくるみ先生の声が聞こえる。

「茶化《ちゃか》さないでください、くるみ先生！　もう膝が笑っちゃって立ち上がれないんですから」

「しょぼーっ！　でもこれで完璧に、龍皇寺の『最強』の看板は叩き割れたよ！」

「そうじゃなきゃ困りますよ！　――はぁ……これでシャオさんは自由ですよね？」

僕にとっては、勝敗自体は正直どうでもいいのだ。その結果、彼から『当代最強の魔法使い』という肩書きを奪い取れるかどうか、それが重要だった。

「あはは、自由だよ！　むしろシャオの自由も未来も、今や全部『君の思うがまま』だよ！」

くるみ先生の言葉を聞いて、ホッと胸を撫で下ろす僕。

だがすぐ後に、その言葉にどうにも不穏な空気を感じて、僕は恐る恐る聞き返した。

「くるみ先生、――その『君の思うがまま』とは、どういう意味ですか？」

「言葉どおりの意味だよ。シャオの今も未来も自由もすべて、もはや君の意のまま――っとゴメンネ、ちょっと着信だ、はいはいもしもし？　ああ、イェンさんですか！」

インカムの向こうで、くるみ先生は何やら電話を受けている。

「はい、はい……そうです。ご覧頂いた通りです。……はいそうですね、暫定的《ざんてい》には――」

僕の耳がおかしくなければ、『イェン』と言っていた気がするのだが……嫌な予感が、ヒシヒシと湧《わ》き上《あ》がってくる。そこに至って、僕は自分の大きな失敗に気がついた。

「……ええ！　もちろんお受けいたします！　きっと本人も喜びます！　では、はい――……」

インカムから聞こえてくるくるみ先生の声は、このうえなく楽しそうだ。

そして考えなしな僕にもさすがに、我が身に降りかかりつつある事態が理解できた。

「そうだよ大地くん。君の想像通り、今のはシャオのおばあさんからだ。龍皇寺を破った君に、孫娘との婚約を申し込みたいってさ。君の後見人として私が『喜んで』って答えておいたよ！」

龍皇寺を破ったということは、当然僕が『当代最強の魔法使い』ということになる。

そうなればイェン家としては、僕をシャオさんの婚約者に……という話になるわけだ。

「ちょっと待ってください、なんてことしてくれてるんですか！　それじゃあ僕が体を張った意味がないじゃないですか!!　せっかくシャオさんを龍皇寺の束縛から解放して――」

「そしてまた、次の婚約者に束縛されたら、また君が体を張ってシャオを解放するの？」

不意に、くるみ先生の声が真剣なものに変わる。

「それは本当の解放とは言えないよ、応急処置だ。それじゃ、本当の意味で彼女の未来も自由も守れない……君はシャオの未来と自由を守りたいんだよね。——違うの？」

違わない。だからこそ僕は龍皇寺と戦ったのだから。

「だったら、答えはシンプルだよ。べつに君がシャオと結婚しなくたっていいんだ。君がシャオを任せるに相応しいと思う男を見つけたときは、そいつにその座を譲ればいい。だから、それまで君が彼女の婚約者として、彼女の『未来と自由』を守ればいいんじゃないかな？」

なんだか上手く丸め込まれているような気がしないでもない。でも、くるみ先生の言う通り、こうすることがシャオさんの未来と自由を守る最良の手段であるような気がして、僕はくるみ先生の言葉を受け入れることにした。

トイレの外からは、未だ興奮冷めやらぬ観客たちの声が聞こえている。

トイレの個室で、便座に座りながら受けるような話ではないのはわかっているがしかたない。

「わかりました。あくまで、彼女に相応しい相手が現れるその日までですが——」

「——あはは、おめでとう大地くん！　これで君もリア充の仲間入りだね！　爆発しなよ!!」

そんなわけで僕は、『当代最強の魔法使い』の称号と、可愛い許嫁を手に入れてしまった。

後日、シャオさんにもくるみ先生のしていた話を格技室で伝えると、

「不束者《ふつつかもの》ですが、どうかよろしくお願いいたします」

と真っ赤な顔して三つ指を突かれてしまった。それがどうにも気がかりだったが、

「大地先生……ありがとう……ございます！」

その瞳いっぱいに涙を浮かべて、今まで見たどの表情よりも幸せそうな顔で笑うシャオさんを見て、僕の胸も嬉しさでいっぱいになったのだった。

以降シャオさんはいつも通りの様子だったので、彼女にも、ちゃんと彼女に相応しい相手ができるまでのカモフラージュだと伝わっていると思う。大丈夫だろうと思う。思いたい。

とにかく、これでシャオさんは自分の望む未来に向かって『頑張る』ことができるようになったのだ。彼女はこれから夢を探すのだという。彼女がどんな夢を目指すのか、それも僕は楽しみだ。いろいろ思うところはあるけれど今はそれでいいと思う僕だった。


「大地先生、そこの板書《ばんしょ》、英単語のスペルが間違っています」

「え？　おわぁホントだ、ごめんシャオさん、みんな、ここは『c』じゃなくて『s』だった！」

僕の授業、『人語』の、英語の授業中、僕はまたシャオさんに板書のミスを指摘される。

「ダイッチー、ミス多いぞー、気をつけろー！　それでもシャオチーの許嫁かぁー！」

「ラヴィ！　今それは関係ないでしょう！　それにしても、あのときの頼りになる『先生』は

「あははははっ!!」

どこへいったんですか!?」

「おぉー！　シャオチーファイヤーッ!!　今日も綺麗な炎だね！

ここぞとばかりに、楽しそうに僕とシャオさんをからかうラヴィさん。

ラヴィさんにからかわれて、炎を吐きながら応えるシャオさんの言葉どおりだ。あのときは、

散々偉そうに先生ぶっていたのに、普段の僕はまだまだ未熟な新米教師だ。でも——、

「はぁ……もう……それでも、あなたは教師ですか？」

「ぐぬぅ……面目ないし、言葉もない」

シャオさんはそんな僕を、時折『大地』と呼び捨てではなく、『大地先生』と呼んでくれる。

だから僕は、もっともっと頑張らないといけない。

シャオさんが一歩踏み出したように。頑張ってくれるように。

僕も教師としてもっともっと頑張って、彼女たちを導けるように。

彼女たちに寄り添って、ともに成長していけるように。

「しっかりしてください、大地先生！」

僕はシャオさんの言葉に小さく頷き、気を取り直して板書の文字を書き直すのだった。

第2話　HANDS

「おはよう、だんだん寒くなってきたね」

かじかむ手に息を吐きかけながら、やってくる生徒に僕は元気よく挨拶《あいさつ》をした。

この学園にきた頃は、秋真っ盛りで生徒たちの制服も冬服と夏服が入り乱れていたが、もう十月に入って衣替《ころもが》えも終わり、ほとんどの生徒が冬服だ。

「おはようございます！　朝からお熱いですね!!」

通り過ぎる名も知らぬ生徒に妙な言葉を投げかけられ、僕は首を傾げる。

「ん？　お熱いってどういう……って、シャオさん!?」

「なんですか大地《だいち》。朝からそんな大きな声を出して？」

不思議に思って視線を横に移すと、僕の真横にいつの間にかシャオさんが立っていた。

長袖の冬服を身にまとい、真っ赤な長い髪をポニーテールにしている。溌剌《はつらつ》とした彼女によく似合っているが、ドラゴニュートの彼女の場合、『ドラゴンテール』になるのだろうか。

「朝からこんなところでなにしているのさ？　君はべつに風紀委員でもないでしょう？」

龍皇寺《りゅうおうじ》との決闘以降、シャオさんと僕の関係も少しずつ変化してきた。関係というか、シャオさんが、なんというか僕に対して優しくなったように感じるのだ。

それはもちろんありがたいのだけれど、少しだけ友好的すぎるきらいがあるのが気がかりでもある。

「――『未来の妻』として、夫の朝のお勤めにお供するのは、当然です」

「そっかぁ……うん、ありがとうシャオさん。でも、妻とか夫とかそういう冗談はほどほどにしようね？」

このドヤ顔も、周囲への偽装《カモフラージュ》、彼女なりのジョークだと僕は思っている。思いたい。

シャオさんとの関係も、僕の中では、近いうちに爆発しそうなひとつの大きな悩みの種ではあるのだが、それと同じくらいに『気になっていること』がある。

「む？　あれはアウラではないですか？」

考えごとをしていた僕に、シャオさんが話しかけてきた。

よく噂をすれば影がさすというが、考えただけで噂にカウントされるのだろうか。

小さな体躯《たいく》、真っ白い髪に真っ白い翼。僕が今気になっているのが、アウラさんなのだ。

パッと見は天使っぽいが、あれで『悪魔族《マモン》』だというのだから魔物《まもの》というのは難しい。

アウラさんは僕を一瞥《いちべつ》すると、何も言わないまま自動販売機に近づいていく。

「おや？　登下校中の買い食い及び飲食店への出入りは禁止のはずですが……」

シャオさんの言う通り、買い食いは禁止されている。まぁ、かといって、校則なんて基本的にほとんどの学生が守っていないようなルールであるのは人間も魔物も同じらしい。

だが破るにしても、普通なら教師の目を盗んでバレないようにやるはずだ。

なのに、アウラさんはなぜか僕の姿を確認してから自動販売機に近づき、コインを入れ缶ジュースを買ったようだ。その様子を一緒に見ていたシャオさんは僕に向かって言った。

「買うだけならば、校則違反にはなりませんが……」

確かに。あれをそのまま鞄《かばん》にしまえば校則違反にはならない。禁止されているのは『買い食い』であり、通学中の飲食物の購入、いわゆる『買い弁』は許可されている。

「見てください大地。やはりアウラは『買い食い』をするつもりのようですね……」

アウラさんは再びこちらを見てから、手に持った缶を開けて、口をつけた。教師である僕が目撃していることを確認してから、堂々と校則を破ったというわけだ。しかし、すぐに缶を口から離し、フーフーと息を吹きかけている。どうやら、熱すぎて飲めなかったらしい。

「どうしますか、大地？　私が注意してきましょうか？」

上目遣《うわめづか》いに僕をみて確認するように首を傾《かし》げるシャオさんに、僕は黙って首を横に振る。

「あとで僕から注意するよ」

ちなみにアウラさんは、未《いま》だ息を吹きかけて冷《さ》ましつつゆっくりと缶を傾けている。

「やっと飲み終えたみたいですね」

数分をかけて缶コーヒーを飲み終えたアウラさんは、意を決したように空き缶を近くの生垣《いけがき》に投げ入れた。そして、そのままその場を離れるのかと思ったら、立ち止まりしばし思い悩んだあと、目に涙を浮かべて生垣に戻り空き缶を拾い上げ今度はきちんとそれをゴミ箱に捨てた。

僕もシャオさんもそんな彼女の行動に啞然とする。これが僕が最近気になっているアウラさんの謎の行動のひとつだ。彼女がこうした『奇行』をいつからやっているのか僕にはわからない。

「私の知る限り、彼女の『あの手の行動』は、クラスが一緒になってからずっとですよ？」

まるで僕の考えていたことを見透かしたようなシャオさんの言葉に、僕が驚いて目を見開いていると、シャオさんはクスリと笑った。

「大地が考えていることが、最近少しわかるようになってきましたので」

くるみ先生といい、シャオさんといい、僕ってそんなにわかりやすいヤツなのだろうか。

そんなやりとりをしていると、気づけばすぐ近くまでアウラさんがやってきていた。

「ダメじゃないか。アウラさん。『買い食い』は校則違反だよ」

アウラさんは、僕の言葉が聞こえなかったかのように無視して通り過ぎる。いつもどおり元気よく返事をしてくれたフクロウの「ホォウッ!!」という声だけが虚《むな》しく響く。

アウラさんの背中を見送ってため息をつく僕に、シャオさんが近づいてきたので訊く。

「さっきの話なんだけど、アウラさんのアレってずっとなの？」

「えーと、そうですね。あの『謎の行動』は、もう彼女の日課のようなものだと思います」

先ほどのシャオさんの話しぶりからなんとなく想像はついていたが、やはりアウラさんの『奇行』は僕が気づくずっと前から日常化していたようだ。

もう少しこの話題を掘り下げようとしたところで、響き渡るウェストミンスターの鐘。

その聞き慣れた旋律《せんりつ》を合図に、僕は職員室、シャオさんは教室へと向かう。

職員室に着くまでの間もずっと、僕はアウラさんの『奇行』について考えていた。

なぜ彼女はわざわざ誰かの見ている前で、あんなことをするのだろうか——と。


僕は朝の職員ミーティングのあと、何人かの先生にアウラさんの『奇行』について聞いて回った。すると、やはり今朝僕が見たような光景は日常茶飯事らしい。

曰《いわ》く、『悪さをするのは悪魔族《マモン》である以上しかたがない』のだそうだ。

くるみ先生によると、悪魔族《マモン》には大昔に悪事を生業《なりわい》としてきた名残で、他種族より少しだけ『魔が差しやすい』性質があるのだそうだ。だから職員たちは、彼女の『奇行』をある程度受け入れているらしい。いちいち咎《とが》めてもしかたがないということのようだ。

だが僕には、どうにも納得いかない部分がある。

「アウラさんのあの謎の行動、なんか変だと思うんだけどなぁ——」

結局、その日のうちにアウラさんの『奇行』の原因を突き止めることはできなかった。

僕は日課の教室清掃を終えて、ドアの鍵を閉めながらため息をついた。

窓から差し込む夕暮れの日差しもずいぶん角度がついてきて、廊下に伸びる僕の影がまるで巨人のそれのようになっている。着々と季節は冬へと移り変わろうとしているようだ。気持ちを切り替えようと大きく伸びをすると、廊下の巨人も同じように両手を挙《あ》げる。

ふと窓の外に、僕と同様、横たえた巨人を引き連れた見覚えのある後ろ姿を見つけた。

「真っ赤な世界の中でも、あの真っ白い翼は、やっぱり存在感抜群《ばつぐん》だな」

もちろん、その翼も夕焼けの茜色《あかねいろ》に染まっているのだが、そのせいでより一層その白さが際立っているように感じられるのだから不思議だ。

「……にしても、またまたあの子は何やってるんだ？」

手入れを忘れられて荒れ放題の花壇の前にいるのは、見間違えようもないアウラさんだ。

てっきり何か悪さをするのかと思っていたのだが、彼女は花壇の草むしりをしていた。

いや、もしかしたら花壇の花を抜いているのかもと見ていたが、彼女が取り去っていく草の間から綺麗なコスモスが姿を現す。やはりどうみても草むしりだった。

どういう風の吹き回しだろうか。でも、物静かでいつも心温まる物語ばかりを読んでいる彼女には、どちらかといえばイタズラよりもこちらのほうが合っているような気がする。

「そういえばアウラさん、たぶん僕に見られてることに気づいてないよな？」

彼女の周囲を見渡してみるが、彼女の他に人影はない。それに、一心不乱に草むしりをしている彼女が、彼女を見る僕に気づいているようにも思えない。

「普通こういうときにこそ、『魔が差す』もんだよね――」

人目もはばからず悪さを働くアウラさんと、人知れずいいことをするアウラさん。

どちらが本当の彼女なのか、僕にはまだわからない。

手の甲で汗を拭いながら懸命に草をむしるその姿のほうが、やはりアウラさんらしく思えた。

結局、彼女は薄暗くなるまで作業を続け、荒れ放題だった花壇を蘇《よみがえ》らせ、真っ白い翼をところどころ泥で汚したまま、ゆっくりと帰路へと着いたのだった。


「大地くん、アウラが気になってるのはわかるんだけど。それじゃもう、ストーカーだよ？」

昼休み、学食に向かうアウラさんを尾行して廊下を歩いていたら、背後から声をかけられた。

「おわぁっ！　って、驚かさないでくださいよ、くるみ先生」

「君の可愛い許嫁《いいなづけ》から、『大地がいろんな意味で心配です』って相談されたよ。君はもう少しだけ、自分に向けられる好意とか視線に敏感になるべきだ。特に今は『視線』にね！」

くるみ先生は僕の肩を叩《たた》いて、可哀想な人を見る目を僕に向ける。周囲からも『不審者』を見るような視線。僕はそんな視線を苦笑いでごまかして、学食に消えたアウラさんを追った。

「なるほどね……君の言う通り、人前で『魔が差す』っていうのは確かに矛盾《むじゅん》してるね」

なぜかついて来たくるみ先生とともに、僕は少し離れてアウラさんの様子を窺《うかが》う。

学食の喧騒《けんそう》の中、アウラさんは決死の覚悟を顔に浮かべながら、各テーブルの上に置かれた爪楊枝《つまようじ》の器を弄る。どうやら爪楊枝を何本か上下逆《さか》さに入れ直しているようだ。顔つきや手つきを見れば時限爆弾でも解体していそうな緊迫感なのに、やっていることがあまりにしょぼすぎて僕は混乱してしまう。

「アウラはずっとあんな感じなの？　ずっとあの子をストーキングしてたんでしょ？」

「人聞きの悪い言い方しないでくださいよ……でもそうですね。基本的に『人目のある場所では』、彼女は今みたいな『イタズラ』をしてました」

僕はここ数日のアウラさんを思い返す。人の多い時間の図書館。アウラさんは、本の上下をアベコベに並べ替えてから、なぜか元に戻していた。業者で賑《にぎ》わう来客用玄関。下駄箱に入っていたスリッパを全部出して土間に並べてから、やはりそれを元に戻していた。むしろ、元より少しだけ綺麗になっていたくらいだ。

「逆に『人目がまったくないところでは』、悪魔らしからぬ『善行』を重ねていました」

アウラさんの『善行』。放課後の誰もいない体育倉庫の清掃、飼育委員がやらずに帰った飼育小屋の掃除と餌《えさ》やり、グチャグチャになった駐輪場の整理……普通、誰もやりたがらないようなことを嬉しそうに、いつもより生き生きとした顔でやっていた。

「ってことは、そろそろかな、大地くん？」

学食にほとんど人がいなくなり、くるみ先生がそう言ったとき、アウラさんはちょうどすべての爪楊枝にイタズラを完了し、深呼吸をして、その場を立ち去ろうとしているところだった。

「ええ、そろそろだと思います」

アウラさんは、学食の出入り口で踵《きびす》を返し、しばし考え込んだ後、眉《まゆ》をハの字に寄せながら、各テーブルに戻り爪楊枝を元に戻し始めた。

「やっぱりか……大地くん、アウラは何がしたいんだろうね？」

僕はくるみ先生の質問に首を傾げる。アウラさんはそんな僕らの視線には気づくことなく、泣きべそをかきながらすべての爪楊枝を元に戻し、学食のおばちゃんに台布巾《だいふきん》を借りてきて、すべてのテーブルを綺麗に拭いてから学食を去っていった。


「アウラさん、ちょっと待って！」

今日も僕はアウラさんに鮮《あざ》やかなまでにスルーされてしまう。廊下で出くわしたアウラさんはこちらに一瞥もくれず歩く速度も緩《ゆる》めず、ハードカバーの分厚《ぶあつ》い本を大事そうに抱《かか》えて僕の前を通り過ぎていく。「ホォウ」と僕に反応してくれるのは、頭の上のフクロウだけだった。

「本当に懲《こ》りませんね。ここまで徹底的に無視されて、嫌われてるとは思わないんですか？」

ちょうど隣にいたシャオさんに絶妙に痛いところをつかれ、僕は苦笑する。

「言わないでよ、考えないようにしてるんだからさ……でも、なんか放って置けないんだ」

「そんな『先生みたいな』顔で言われたら、からかえないじゃないですか」

「……いや、『先生みたいな』って、一応僕先生なんだけど？」

「そんなことわかってます。まったくこの人は……」

シャオさんは少しだけ不機嫌《ふきげん》そうに、黙って僕の顔を見上げたあと、ため息をついた。

「あの子は、いくら話しかけても会話はできません。理由は私にもわかりませんが、そもそも、まったく喋《しゃべ》らないんです。喋れないわけではないんですけどね――」

口ぶりから、彼女とのコミュニケーションは諦《あきら》めろと言われると思ったのだが違うらしい。

「アウラと話がしたいのなら、面と向かった会話では駄目です。口ではなく『手』で、紙に言葉をしたためて彼女に渡してみてください」

「『手』で紙にって……『手紙』……ってこと？」

僕の言葉に、シャオさんはゆっくりと頷《うなず》いた。

「必ずとはいえませんが、返事がもらえるかもしれません」

聞けばシャオさんもたまに、アウラさんに手紙を渡しているらしい。手紙といっても便箋《びんせん》に封筒というきちんとしたものではなく、僕も学生のときに教室で目にした、ノートの切《き》れ端《はし》などを綺麗に折りたたんだ、『これ、○○ちゃんに回して』というやつだ。

「ありがとうシャオさん！　さっそく試してみるよ!!」

思わずシャオさんの手を取ってお礼をいったあと、僕は紙とペンを求めて職員室に向かって駆け出したのだった。

「きゃっ!? だ、大地先生? ど、どうしたんですかぁ、そんなに慌《あわ》ててぇ?」

「あ、すみませんミーシャさん。大丈夫ですか?」

職員室に駆け込んだ僕が危うく衝突しそうになったのは、学園事務のミーシャさん。頭上に浮かぶ金色のリングと背中に生えた純白の翼からもわかるように『天使族《エンジェル》』だ。

見た目がほとんどアウラさんと同じなので、初対面のとき『もしかして貴女も「悪魔族《マモン》」ですか?』と聞いたら、ミーシャさんは、苦笑いを浮かべて『あはは、「天使族《エンジェル》」です。私なんかより、アウラちゃんのほうがよっぽど天使みたいですけどねぇ』と言っていた。

「だいじょうぶですよぉ。それにしても、何をあんなに急いでらしたんですかぁ?」

僕が「生徒に手紙を書こうと思って紙とペンを取りに来た」と話したら、ミーシャさんは「それは素敵《すてき》ですねぇ!」と、ファンシーな可愛《かわい》いレターセットを僕に差し出してくれた。

「私の使いかけでよければ、たくさん持っているので差し上げますよぉ」

僕はミーシャさんにきちんとお金を払うといったのだが、ガンとして受け取ってもらえなかった。交渉の末、後日ご飯をご馳走《ちそう》するという約束で手を打ってもらった。あとでくるみ先生に『デートじゃん、大地くん、それデートじゃん!』と職員室でからかわれ、僕に対する周囲の男性職員からの視線に殺意が交《ま》じるようになるのだが、それはまた別の話だろう。

さっそく、そのレターセットで手紙を書くことにしたわけだが、いざ書こうとして気づく。

「僕、生徒とはいえ女性に手紙を書くのなんて初めてだ……」

当然どんなことを書いたらいいのかわからない。僕はスマホを取り出して、『女の子　手紙　書き方』と検索してみた。すると案の定『ラヴレターの書き方』ばかりが表示される。

「ふむふむ、――へぇ、女性は『否定』より『肯定』の表現を好むのか……」

いくつかのサイトを参考に、僕は悪戦苦闘しながら手紙を書いた。書き上がった手紙を読み返し、誤字脱字を確認し終えた頃には、職員室に差し込む光も茜色に変わっていた。

「会心の出来だ！　みたいな顔してるところ悪いんだけど、大地くん。そんな分厚い手紙が届いたら、ドン引きされるよ……」

「おわぁっ!?　くるみ先生、いつの間に！」

僕の持っている紙の束《たば》を見たくるみ先生は、顔を手のひらで覆《おお》った。

「悪いことは言わないから、もっと短くシンプルに書き直したほうがいいよ……」

確かに、未だまともな会話もできない僕から、こんな手紙が届いたら怖《こわ》がられるだけだ。

「書き直します！」

「うん、そうしたまえよ」

そんなこんなで、くるみ先生監修のもと、僕のアウラさんへの手紙は完成した。

『クラス担任の衣笠《きぬがさ》大地です。きちんと挨拶《あいさつ》できていなかったので、お手紙を書きました。

勉強のこと、それ以外のことでなにか困ったことがないか、心配しています。シャオさんから話すのが苦手と聞いたので、なにかあれば、こうして手紙をください。なんでも気軽に相談してね。

衣笠大地』

「こんな感じでどうでしょうか、くるみ先生？」

「うん、ほどよく気持ちも伝わっていいんじゃないかな？」

何度目かの校閲《こうえつ》でやっとＯＫをもらえた頃には、すっかり日も暮れていた。見れば職員室に残っていたのは、僕とくるみ先生だけになっていた。

「遅くまでおつき合いいただいて、本当にありがとうございます」

「いやいや、むしろ遅くまでお勤めいただいて、こちらこそありがとうございますだよ」

なんだかんだ言って、僕はくるみ先生に助けられてばかりだということを痛感する。

いつかそう遠くない未来に、彼女にお世話になった分の恩返しができるようになりたいと、僕は密かに決意した。それがいつになるかはわからないのだけれど。


さて、翌日。僕は書き上げた手紙をどう渡すか迷った挙句《あげく》、確実に手元に届くようにと、シャオさんに手渡ししてもらうことにした。すぐに返事をもらえるとは思わず、数日は返事を待つことを覚悟していたのだが——。

「痛《い》ってぇ!!　……ん？　なにこれ？　前が見えない!?」

その日の授業を終え教室を出た瞬間、額に何か硬いものがぶつかって僕は悶絶《もんぜつ》した。

「あははーっ！　ダイッチ顔になんか張りついてるよぉ？　オモシローッ!!」

相変わらずの『終業ダッシュ』のラヴィさんの笑い声。僕の視界は何かに覆われているが、どうやら彼女に指を差されて笑われているようだ。

視界を覆う何かを引《ひ》き剝《は》がしてみると、それは封筒だった。可愛らしいマスキングテープで僕の額に張りついていたらしい。バサバサと羽音《はおと》を立てて、「ホォウ、ホォウ」と鳴いているのは、アウラさんのフクロウだ。何回か旋回《せんかい》したあと僕の頭の上にとまった。

「痛たた……爪が食い込む！」

フクロウは僕の言葉を無視して、僕の頭の上で毛づくろいをしている。

どうやら先ほど僕の額に直撃したのは、このフクロウのクチバシだったようだ。

僕が封を開けると、中身は可愛らしいフクロウのイラストが散りばめられた便箋だった。しかし、肝心《かんじん》の手紙のほうは、まるで書家のようなダイナミックな毛筆で「お前の気持ちはわかったです。気が向いたとき手紙書いてやるです。アウラ」と書かれていた。

「えーと……返事がきたってことは、怒ってるわけじゃない……よね？」

その字は怒っているように見えたが、また手紙をくれるといっているので違うらしい。字体と口調があまりにも彼女自身のイメージとかけ離れすぎて、戸惑ってしまう。

「ホォウ……ホォウ……」

「痛てっ、痛ててっ！　爪！　爪が食い込むからっ!!　……って、あれ？　そういえば、なんでお前は、ずっと僕の頭の上にいるんだ？」

手紙を見つめて考えごとをしていたら、頭上のフクロウから非難の色を感じる声が降ってきた。羽をバタつかせて何かをアピールするものの、一向に飛び立つ気配はない。

「……ん？　もしかしてお前、アウラさんから『返事をもらってこい』的なこと言われてる？」

僕の質問にフクロウは「ホォウッ！」と嬉しそうに鳴いた。どうやら正解らしい。

「じゃあ、ちょっと待ってて。レターセットは職員室だからさ」

なんだか普通に、フクロウと人間とで会話らしいものが成立してしまっているのがどうにもおかしくて思わず口元が緩む。僕はフクロウを頭に乗せたまま職員室へと急いだ。

職員室に着くと、まずミーシャさんに驚かれた。

「大地先生っ？　って、ちょっとそれどうしたんですかぁっ!?」

頭にフクロウを乗せている程度で、なんでそんなに驚くのだろうかと首を捻《ひね》っていたら、ミーシャさんはハンカチを取り出して、僕の額にあてた。

「血が、血が出てますよぉ！　すぐに治療しないと！」

触れられた額に激痛。額から離したミーシャさんのハンカチには、真っ赤な血の染《し》み。

「何かにぶつかったのかな？　……これ、傷が残っちゃうかも……」

　頭の上のフクロウにやられたことは伏せておいた。心なしか少し元気がなさそうな鳴き声が聞こえてくるので、こいつも悪気があったわけではないようだしな。

「ど、どうですか？　もう痛みはないですか？」

　魔法での治療を終え、ミーシャさんが心配そうな表情で僕の顔を覗《のぞ》き込《こ》む。

　僕が無事をアピールし感謝を伝えると、彼女は安心したように笑った。ミーシャさんの優しさにホッコリした僕だったが、周囲の男性職員からの敵意に満ちた視線を感じて我に返った。

「そうだ、手紙の返事を書かなきゃだった」

　同時に自分が職員室にきた理由を思い出した僕は、机の引き出しからレターセットを取り出して、アウラさんへの返事を書こうとペンを取った。

「……これでいいかな？」

　何枚かの便箋を犠牲にして、僕が手紙を完成させるころにはすっかり日も暮れていた。

　書いた手紙を封筒に入れて頭上に差し出すと、フクロウは手紙を咥《くわ》えて飛び去った。

　手紙には、僕は悩んだ末にこう書いた。

『アウラさん。お返事ありがとう。お手紙、楽しみに待ってます。　衣笠大地』

　僕はフクロウが飛び去っていった、月が綺麗な夜空を見上げて口元を緩めた。

　少しずつでいいから、アウラさんとも仲良くなれるといいのだけれど……。

それからしばらくの間、僕とアウラさんの間で文通が続いた。

もっとも、手紙というには短すぎる文でのやり取りだったので、チャットに近い感覚だ。

「そうか、お前アモンっていうのか。いつも手紙届けてくれてありがとうな、アモン」

手紙でフクロウの名前を聞いたら、今回の返事でそれを彼女が教えてくれた。さっそくその名で呼んでみると、アモンは嬉しそうに「ホォウッ！」と鳴いた。

「じゃあアモン、これをアウラさんに届けてくれ。……それと、届けるとき毎回僕の額にタックルするのやめてくれないか？　毎回地味《じみ》にダメージなんだけど……」

いつもならすぐに「ホォウ」と鳴いてくれるのに、今回は鳴いてくれないアモン。

「あ、それは駄目なんだ……手紙とタックルはセットなの？」

今度は間髪《かんはつ》入れずに「ホォウッ」と返事があったので、どうやらそういうことらしい。

僕が手紙の返事を差し出すと、アモンはそれを咥えて颯爽《さっそう》と飛び立っていくのだった。

最初に『気が向いたら』と彼女は言っていたが、基本的には毎日『気が向く』らしい。

やり取りの内容は、本当にとりとめのないものばかりだ。

「前髪が長すぎてジャマじゃない？」

『悪魔らしくない顔をお前らに見せたくねぇです』

「いつも大事そうに抱えて歩いてる分厚い本って何の本？」

『悪魔なのに小《ち》っちぇえおっぱい隠してること馬鹿《ばか》にしてやがんのか？　です』

「なんでいつも、そんな言葉遣いなの？」

『だって悪魔らしいだろ？　です』

と、こんなやり取りを重ねていくうちに、僕にもアウラさんのことがだんだんわかってきた。

彼女にとっては、「悪魔らしさ」というものが非常に重要であるということ。そして「悪魔らしくない」自分自身にコンプレックスがあるらしいということ。

例の彼女の『奇行』の原因も、このあたりに関係しているのかもしれない。

その日の昼休み、校内放送で呼び出され呑気《のんき》に応接室に入った僕は、蛇に睨《にら》まれた蛙《かえる》のごとく、そのままその場で直立不動で固まった。

「衣笠大地ってのは、お前だな？」

くるみ先生と向き合う形でソファに腰かけた男性が、よく響くバリトンでそう言うと、怒りに満ちた目で僕のことを睨みつけた。僕は本能的に死を悟り硬直した。

「は、はい、じ、自分が衣笠大地で間違いありません！」

「そうか……テメエが……」

男性の屈強《くっきょう》な身体《からだ》から放たれた殺気は、僕に自分の体が四散する幻覚を見せたほどだった。

「単刀直入に言うぞ。この『クソ教師』を今すぐ辞《や》めさせろ！」

男性はこめかみに青筋を浮かべながら、猛禽類《もうきんるい》を思わせる鋭い金色の瞳で僕を睨んだ。

突然呼び出されて、殺意に満ちた目で睨まれて、事情もわからないうちに『辞めさせろ』といわれても僕には何がなんだかわからない。

僕はその男性の理不尽《りふじん》な言動に、恐怖と緊張でガチガチに固まってしまう。

「まぁまぁ、どうか落ち着いてくださぃ、ダークフォレストさん」

対照的に、くるみ先生は落ち着きはらった爽《さわ》やかな笑みを浮かべていた。

くるみ先生曰く、『クレーム対応には、なによりも爽やかさが必要』らしい。

もともとクレームというのは、腹に据《す》えかねることがあってのものだ。相手の感情はすでに振り切れている状態なので、そんな相手のペースに巻き込まれこちらも感情的になってしまえば、話は一向にまとまらない。そういう場合は、穏やかな態度で相手の言い分を聞き、相手に極力不快感を与えないように爽やかに応対するのがポイントなのだそうだ。

「調江《ととのえ》理事長には、世話になったし尊敬もしてる。この人の学校なら安心だ。そう思って俺は娘を入学させたんだ。だってのに、どうにも我慢ならねぇ『噂』を耳にしちまってな。――いてもたってもいられなくて、ご迷惑を承知でお邪魔させてもらったんだよ」

落ち着き払ったくるみ先生の言葉を聞いて、男性も少しだけ落ち着いたようだ。

白銀の髪、矢印型の黒い尻尾《しっぽ》、そして、ダークフォレスト卿《きょう》という名前。まさに悪魔といった恐ろしい表情で未だに僕を睨んでいる男性は、他でもないアウラさんのお父さんだった。

「噂……ですか？」

くるみ先生が聞き返すまでもなく、僕もその言葉を聞いてピンときた。いや薄々そんな気はしていたのだ。そして、とうとうこの時が来たか――そう思った。

「噂によれば、うちの可愛い娘の担任が、クラスの女生徒をかけて生徒と決闘。挙句、対戦相手を完封して、堂々とその生徒と婚約しやがったそうじゃねぇか？」

彼が聞いた噂とは、僕とシャオさんの婚約についてだ。生徒と教師が許嫁。こんなの漫画なら周囲にひた隠しにする設定だ。それに加え、公衆の面前で生徒と決闘、その生徒から許嫁を略奪だ。誰だってその教師の品位を疑うし、『辞めさせるべきだ』と思うに決まっている。

「そのクソ教師が、今度はウチの娘にちょっかいかけてるらしいじゃねぇかっ!!」

空気が爆発したような怒号とともに立ち上《あ》がると、ダークフォレスト卿の着ていたスーツは、膨《ふく》れ上がった自身の筋肉でビリビリと破れて弾《はじ》け飛《と》んだ。彼の身体から迸《ほとばし》る魔力によって、部屋の空気も振動しているのが肌でわかる。瞬間、死すら覚悟しかけるほどの殺気だ。

「そんなクソ教師、今すぐ辞めさせろ！」

要するに彼は、『自分の担当する生徒を力ずくで略奪し許嫁にするような問題教師』に娘を任せておけないと言いたいのだ。それは父親として当然の感情だ。僕に娘がいて、その担任がそんなやつだとしたら、おそらく黙っていられないだろう。

「大変申し訳ありませんが、お断りいたします。私は彼を辞めさせるつもりはありません」

怒りに震える彼を正面から見つめ、くるみ先生は先ほどと同様に爽やかに笑った。

「もっと取ってつけたような言い訳を並べるのかと思ったら、ド直球の返答か……確かに俺も感情的になってはいたが、そう素《す》っ頓狂《とんきょう》なことを言ったつもりもないんだが……」

くるみ先生の返答に、彼は驚きを通り越していっそ感心すらしていそうな雰囲気だ。その顔から怒りは霧散していて、すっかり毒気を抜かれているようだ。

「もちろん、きちんと説明をさせていただきます――」

それからくるみ先生は、例の決闘に至った経緯《いきさつ》をシャオさんのプライバシーに触れないように注意しながら、彼に対して懇切丁寧《こんせつていねい》に説明してくれた。ダークフォレスト卿も、最初は不満そうに何度か口を挟んでいたが、最終的にはあの決闘の必要性に納得してくれたようだった。

帰り際《ぎわ》に彼は「事情も知らずクソ教師呼ばわりして悪かったな」と屈託ない笑顔で僕の背中を力いっぱい叩いて、豪快に笑いながら「邪魔したな」と去っていった。

「結局あの人、上半身裸のままで帰っちゃうんですね……」

僕は筋骨隆々《りゅうりゅう》な、ダークフォレスト卿のむき出しの背中を見送りながら呆気《あっけ》にとられた。

とまぁそんなわけで、僕のまだ短い教師人生初の保護者クレームは、くるみ先生のお手本のような対応で、なんとか事なきを得たのであった。

昼休み終了間近、学食に行くと大量のご飯を美味《おい》しそうに食べるシャオさんに遭遇した。

「大地、あまり見つめられると食べづらいのですが……」

その幸せそうな顔を眺めていたら、シャオさんは恥ずかしそうに顔を伏せた。

確かに女性の食事をマジマジ眺めるのは失礼だったと僕は反省する。

「いや、そうしてイチャついていると、本当にコイツで大丈夫なのかって心配になるよな」

振り返ると、壁のような巨漢の胸板が眼前にあった。見上げると先ほど見たばかりの顔だ。

「だ、ダークフォレストきょ、ごほっ！　ゴホゴホゴホッ！」

ダークフォレスト卿の再登場に驚く僕よりはるかに驚いて、シャオさんはむせていた。

「……は、初めまして、ダークフォレスト卿。私はイエン＝シャオロンと申します」

そして、シャオさんは口の中のものを飲み込んでから、驚くほど丁寧に挨拶をした。

「あー……いつも迷惑をかけているだろうが、うちの娘とどうか仲良くしてやってくれ」

シャオさんの大げさすぎる態度に、ダークフォレスト卿も若干《じやつかん》困っているようだ。

「もちろんです。ご令嬢とは、今後より一層親睦《しんぼく》を深めたいと思います！」

「そうしてくれると助かる。……俺を気にせず食事を続けてくれ。昼休みが終わっちまう」

「は、はい！　それでは失礼します！」

シャオさんは緊張でガチガチになりながら食事に戻る。そんなシャオさんの様子を見届けてから、ダークフォレスト卿の視線がやっと僕に戻ってきた。

「それで、僕に何か御用でしょうか？」

僕の質問に、ダークフォレスト卿は少々面倒くさそうに僕に向かって右手を翳《かざ》す。

「べつに、大した用件じゃないんだが――」

「大地っ、危ないっ!?」

その手のひらに光が灯《とも》ったように見えた瞬間、シャオさんは箸《はし》を机に叩きつけるように置いて、一瞬で僕の前に庇《かば》うように立ちふさがった。その直後彼の手のひらから光球《こうきゅう》が放たれる。

「いや、シャオさんのほうが危ないってば！」

僕は咄嗟《とっさ》に、片手でシャオさんを抱きしめるようにしながら、空いたもう一方の手を突き出した。飛んでくる光球は『盟約《めいやく》』の力でかき消された。

「突然何をするんですか！　こんな生徒が大勢いるところでっ!!」

思わず僕が大声をあげると、ダークフォレスト卿は特に悪びれもせずに顎《あご》に手をあててこちらを見た。そして、さらりととんでもないことを口にする。

「ふむ、やはり報告の通りか。一応この辺一帯を吹き飛ばす程度の威力で撃ったんだがな」

「いや、撃つなよ。その場合、アンタの大事な娘も一緒に吹き飛ぶだろ!?」

「べつに問題ないだろう？　どうせお前さんが、こうして防ぐんだからよ」

あまりの驚きで敬語も忘れてツッこむ僕に、ケロリとそんなことを言って笑うダークフォレスト卿。もうまったく意味がわからない。

「ダークフォレスト卿、この方に危害を加えるなら、たとえ御身《おんみ》であっても私は許しません」

一触即発《いっしょくそくはつ》の空気に気圧《けお》されて言葉に詰まっていた僕の代わりに、シャオさんは紅蓮《ぐれん》の炎を吐きながら、ダークフォレスト卿を睨みつける。

「おぉ、いい構えだな。――って、そうじゃねぇ。お嬢さん、失礼なことして悪かった。どうかその拳《こぶし》をおさめてくれ。衣笠先生もすまなかった。学校に殴り込みをかける前に、うちの若いのに言ってアンタのことを調べさせたら、報告書に龍皇寺の『極大魔法《きょくだい》』を防いだなんて書いてあったからよ。思わず試してみたくなっちまったんだ。悪い悪い……」

ダークフォレスト卿は厳《いか》つい顔に笑顔を浮かべ、両手を上げて降参《こうさん》のジェスチャーをした。

おふざけ感覚でこの辺一帯を吹き飛ばすような魔法を放つのはやめていただきたい。

「でもおかげで、アンタが本気で生徒を大切に思う教師だってことがよくわかったよ。――まあ、その仲良すぎるアンタらには少々不安を感じなくもないけどな」

そういって豪快に笑うダークフォレスト卿。彼も親として、担任の教師が信頼に足《た》る人物か不安に思ったのだろう。あんな噂、どんな親だって心配になるに決まっている。

「けどよ衣笠先生。生徒を思う気持ちが本物でも、気持ちだけじゃ困るんだよ。生徒を正しく導いてくれてこそ教師ってもんだろう?」

「お言葉はごもっともです。まだまだ若輩者《じゃくはい》ですが精いっぱい『教師の務め』を果たそうと思います」

「ご立派だが、言葉だけでも困るんだ。言ったからにはその『務め』とやらを果たしてもらうぞ。もう気づいているとは思うが、うちの可愛い娘にゃちょいと『困ったところ』があってよ。ここはひとつ、アンタの力でそれをどうにかしてくれや」

表情こそ笑顔だが、その言葉には殺気が込められていた。娘を想う親心というやつか。

「それと、こんな可愛い許嫁がいらっしゃるんだ。うちの娘があんまりに天使だからって妙な気を起こしておかしなことしてみろ、そのときはぶち殺してやるからな」

いやただの『親バカ』かもしれない。貴方《あなた》の娘は『天使』ではなく、『悪魔』ですよ。

「アウラさんのことは、僕にお任せください！」

殺気を放つダークフォレスト卿の目を、僕は真っ直《ます》ぐ見据えた。

「頼もしいな。それじゃあ、うちの可愛い天使のことをどうかよろしくな衣笠先生」

そして、彼は楽しそうに「ガッハッハッ」と豪快に笑いながら去っていったのだった。

「いや何がしたかったんだよ、あの人……」

昼休み終了を告げるウェストミンスターの鐘が響く中、僕はただ混乱したまま立ちつくした。

「痛い！　でもいつもありがとう、アモン」

授業を終え、教室を出て職員室に向かう僕のもとにアウラさんからの手紙が届く。

封筒から手紙を出すと、その内容はいつもの他愛《たわい》のないものとは少し違っていた。

『衣笠大地へ
今日、お父様が学校に来てお前と話をしたって聞いたぞ、です。
お父様なんか変なこと言ってなかったか？　です。
私のこと、恥ずかしいとか情けないとか、なんか言ってなかったか？　です』

僕は、その手紙を封筒にしまってため息をついた。

アウラさんの人前でいたずらをするという『奇行』。

僕には、なんとなくだが彼女の『奇行』の真相がわかったような気がした。

職員室に着いて、僕はさっそくアウラさんへ返事を書いた。そして、すぐにアモンに手紙を渡そうとしてやめる。僕の頭の上からアモンの不安そうな鳴き声が聞こえた。

「ああ、違うよアモン。手紙の返事をやめたわけじゃないんだ」

僕は手に持った手紙を、そのままポケットにしまって席を立った。

「この手紙は大事だから、僕が直接アウラさんに渡そうかなって思ってさ」

アモンの「ホォウ！」という元気な声を、僕は勝手に賛成してくれていると解釈する。

「悪いけど、僕をアウラさんのいるところまで案内してくれないかな、アモン？」

アモンは「ホォウ！」と元気よく鳴いて僕の頭から飛び立つと、僕の前をゆっくりと飛び始めた。アモンが『ついてこい』と言っていると解釈した僕は、その後ろをついて歩いた。

どれくらい歩いただろうか。僕も普段あまり足を運ばないような校舎の外《はず》れ、何の札もかけられていない、使われていないだろう教室の中にアモンは吸い込まれていった。

僕もそのあとを追って教室に入る。教室に充満する妙に懐《なつ》かしい匂《にお》いが気になった。

「ホォウ！　ホオホホォホォウッ!?」

翼をバタつかせて慌てるように鳴くアモン。その声が僕を呼んでいるように聞こえた。それは教室の奥、積み上げられたダンボール箱の向こう側から聞こえる。

駆け足で声のもとに駆けつけた僕は、その光景に一瞬言葉を失った。

「……えーと、これはいったい……」

そこにはアウラさんがいた。もちろん、アウラさんは僕の疑問に答えてくれない。

当の彼女はといえば、驚きの表情のまま、無言で僕を見つめて固まっている。

全身、真っ黒に濡れた姿で。

アウラさんの横に転《ころ》がるバケツからは、黒い液体が溢れている。

そしてそこかしこに散乱する、おびただしい数の墨汁のパック。

「ああそうか、妙な匂いの正体はコレか」

妙に懐かしい匂いの正体は、この墨汁だったのだ。

目の前の惨状を見て、真相にたどり着いた僕は一人ため息をこぼす。

「なるほどね。ここに来て正解だった……かな?」

僕はひっくり返ったバケツを元に戻して、ポケットからハンカチを取り出すと、墨汁《ぼくじゅう》で汚れたアウラさんの顔を拭いてあげた。

「とりあえず、シャワーを浴びて着替えようか？」

そういって僕が手を差し出すと、アウラさんは首を横に振る。僕のことを拒絶しているというよりは、『シャワーを浴びること』をいやがっているように見えた。

僕はそんな彼女に、言い聞かせるようにゆっくり語りかける。

「あのねアウラさん。墨汁では、君のその『白い翼』は染められない。汚れるだけだよ」

僕の言葉に、アウラさんは俯《うつむ》けていた顔をハッと上げた。

「それに、仮に黒く染まっても、それで君が『悪魔らしく』なれるわけじゃない。『悪魔らしさ』がそういうものじゃないことは、君にももうわかってるんだよね？」

その言葉を聞いて目を潤《うる》ませるアウラさんに、僕は努めて優しい声と笑顔を意識して、もう一度手を差し出して語りかける。

「シャワーを浴びて着替えよう？　綺麗な白い翼に墨汁の匂いが残ったらいやでしょう？」

アウラさんは、僕の顔と差し出された手の間で何度か視線を行き来させて、俯《うつむ》きながらオズと僕の手にその小さな手を重ねてくれた。

格技室には、更衣室のシャワールームから聞こえる水の音が響いていた。

全身墨汁まみれになっていたアウラさんに、大至急身体を洗わせてあげたかったが、学校にそうたくさん浴室のような施設はない。悩んだ結果、僕は普段使いなれている格技室に備えつけられたシャワールームにアウラさんを連れてきた。

アウラさんをシャワールームに押し込めると、僕はモップとバケツを持って、二人で辿《たど》ったルートの廊下に付いた墨汁の汚れと、墨汁まみれになった例の空き教室を掃除して回った。

一通りの掃除を終えて戻ってきたが、アウラさんはまだシャワーを浴びているようだ。まぁ当然だろう。あんな大量の墨汁を念入りに浴びたのだ。いくら洗い流しても、しばらくは髪や翼から黒い水が湧《わ》き出《で》てくるだろう。

「痛《い》てぇ!? そして冷たい……なにこれ、ビショビショなんですけど……」

僕の額に、びしょ濡れの紙が貼りつけられた。犯人はもちろんアモン。顔から剥がしてみるとどうやら手紙のようだった。

『シャンプー切れた。翼に手が届かない。うまく洗えないから、お前が洗え、です』

「いやいやいやいやいや！　教師が生徒と裸のつき合いとかダメに決まってるでしょ！」

手紙を見て、思わず彼女と一緒にシャワーを浴びる光景を想像してしまって、顔が熱くなる。

「鼻の下を伸ばして、『裸のつき合い』とは……なんだか聞き捨てならない単語ですね、大地」

格技室の入口から、ただならぬ殺気と怒気《どき》をはらんだシャオさんの声が聞こえてきた。

僕の顔から、一気に血の気が引いたのがわかった。「あ、死んだ」そう思った。

「……シャワーの音。それにアウラの使い魔――これはいわゆる『浮気』？　いや、『密会』？」

格技室の様子を眺めて、シャオさんは眉間《みけん》に皺《しわ》を寄せ、炎を吐きながら近づいてくる。

「シャオさん、落ち着いて。これは『浮気』でも『密会』でもないから！　っていうか、そもそも、僕たちはそういう関係じゃないから!!」

「では、この状況を私にわかるように説明しなさい。『裸のつき合い』について特に詳しく」

「う、うん。わ、わかったから落ち着いて……ね、シャオさん？」

というわけで、僕はこの状況に至る経緯を、シャオさんに説明するのだった。


「うわぁ……どうしたらあの美しい白い翼が、こんな薄汚れた灰色になるんです？」

格技室に、シャワールームから響くシャワーの音とシャオさんの声。

事情を聞いたシャオさんは、「私が洗いましょう」とシャワールームに入っていってくれた。

「洗っても洗っても、黒い水が出てきますね……ん？　なんですか、アウラ？　もしかして痛かったですか？　って、きゃぁぁあぁっ!?」

「シャオさん、大丈――痛《い》って！」

シャワールームからシャオさんの悲鳴のような声が聞こえてきて、思わず飛び込もうとしたら、僕の額にアモンのクチバシが直撃した。見れば、アモンも目を回して倒れているので、どうやら彼の意思で飛んできたのではなく、シャオさんに投擲《とうてき》されたようだ。

「なんでもありません！　大地は入っ……ひゃんっ!?　ちょ、アウラ、私の胸は汚れていませんし、洗っていただかなくてけっこうです!!　え？　ズルいって何が？　にゃあん！」

クチバシによる会心《かいしん》の一撃に悶絶《もんぜつ》していたら、シャワールームから妙にけしからん声が聞こえてきた。今あそこに入れば、僕は教師として大切なものをいろいろ失う気がする。

「いや、だから……私のおっぱいをあなたにあげることはできませんし……これは、もう大地のものですし……ちょ、ひゃん!?　へ、へんなところを引っ張らないでくだしゃい！」

素早く道着に着替え、僕は格技室の畳に正座をして深呼吸をする。

「僕にはなにも聞こえない……なにも聞こえないんだ……」

そして、先日シャオさんに習った精神統一の修練に、一心不乱に励む僕だった。

「それにしても、アウラさん、シャオさんとはちゃんと喋れるんだな……」

アウラさんの声は聞こえない。だが漏れ聞こえるシャオさんの声から、二人が会話していることはわかる。アウラさんはまだ僕とは喋ってくれない。それが、僕はアウラさんから信頼されていないという現実を突きつけられているようで、少しだけ落ち込んだ。

元通りの真っ白な翼と身体から湯気を上げた妙に満足気なアウラさんと、疲れきった顔のシャオさんがシャワールームから出てきたのは、それから約一時間後のことだった。

「アウラ、ふざけていないで自分でも翼を拭いてください……あ、こら！」

シャワーの後、びしょ濡れのアウラさんの髪と翼をシャオさんはドライヤーで念入りに乾かしてくれた。その途中、アウラさんはシャオさんの隙《すき》を見ては、胸を触ったり胸に顔を埋《うず》めたりと実に羨《うらや》ま……もとい、意味不明な行動をしてご満悦《まんえつ》といった表情だ。

「それでは大地、私はランニングに行ってきます。アウラのこと、よろしくお願いします」

当の本人に邪魔されながらもアウラさんの身なりを整えて、シャオさんは「火照《ほて》った身体を冷ましてきます」とランニングに出ていった。気を遣ってくれたのだろう。

アウラさんは、僕から少し離れたところでこちらに背を向けて、アモンを頭に乗せなんだか上機嫌にゆらゆら揺れている。翼も髪もいつも以上に真っ白でフワフワになっているのが一目でわかる。墨汁まみれになる前より綺麗なその姿に、シャオさんの努力が窺えた。

墨汁で汚れた制服などの衣類は、現在更衣室で乾燥中。なので、アウラさんはシャオさんの稽古《けいこ》用のTシャツと道着を着ている。おかげで全身真っ白、まるで本物の天使のようだ。

洗濯機から洗濯終了のアラーム音。僕は制服を乾燥機にかけようと思ったが、その必要はなかった。アウラさんが濡れた制服を洗濯機から取り出すと、風の魔法で一瞬のうちに乾かしてしまったのだ。そしてその場で着替えはじめたので、僕は慌てて彼女に背を向けるのだった。

しかしどうしたものか。見た限り、これまでにないくらいに上機嫌なアウラさんだが、僕が話しかけることでその機嫌が損《そこ》なわれるであろうことは想像に難《かた》くない。

だが、ここまでお膳立てしてくれたシャオさんの努力と気遣いを無駄にするわけにもいかないし、なにより墨汁を使って自分の純白の翼を漆黒の翼に染めようとしたアウラさんの精神状態も心配だ。ここは、覚悟を決めるしかないだろう。

僕は自分にそう言い聞かせて、決心の鈍《にぶ》らないうちにとアウラさんに声をかけた。

「アウラさん、少し話せるかな？」

僕の言葉を聞いて、アウラさんはゆらゆら揺れる謎の動作をピタリとやめて、こちらを振り向き小首を傾げた。その顔を見る限り、思ったほどに警戒されてはいないようだ。

「ああ、でもアウラさんは喋るの苦手なんだったよね？　どうしよう……紙もペンもここにはないや……ええと……」

せっかくのチャンスなのに僕は自分の準備の悪さを呪う。紙といえば、アウラさんに書いた返事は持っているのだが、肝心《かんじん》のペンがなければ彼女の返答を得られない。

僕が困り果てていると不意に服の裾《すそ》を引かれる感触。

「え？　アウラさん？」

驚いて見るとアウラさんだった。そして、格技室にも備えつけられている黒板を指さした。

「黒板？　あ、そうか！」

見ればきちんとチョークもあるので、紙とペンの代役は彼らにお願いできそうだ。

僕の表情を見て、自分の意図が伝わったことがわかったらしいアウラさんは、小走りでその黒板に向かった。未だアウラさんの機嫌は上々のようだ。僕も黒板の前まで移動すると、アウラさんはさっそくチョークを手に持って何やらいそいそと黒板に書き始めた。

『感謝を、です』

「どういたしまして。こちらこそ、こうして話をしてくれて嬉しいよ。ありがとう」

そうして、僕の声とアウラさんの文字で、黒板を介しての会話が始まった。

自然と口元が緩んでしまう。これまで話しかけてもずっと無視されてきたので、こうして顔を見合わせて話ができることが嬉しかった。

それからしばらくは、実に他愛のないやりとりだった。他愛ないのだが、このあたりの筆談の履歴はあとでシャオさんが戻る前に削除しておかなくてはならない。

アウラさんはなにやら興奮しながら、シャオさんの胸の感触や大きさなどを解説してくれたのだ。こんなのシャオさんに見られでもしたら黒板ごと壁を焼却しかねない。

「なんでそんなに、シャオさんの……その、む、胸がお気に入りなの？」

『悪魔《マモン》族の女は、本来シャオみたいなバインバインなんだ。でも私はこのとおりペタンコだろ？　最初はズルいと思ったけどよ、いつの間にか、あの揺れるたわわの虜《とりこ》ってわけよ』

口ぶりがくるみ先生っぽいと感じたのは、『たわわ』という単語のせいだろう。要するに、羨ましくて眺めていたらだんだんそれが気になって、気がついたら好きになっていたらしい。

これ以上胸の話に花を咲かせるわけにもいかないので、僕は話題を切り替えることを試みる。

「自分よりも『悪魔らしい』体型をしているシャオさんが、うらやましかった……ってこと？」

僕の言葉を聞いて、黒板に向けていた目を一瞬僕に向けたアウラさん。すぐに黒板に向き直り、短くなったチョークを長いものに持ち替えて言葉を綴《つづ》る。

『そうだよ悪《わり》ぃか？　シャオは私より、よっぽど「悪魔らしい」。それが妬《ねた》ましかった』

そう思って眺めているうちに、そのスタイルへの嫉妬《しっと》は憧れに変わり、触《さわ》ってみたいという欲求に変わったのだそうだ。……その欲求はまるで中学生男子のようだな。

『お前も触ってみりゃわかる。あの感触は「魔性《ましょう》」だ。触れるものすべてを駄目にする「魔性のたわわ」だ。シャオは私なんかよりよっぽど「悪魔」だよ！　……です』

しっかりと話題の舵《かじ》を切ったつもりだったが、油断するとすぐシャオさんの胸の話に戻ってしまう。アウラさんの予想以上の『たわわ』好きには困ったものだ。

「今日の墨汁の件も、これまでのイタズラも、全部その『悪魔らしさ』のためだったんだね」

僕は今度こそ、その少々危険な話題から離れるべく一気に核心に迫ることにした。

『何の話だ？　お前の言っていることの意味が私にはまったくわかんねぇな、です』

しらばっくれるようにそっぽを向いて口を尖《とが》らせるアウラさんだが、ヒューヒューいうばかりで一向に笛の音は聞こえない。どうやら口笛を吹きたいようだが吹けないらしい。

「ずっと不思議だったんだ。君がわざわざ人前で些細《ささい》な悪事を働くことが。でも、その理由が今日君からもらった手紙を見てわかったような気がするんだよ」

人前で些細な悪事を重ねる『奇行』。『悪魔らしさ』への執着。反対に、どこか『悪魔らしくない』彼女のイメージ。そして、手紙に綴られた父親への『不安』。

「君は『悪魔らしくない』自分を変えたくて、あんなイタズラを繰り返してきたんだよね？だから、天使みたいなその翼を黒く染めて『悪魔らしく』しようとした……違うかな？」

『悪魔族《マモン》』は黒い矢印型の尻尾以外はそれぞれ受け継いだ因子《いんし》によって、身内ですらまったく異なる容姿になることが少なくないらしい。彼女の父親以外の家族がどんな見た目なのかはわからないが、もしかしたら、彼女の家族たちは『悪魔らしい』容姿をした人が多いのかもしれない。

　対してアウラさんの見た目は、人間でも魔物でも、きっと十人に聞けば十人が『天使のようだ』と言うだろう。そして、その十人の中にはアウラさん自身も含まれるのだ。

『やっぱり、お前も『天使みたい』だって思うんだな……です』

　俯いて、アウラさんは震える指で黒板に文字を並べる。その文字から彼女の気持ちが伝わってきた。やっぱり『天使みたい』な自分こそが、彼女のコンプレックスだったのだ。

「うーん、そうだな……アウラさんは、『ソロモン七十二柱《しちじゆうふたはしら》の魔神』って知ってる？」

『はぁ？　それがなんだってんだよ？　今はそんなの関係ねぇだろ？　です』

　アウラさんは僕が突然口に出した『魔神』の話に困惑しているようだ。

　アウラさんの悩みのヒントにならないかと思って調べた『ソロモン七十二柱の魔神』。

確か、『ゴエティア』という魔導書《まどうしょ》に記された七十二の悪魔だ。

「それがそうでもないんだよアウラさん。君はその姿を『悪魔らしくない』って思っているかもしれない。けど、その『魔神』の中には『天使のような』姿をした悪魔がたくさんいるんだ――例えば、序列六十八の魔神ベリアル。彼は戦車に乗った美しい天使なんだそうだよ」

この七十二の悪魔たちこそ、『悪魔族《マモン》』の多様な容姿を象徴していると僕は思うのだ。

『確かにベリアルおじさんもクロセルさんも、アスタロトの姐《ねえ》さんも天使っぽいかも――』

「だから、見た目なんて関係ないんだよ。さっきの僕の言葉が君を傷つけてしまったなら、本当にごめん。でも『天使みたいな』立派な悪魔もいっぱいいるんだ。――それにね、その魔神の中には、『召喚者《しょうかんしゃ》に過去と未来、そして愛の秘密を伝えて、召喚者と周囲を和解させる』っていう素敵な悪魔もいるんだって。悪魔の中には、君みたいな『心優しい悪魔』だっているんだよ。だから『悪魔らしくない』とか、そんなこと気にしなくてもいいと思う」

確か、その「心優しい悪魔」は序列七のアモンといったはずだ。フクロウにその名前をつけているから、彼らを引き合いに出せば『悪魔らしさに見た目も性格も関係ない』というのが伝わりやすいかもと思ったのだが……黒板に書かれる文字を見る限り、彼女はどうやらその『魔神』を知っているどころか知り合いらしい。というか、実在するんですね『七十二柱の魔神』。

『べつに、私は「心優しい悪魔」なんかじゃねぇ……です』

「そうかな？　いつも君が読んでる本はどれも心温まる優しい話だ。それに僕は何度か、君が花壇とか体育倉庫の掃除をしたり、飼育小屋の動物の世話をしてるところを見たよ？」

『はぁ!?　なに言ってんだよ、お前？　私はそんなことしてねぇぞ!!　です！』

顔を真っ赤にして黒板にチョークを叩きつけるアウラさんが、怒っているのではなく、照れていることぐらいはさすがの僕にもわかる。

見られていないと思っていた姿を見られていたと知ったら、誰だって照れる。

「それにさ、君は自分のことを『悪魔らしくない』って思ってるみたいだけど、僕は全然そんなことないと思うよ。だって君は、その、可愛くて魅力的で……なんていうか、そう『小悪魔的』だ。それって『悪魔らしい』ってことじゃないかな？」

僕が照れながらそう言うと、アウラさんは顔を耳まで真っ赤にして僕の顔を見上げた。

「あ、アウラさん!?」

彼女の大きな瞳から大粒の涙が溢《あふ》れ出した。いつも前髪に隠れていたその瞳は、お父さんに良く似た綺麗な猛禽を思わせる瞳。必死に口を結んで声を噛《か》み殺《ころ》しながら、アウラさんはボロボロと泣いた。その涙が怒りや悲しみの涙ではなく喜びの涙であることが、鈍い僕にも表情でわかった。だから僕はしばらくの間、黙って彼女が落ち着くのを待った。

『べつに泣いてねぇぞ、です』

僕の前で泣いたのがよっぽど恥ずかしかったのか、必死にごまかそうとする姿が可愛かった。

『ありがとな、「悪魔らしい」って言われたのは、初めてだからよ、です』

こちらをチラチラ見ながら、嬉しそうに書くアウラさん。実は『小悪魔的』の意味が、純粋に見えて計算高いとか、イタズラ好きだということは、しばらくは黙っておこう。

『でもよ、そうすると、私はこれからどうしたらいいんだ？　です』

小首を傾げながらアウラさんが書いた言葉の意味が、一瞬わからなかった。

でも少し考えて理解した。これまで彼女は『悪魔らしく』あろうといろいろやってきた。今後、その必要がないとなると、何を指針にすればいいのかわからないという感じだろう。

僕はさらに少し考えて彼女にこんな提案をしてみた。

「まずは学園で頑張って、立派な魔物になることを目指《めざ》してみたらどうかな？　あれだけたくさんの本を読んできた君なら、きっとできると思うんだけど」

『いやぁ、でも――』

彼女が二の足を踏んでしまうのも当然だ。彼女にはこれまでいくら悪魔らしくしようとしてもうまくいかなかったという、変えようのない過去がある。それは言ってしまえば、何年もかけて積み上げてきた筋金《すじがね》入りの劣等感だ。その思い込みを打ち破ることは難しいだろう。

「だったらまずは、君ならできるって信じてる僕を信じてみてくれないかな？　僕がきっと、いや、絶対に、君をできるようにしてみせる。僕と一緒に頑張ってみようよ、アウラさん」

自分が、無茶なことを言っている自覚はある。論理もへったくれもない、根性論だ。それでも僕は、僕の持てる全誠意を込めて、アウラさんに右手を差し出した。

「君のその手なら、きっと、君の世界を変えられる。どれだけ周りが、君に無理だと言っても、僕だけは信じ続ける。僕も一緒に頑張るから、報《むく》われなかったこれまでの君の努力が、無駄じゃなかったって周りに見せつけてやろうよ。一緒にその壁を叩き破ろう！」

僕の手と、僕の顔の間でゆっくり何度か視線を行き来させてから、アウラさんは、意を決したように下唇を噛んで、おずおずとその右手を差し出してくれた。

「ありがとう、アウラさん。君のその勇気と信頼を、僕は絶対に裏切らない。僕は絶対に君のことを諦めない。約束するよ。神様に……いや、悪魔《マモン》様に誓ってね」

僕はアウラさんの右手を固く握った。僕の決意が、想いが、全部彼女に伝わるように、僕は彼女の手を強く強く握った。

窓の外にはいつの間にか月明かり。夜空には綺麗な満月が浮かんでいた。


翌日から、僕のクラスの様子が少しだけ変わった。

「ああ、アウラ、その問題は公式に代入してbの値を求めるんです」

シャオさんの言葉に頷きながら、ノートに数式を書いているのは、あの、授業を無視してずっと本を読んでいたアウラさんだ。アウラさんが、積極的に勉強をするようになったのである。

いや、それだけではなく、すべての授業で、きちんと話を聞くようになったのだそうだ。

今は、算術の勉強を、シャオさんに教わりながらやっているようだ。

大きな白い翼を小さくたたんで、シャオさんの膝の上に座り、見上げるように、その説明を聞いてコクコクと頷いている。

「あれは、上を向くふりをして、『たわわ』の感触を楽しんでいる——アウラ、恐ろしい子！」

あれ以来仲良しなシャオさんとアウラさんの様子を廊下から眺めていたら、くるみ先生がいつものようにいつの間にか現れた。くるみ先生のほうは通常運転のようだ。

「なに言ってるんですか、あなたは……まったく、一生懸命勉強している生徒をつかまえて」

呆《あき》れる僕だったが、アウラさんが若干にやけているのに気づく。もしや……いや、まさかな。

とにかく、アウラさんはこれまでとはうって変わって、学園の勉強に積極的に取り組むようになってくれたのだ。他の科目の先生方もそんな彼女の変化に驚いていた。

放課後はよくアウラさんの姿を図書室で見かけるようになったと、ミーシャさんが言っていた。この学校の図書の管理は、学園事務のミーシャさんの仕事らしい。おかげでアウラさんとも仲良くなれたとミーシャさんも喜んでいた。

そういうふうに、アウラさんも頑張っているのだが、いかんせん、これまで勉強に関する多くのことを無視してきてしまった彼女の学力向上は、かなり茨《いばら》の道だ。ずっと続いている文通の内容も、最近は勉強に関する不安や不満が増えてきた。僕としては、そろそろ手紙ではなくて、彼女と直接話ができるようになりたいとも思うのだが、まだまだ僕の好感度というか、信頼が不足しているらしい。未だに声をかけても無視されてしまうという、悲しい状況だ。

最近もらった手紙を読み返してみると、手紙というよりは、愚痴のつぶやきのようだった。

『算術の小テストの結果、お父様に叱《しか》られた。最悪』

『人類史、謎。マグナカルタとか、ルネサンスとか、知らねーし……です』

『漢字ムカつく。ゴチャゴチャしててわかりづれぇんだよ……です』

『単語テストの点数、低すぎてお父様が恥ずかしいって呆れてた。もっと点取りたい』

『「立派な魔物」って何？　わかんねぇ。天才になりてぇ。あと、たわわになりてぇ……です』

『お父様、すぐに兄様たちと私を比較する。ムカつく。――でも、お父様に恥かかせたくない』

『お前は「最強」があってズルい。私も「最強」とかになりてぇ……です』

『魔法もダメ、頭も悪い、運動もダメ、おっぱいも……私には何にもねぇ……です』

こう言ってはなんだが、実に中学生らしい愚痴の数々だった。

「いやいや、ダークフォレスト卿、娘大好きすぎでしょ……若干干渉しすぎだし……」

聞けばアウラさんは七人兄弟の末っ子だそうだ。そのほとんどがもう親の手を離れ自立しているらしい。ダークフォレスト卿も、唯一残っているアウラさんが可愛くてしかたがないのだろう。

アウラさんの手紙には、ちょいちょい『お父様』が登場する。これは先日知ったのだが、アウラさんのお父さんは『アモン＝アメイモン＝フォン＝ダークフォレスト』というのだそうだ。

何を隠そう、あの『ソロモン七十二柱の魔神』が一柱、序列七のアモンさんご本人だ。

つまり、アウラさんは、使い魔に『お父様』の名前をつけているのだ。要するに彼女は──、「『ファザコン』かな？　親も親なら子も子だよね。いや、相思相愛の親子なんだけど……」

思い返せば、アウラさんの口調も父親のそれにそっくりだ。きっと父親を意識して、その口調を真似ているに違いない。だというのに、その父親の深い愛情にきちんと彼女が気づけていない感が否《いな》めないのが悲しいところだ。


『いきなりいろいろなことができるようにはならないよ。

今は少しずつ、時間をかけてできることを増やしていこう。

大丈夫、アウラさんは僕から見てもちゃんと成長してるよ！

衣笠大地』

僕は書き上がった手紙を、頭の上のアモンに渡す。

「アモン、お前のご主人、本当によく頑張ってるよ……確認テストの成績も少しずつ着実に伸びてるし、この調子なら次の定期テストでは赤点を回避できるかもだ！」

手紙を咥えているので、少々くぐもった声で『ボォウ』と鳴いてアモンは飛び立った。

手紙にも書いた通り、本当にゆっくりとのんびりと、アウラさんは良い方向へ成長している。

彼女が最近感じる悩みも、できることが増えてきたからこそ感じてしまうものが多い。何か一つできるようになると、次、その次と望んでしまう貪欲《どんよく》さは魔物も人間と同じようだ。それも含めて、それら全部が彼女の成長の証《あかし》なので僕は嬉しかった。

きっと、アウラさんもそんな自分の成長を喜んでくれていると思っていた。

僕らは気持ちを共有できている、僕は勝手にそう思っていた。

手紙に込められた彼女の思いにも気づかずに——。


その日の放課後、僕は校内放送で呼び出された。『大至急』なんて言われたので大急ぎで応接室へと飛び込むと目前に巨大な光球。僕が手を翳すと、その光球は盟約の力でかき消された。

「いやぁ、いつ見ても鮮やかだな、おい」

僕に光球を放ったのはもちろんダークフォレスト卿、アウラさんのお父さんだ。

「よう衣笠先生。久しいな。あれからだいたい、二週間くらいってとこか?」

「ダークフォレスト卿、出会い頭に面白半分で魔法を放つのはやめてください」

「アンタのその『鉄壁』とやらが、もう一回見たくなっちまったんだよ。いいじゃねぇか減るもんじゃねぇし、こうして無事なんだしよ」

そう言って豪快に笑う姿は二週間前と変わらない。つられて僕も苦笑いを浮かべる。

「そんなつれない顔するなよ。なに、もちろん用件はうちの可愛い娘のことだ」

「でしょうね……それで、ご用件は？」

「いや、なんだ、うちの娘が最近変わったからよ、どうなってんのかと思ってな」

そういえば、あれっきり僕はアウラさんのご家庭には全然連絡ができていなかった。生徒の家庭への連絡も教師の大事な業務だというのに、怠慢《たいまん》だったと反省する。

「衣笠先生。アンタのおかげでうちの娘は変わったよ。前までは、いつでもどこでも本を読んでばかりで、勉強なんてこれっぽっちもやらなかったのによ。それが最近は学校でちゃんと勉強してやがるっていうじゃねぇか。俺はそりゃ驚いたもんだぜ」

聞けば、別の職員がアウラさんの学校への提出書類の件でご家庭に連絡した際、『最近のアウラさんの頑張り』を話したらしい。その辺を詳しく聞きに来たのだそうだ。

「それにしたって、どんな魔法を使ったんだよアンタは？　これまでの担任はずっと、『まずは彼女がやる気を出さないことには……』とか、『教室にいても、授業を受けてくれないことには……』とかしょうもねぇことばっかり言ってやがったのによ。クラスの担当がアンタに変わって、『任せとけ』って言われてすぐにこれだ。そりゃ気になって来ちまうだろ？」

ダークフォレスト卿からしてみたら、これまでのらりくらりと受け流されていた要望が聞き入れられ、きちんと対応してもらえたということになるのだろう。

僕は彼から何度も感謝を告げられ本当に恐縮した。

僕の前任者は、アウラさんに対してこれまでかなり適当に対応していたらしい。そんな学園の対応に、きっと彼は不安や不満を相当溜めていたのだろう。

でも僕だって、こうして感謝されてはいるが運よくアウラさんの悩みを少しだけ改善できただけだ。行き当たりばったりな対応を繰り返してきた前任者と大差ないのだ。

だから今度こそ、きちんと対応しようと僕の知る限りの状況と今後の展望をお伝えした。

僕の話を聞いて、ダークフォレスト卿は安心したように笑った。

成績や学力を心配しているのは、基本的に生徒本人より保護者だ。

保護者には生徒の学校での様子はわからない。だから、生徒の状況を知るのはまず成績表なのだ。必然的にその数字に保護者は敏感になる。良い成績ならば安心し、何も言わないだろう。しかし悪い成績の場合、その生徒の未来を心配し叱りつけてしまうものだ。

アウラさんの成績は酷《ひど》い。それを受けて、彼も心を鬼、いや悪魔にして彼女を叱りつけてきたのだろう。だから彼女は以前、父親が学校を訪れたときにあんなにも慌てたのだ。

「これまでアウラさんのことも含めてきちんと対応できておらず、本当に申し訳ありませんでした。今後は、このようなことにならないよう、きちんとご連絡をさせていただきます」

さまざまなことへの至らなさで僕は胸がいっぱいになり、ダークフォレスト卿に対して深く頭を下げた。そんな僕に彼は笑いながら肩を叩いてくれた。

「なに言ってんだよ。これまでのことはアンタのせいじゃねぇし、アンタは十分やってくれてる。それに調江理事長から聞いたぜ。アンタまだ先生になりたてのヒヨっ子なんだろ？　うちのも少しずつ良くなってるってんなら、文句なんて一つもねぇよ」

「お言葉、感謝します」

こうして、二度にわたるダークフォレスト卿の来訪は、彼の深い懐《ふところ》のおかげもあって、穏便に済ませることができたのだった。

この二度目の訪問は、これだけなら、『事件』と呼ぶほどのものではないだろう。

でも、このダークフォレスト卿の来訪が、結果的に、あの大事件を引き起こしてしまったのだから、やはり、『事件』と呼ぶのが相応《ふさわ》しいと思う。


そのとき僕は、ちょうどダークフォレスト卿を見送るために来客用玄関に来ていた。

まるで火山でも噴火したかのような爆発音とともに、大地震を思わせる地響きが僕とダークフォレスト卿を足下《あしもと》から突き上げた。しかしさすがはムキムキのダークフォレスト卿だ。その揺れでバランスを崩《くず》した僕と違って、微動だにせずに揺れを凌《しの》ぐと玄関から駆け出してこちらを振り返った。

「おいおいおいおい……こいつはヤベェぞ……」

そして、驚愕《きょうがく》の表情を浮かべて、夕日を受けて茜《あかね》色に染まる校舎を見上げていた。

僕も慌ててその横に並び、同じように校舎を振り返る。

「……嘘《うそ》……なんですかこれは……？」

僕とダークフォレスト卿が見つめる先。学園の校舎本棟が土煙を上げていたのだ。見るも無残《むざん》な半壊状態。まるでミサイルでも直撃したかのような惨状だ。

「た、たたた大変ですぅ、大地先生！」

慌てながら走ってきたのはミーシャさんだ。

「大変なのはもうこの惨状を見りゃわかる。いったい何があったんだ？」

「って、わぁあっ!?　ダークフォレスト卿!?　ご、ご機嫌麗《うるわ》しゅうございます……」

「そんなのはいいから、早く何があったか説明しろ！」

「ひゃ、ひゃいぃ!!」

「す、すまん……慌てて声を荒らげちまった」

涙目になって僕の後ろに隠れてしまったミーシャさんを見て、バツが悪そうに頭を下げるダークフォレスト卿。そんな彼の姿にミーシャさんは再び恐縮してしまう。

「それで、ミーシャさん。いったい何が起こったの？」

このまま放っておいたら永遠に先に進めない気がして、僕がミーシャさんに話を聞く。

「はうっ！　そうでした！　放課後、えっと閉架書庫《へいかしょこ》の整理をしているときに、急にその……」

やっと話が始まったかと思ったら、今度は何かを言いにくそうにモジモジしだすミーシャさん。僕は、わけがわからず首を傾げているとダークフォレスト卿が呆れて言った。

「トイレに行きたくなったってとこか……それで？　——って、おい!?　……まさか」

なるほどそれでミーシャさんは恥ずかしそうだったのか。と僕が納得していると、たったそれだけのやり取りで何かを察したダークフォレスト卿の顔色がみるみる悪くなっていった。

「あの禁書の封印を、誰かが解いちまったんじゃないだろうなっ!?」

ダークフォレスト卿は、突然大声で怒鳴りつけるようにミーシャさんに質問した。そんな彼の殺気にあてられてミーシャさんはそのまま「きゅう……」と失神してしまう。

「おい！　こら嬢ちゃん！　しっかりしろっ!!」

「落ち着いてくださいな、ダークフォレストさん」

気を失ったミーシャさんの肩を揺さぶろうとするダークフォレスト卿。その腕にそっと手を添えて、優しく声をかけたのはくるみ先生だ。

「調江理事長！　……これは、まさか？」

ミーシャさんを受け止め抱き上げるくるみ先生。くるみ先生が何かを唱えると、彼女の腕の中のミーシャさんは忽然《こつぜん》と消えてしまって僕は度肝《どぎも》を抜かれた。

「転移魔法だよ大地くん。今のところ安全な学生寮の空き部屋に飛ばしたからしばらくは大丈夫だ。それよりも、ダークフォレストさん。現状はあなたの危惧《きぐ》した通りです」

ダークフォレスト卿に向き直ってそう言うと、くるみ先生は深々と頭を下げた。

「このたびは我が学園の職員の不注意で、管理を任されていた魔導書を何者かに持ち出されてしまいましたことをお詫《わ》び申し上げます」

そのやり取りで、この惨状がなにやら危険な『魔導書』が原因であることはわかった。

「それはいい。どんなに万全の管理をしてたって、そういうことは起きちまうもんだ。俺だって、こんなふうに家が吹き飛ぶのが嫌で管理を理事長に押しつけたところもあるし、その辺を責めるつもりなんて毛頭《もうとう》ない。だから理事長、頭を上げてくれ」

ダークフォレスト卿は、一度深く深呼吸をしてから、落ち着いた声でそう言った。

その言葉に、くるみ先生も顔を上げ、「お気遣い感謝します」ともう一度だけ頭を下げた。

「でもこの状況はどう見たって、あの本の持ち出しだけでは説明がつかねぇ。間違いなく、本に施《ほどこ》された封印が解けかけてる……そうだな？」

「はい、残念ながらそれは間違いありません――ですから……」

「畜生、やっぱりか……」

まったく状況についていけない僕を置き去りにして、くるみ先生とダークフォレスト卿は深刻な顔をして腕組みをしていた。目の前の惨状と飛び交う単語から、とんでもないことが起きているのは確かなのだが、何かどうなっているのか僕にはまったくわからない。

「娘が……アウラがその犯人に誘拐された可能性は？」

「すみません。切迫した状況は承知でお尋ねします。いったい何が起きてるんですか？」

きっと説明する暇すらない状況なのだろうことは、十分に理解している。

していたのだが、アウラさんに、僕の生徒に、何か危険が迫っているかもしれないのに、何が起きているのかもわからないなんて僕には我慢できなかった。

「アウラさんのために僕にできることがあるのであれば、協力させてほしいんです！」

「衣笠先生……気持ちは嬉しいが、これはダークフォレスト家の問題だ。アンタには何も関係がない。――でも、きっとアンタはそう言ったところで納得しないいんだよな。目を見りゃわかる。アンタに協力を頼む気はない。でも説明はしてやるよ」

ことは一刻を争うだろうに、ダークフォレスト卿はため息交《ま》じりにそう言った。

「――今回の件は、俺が以前理事長に預けた『魔導書』によって引き起こされた可能性が高い。その本には、大昔の大戦で世界の半分を吹き飛ばした厄介な魔物が封印されてんだ」

思った以上のスケールの話に、僕は呆然《ぼうぜん》としてしまう。

「まぁ、そんな顔になるよな。――なんとかソイツをその本に封印したのが、俺の先々代の当主だ。その本の管理が代々お役目だったんだが、本が俺ん家《ち》にあるのはバレちまってて、それを狙う連中を撃退する日々……それに困ってたら、理事長がそいつらの目を欺《あざむ》くためにこの学園の図書館の閉架書庫にこっそり隠したらどうだって言ってくれてな」

本をつけ狙う連中も、まさか学校にそんな危険な『禁書』が隠されているとは思わなかったのだろう。

ダークフォレスト卿の説明で、だいたいのことはわかった。でも、肝心なところの説明がまだされていない。

「禁書が持ち出されて、封印が解けかけていることと、アウラの誘拐とが結びつきません」

その声に振り向くと、まさに僕が考えていたことをそっくりそのまま口にしたのは、はぁはぁと呼吸を整えながら、僕らに駆け寄ってきたシャオさんだった。

「嬢ちゃんもかよ……アンタも嬢ちゃんも、馬鹿ばっかりだなうちの娘のクラスはよ」

どこか嬉しそうなその言葉のあと深く息を吐いてから、ダークフォレスト卿は続けた。

「その禁書の封印はかなり特殊な術式でよ。簡単に言えば、その封印は俺の血縁者の血液を使わねぇと解けねぇんだ。だが、その封印が解けかけてる。ってことは——」

「アウラさんが、巻き込まれている可能性が高い！」

じゃあなんだ？　アウラさんは、あの爆発の只中にいたかもしれないってそういうことか？

僕はいてもたってもいられなくなって、半壊した校舎のほうに駆け出そうとした。

「まてまてまて、馬鹿かお前たちは？」

気がつくと、僕と、それにシャオさんも、ダークフォレスト卿の肩に担《かつ》がれていた。

「冷静になれ若造が——こういうときこそ情報が大事なんだ。なぁ理事長？」

すぐにでも飛び出したいのは、彼も同じなのだろう。だが、状況も把握せずに渦中に飛び込んで、事態を悪化させては本末転倒だ。彼にはそれがわかっているのだ。

「私の結界を超えて学園に侵入してきた部外者は一切いません。そして、当該区域に入った職員も、今のところさっきのミーシャ以外には確認できていません……」

「理事長、もったいぶるなよ。この学園内で起きていることで、理事長にわからないことはないはずだ。ってことはつまりもう犯人もわかってんだろ？」

あとで聞いた話だが、この学園に施された結界はほとんどすべて、くるみ先生が施したものであり、その結界内で生じたあらゆる事象がくるみ先生にはわかるのだそうだ。

「……その口ぶり、ダークフォレストさんも、『当たり』はついているようですね」

「やっぱりかよ……最悪だな、おい」

「どういうことですか、くるみ？　私たちにもわかるように説明をしてください」

再び僕の言いたいことを、シャオさんが言ってくれる。

しかし、くるみ先生が説明する必要はなくなった。

「『ほう、貴様が当代のアメイモンか……』」

僕らの目の前には、半壊した校舎しかなかった。そのはずだ。なのに、僕が瞬きをした瞬間、僕らと校舎の間の中空に、ソレは忽然と現れた。その異様な存在感に誰もが言葉を失った。

ゆっくりと地上へ降りてきて、その足を地面に着けると、こちらを一瞥してからソレは口を開いた。

「『久しいな、アメイモン。いや、今の貴様とあいまみえるのは初めてか……』」

聞き覚えのない、美しい声があたりに響き渡る。一瞬、その美しい声に聞き惚《ほ》れる。澄み切った、心地いい音色のような声だった。だが、そんな感動にも似た感情は、すぐに霧散《むさん》した。

「てめぇ……『パイモン』か……」

「『いかにも、余《よ》は『パイモン』。西方の王にして、天空の支配者である』」

純白の翼を大きく広げ、こちらを見つめるその人物は、自らを『パイモン』と名乗った。

僕の記憶が確かなら、パイモンは『ソロモン七十二注の魔神』の一人で、確か序列は第九位。

九位とはいえ、最大である二百の軍団を率《ひき》いる魔神だ。だが、その姿はどう見ても――。

「てめぇ、アウラに何をした！」

アウラさんそっくりだ、いや、アウラさんそのものだった。

「『アウラ？　ああ、この娘の名だな。余は特に何もしておらぬ。何かしたのは、この娘のほうだ。力を欲し英知を欲し、余の封印を解いたのがこの娘なのだからなぁ！』」

そう言って、アウラさんの姿をしたパイモンは、その手を何かをなぎ払うように振るう。

すると、轟音《ごうおん》とともに暴風が吹き荒れ、僕らの目の前にあった校舎を、先ほどの地震に似た地響きとともに丸ごと吹き飛ばしてしまった。

「『ふむ、この身体、余によく馴染《なじ》む。素晴らしい乗り心地ぞ。この身体、余は気に入った！』」

「ふざけんな！　さっさとアウラの身体から出ていきやがれ！」

愉快そうに笑うパイモンに、ダークフォレスト卿は怒りを露《あら》わにして怒鳴りつける。

「『出ていけと言われても、こうして余を己《おの》が身体に受け入れたのは、この娘なのだぞ？　ん？　余を受け入れてなお、その自我を保つとは、大した娘よ。ほう、この娘は、貴様の娘か。聞け、今代のアメイモン。貴様の可愛い娘が、貴様に話があるそうだぞ？』」

怒り狂うダークフォレスト卿を見て、愉快そうにしていたパイモンの雰囲気が変わる。

「お父様、私、立派な『悪魔』になった……です。すげぇ魔力、すげぇ魔法、すげぇ知識。きっとお父様にも負けない力、身につけてやったです。だからもう大丈夫です。私、お父様に恥かかせねぇすげぇ悪魔になった……です」

虚《うつ》ろな瞳と言葉。でも、そのおかしな言葉遣いは間違いなくアウラさんのものだった。

「『あはははっ！　実に健気だな、アメイモン！　貴様の娘は貴様に恥をかかせぬよう、強大な力を、英知を、地位を欲したのだ。そして、本に封じられた余にそれを願った。序列九位の余と一つになることで余の持つ王位すら欲してな！　見るがいいアメイモン。貴様の娘と一つになったことで、余は天空のみならず大地の支配も手に入れたぞ』」

再び、愉悦《ゆえつ》に満ちた態度と尊大な口調に変化した。パイモンが地面に向かって手を翳すと、今度は地鳴りとともに、大きな地震が引き起こされる。

「『なんなら、貴様の北方の支配も余が代わりに引き継いでやろうか？　なに、案ずるな、貴様から王の座を貴様の娘が引き継ぐだけよ……余は貴様の跡取りとして、天と大地に君臨してやろう』ダメ……お父様に迷惑は……ダメ……『つく、しぶとい娘だな。お前は余の器としてこの身体を明け渡せばよいのだ。さすればあとは余がすべて上手《うま》くやってやろう。お前の望みであった、〝魔物〟の頂点に君臨してやろう。ゆえに安心して眠れ、余の身体の片隅で永遠にな』」

まるで一人芝居のように口調と雰囲気が交代する。どうやらアウラさんの意識の中で、パイモンとアウラさんがせめぎ合っているようだ。

「ダークフォレスト卿！　何か手立てはないのですか⁉」

吹き荒れる暴風の中、アウラさんを救い出したい一心でダークフォレスト卿に縋《すが》りつくシャオさん。そんなシャオさんを暴風から守りながら、彼は悔しそうに拳を握る。

「封印しようにも、パイモンを弱らせねぇことには……だがアイツもバカじゃねぇ。アウラを盾《たて》にして、俺たちを牽制《けんせい》してくるに決まってる」

「ごめんよ大地くん。私のほうも、戦いに向いた魔法は使えないんだ……ちょっと厳しいね」

僕がくるみ先生に期待して視線を向けると、申し訳なさそうに両手を合わせる。

「『ふむ、なんだつまらぬ。つまらぬぞアメイモン。もう万策尽きたというのか。貴様の先々代に受けた傷、封印、そして屈辱《くつじょく》は、こんなものではないのだ。もっと余を楽しませよ』」

パイモンはなにやら腕を組み思案すると、閃《ひらめ》いたとばかりに両手を打ち合わせて笑いだした。

「『良い退屈しのぎを思いついたぞ！　どうにも強力すぎるこの結界の外には出れぬが、おそらくはこの結界内にその術師もおろう。なれば、この結界内の生き物をすべて殺し尽くそうではないか。なに、余の軍勢をもってすれば造作《ぞうさ》もないことだ』」

そう言って腕を振るうと、校舎の瓦礫《がれき》の中から一冊の本がパイモンの前まで飛んできた。

「マズイな……あの本の封印を完全に解かれたらもう手がつけられねぇ……その前にやつをなんとかしないと、下手《へた》すりゃ人間界自体が滅んじまうぞ……」

――ん？　まだ封印は完全には解けてないのか？

「確認していいですか？　パイモンの本体はもしかしてまだあの本の中ですか？」

僕の質問の意図をいち早く汲《く》み取《と》ったのは、やはりくるみ先生だった。

「そうだよ大地くん。今、パイモンは自分の一部をアウラにとり憑《つ》かせて操ってる状態だ。パイモンの本体は、まだ今はあの本の中にある。解放されるのも時間の問題だけどね」

中からではなく外からアウラさんを操っているというのなら、それは要するに操り人形と同じことだ。その仕組みはよくわからないがわかる必要もない。

「つまりは、『魔法』なんですね？」

確認すべきはそれだけだった。僕の質問にくるみ先生は神妙な顔で頷いた。

「だったら、僕がアウラさんを助けます」

「まてまて衣笠先生。アンタはとんでもない防御魔法が使えるだけだろ？　それでどうやって、アウラを助けるってんだよ。龍皇寺を下した決闘だって要は騙《だま》し討《う》ちみたいなもんだ。これは本物の殺し合い。アンタなんかじゃ確実に死んじまうんだぞ!?」

どうやらパイモンは、封印の解呪《かいじゅ》に集中している間、地震のほうは操れないらしい。

地震がおさまって立ち上がれるようになった僕を引き止めるダークフォレスト卿に、僕は背中を向ける。そんな僕にダークフォレスト卿は続けた。

「そもそもアンタには関係のないことだろう？　あの本の管理は俺ん家《ち》のお役目で、その封印を解いて暴走させたのは俺ん家の馬鹿娘だ。アンタが命までかけて救ってやる理由がどこにあるっていうんだ？　アンタ、ただの教師だろ？」

「ダークフォレスト卿、いえ、アウラさんのお父さん。自分のお子さんを『馬鹿娘』なんて言わないでください。アウラさんは本当に優しい、お父さん想いのいい娘さんじゃないですか？」

僕は一歩ずつその足を踏み出していく。さすがに地面がグラグラ揺れていたらこうはいかないが、それもやんだ今ならもう僕を阻《はば》むものなんてなにもない。

「アウラさんはその悩みも苦しみも、ちゃんと僕に伝えてくれていたんです。助けを求め、その『手』を伸ばしてくれていたのに、僕はそれに気づけなかった……」

アウラさんは、父親に恥をかかせないよう、『力』や『英知』、『地位』を欲し、禁書の封印を解いたとやつは言っていた。そんなの今まで、アウラさんは望んでいなかったはずだ。

ではなぜ彼女はそんなものを望んだのだろうか。

答えは簡単だ。だって彼女はずっと手紙を通して僕に言っていたじゃないか。

『天才になりたい』『最強になりたい』『自分には何もない』と……。

彼女は焦《あせ》っていたのだ、成長の見られない自分自身に。

悩んでいたのだ、努力を重ねても、できるようにならないさまざまなことに。

僕はアウラさんの苦しみに気づけたはずだった、いや、知っていたはずだった。

マヌケにも見過ごしてしまったのだ。彼女は僕にたくさんのサインを送ってくれていたのに。

そんな彼女に、僕は無責任に『大丈夫だよ』を繰り返してきてしまった。

僕は彼女の成長を知っていたのに、彼女にはそれを実感させてあげられていなかった。

努力を評価されない現実が、どれだけ不安で苦しいか、僕は誰より知っていたはずなのに。

彼女の手紙に綴られていた、そんな現実への不安をすっかり見落としていた。

そんなとき、ダークフォレスト卿の再びの来訪だ。以前もそのタイミングで墨汁をかぶった彼女のことだ、『今度こそダメな自分のことを話しにきたに違いない』と考えたのだろう。

だから彼女は「どうにかしなければ」と焦り、不意に出会った『魔導書』の魔の手にかかり、誘惑に心を奪われてしまったのだ。

だったら、そんな彼女の手をとって、絶望の淵《ふち》から救い上げるのは僕の仕事だ。

「アウラさんは、僕《ぼく》の大切な『生徒』だ。『生徒が苦しんでいるのなら、何にかえても助けるのが教師の務め』だ。理由なんてそれで十分ですよ」

「衣笠先生……アンタはそこまで、アウラのことを」

「お父さんは見ていてください。ここは学校だ。だったら彼女を救うのは教師の役目です」

パイモンは僕のことなんて警戒していない、だから注意を引くためにも、わざと目立つように、やつの巻き起こす暴風の中を悠然《ゆうぜん》と歩いた。竜巻を突っ切り、旋風《せんぷう》を跳《は》ね除《の》けて。

「『なんだ!? 何故《なぜ》お前は、余の暴風の中を真っ直ぐに歩けるのだ!?』」

すぐにパイモンは一直線に自分に向かってくる僕の姿に気づく。だが、まだ足りない。

「暴風? 笑わせるなよ。お前のそよ風じゃ、僕の前髪すら揺れてないじゃないか」

ダメ押しの挑発。プライドの高そうなやつのことだ、ここまで言えば何がなんでもその風で、僕のことを吹き飛ばしたくなったはずだ。案の定、全力で突風をぶつけてくる。

その突風すらものともしない僕に、パイモンは封印を解く手を止めて、さまざまな攻撃をしかけてきた。無数の風の矢を放ち、風の剣、槍《やり》、斧《おの》、風によって作り上げられた万《よろず》の武器を僕に向かって一斉に放つ。

しかし、僕はその攻撃にすら、あえて『何もせずに』突っ込んでいく。

パイモンの放つ万の風の武器は、ことごとく打ち消され、その風は僕の前髪すら揺らせない。

「『馬鹿な、馬鹿な馬鹿な馬鹿な! 何故だ? 何故お前は余の風で吹き飛ばぬ? 何故お前は余の風の刃《やいば》で切り裂けぬ? 何故お前は余の目の前に立っているのだ!?』」

狼狽《うろた》えるパイモンに、僕は笑顔を浮かべて悠々《ゆうゆう》と近づいていく。決して立ち止まらず一歩一歩パイモンに迫っていった。

「馬鹿はお前だ。天空の支配者。飛んで逃げればよかったのに、挑発に乗って僕を吹き飛ばそうとするからこうなるんだ」

そしてゼロ距離。身長差があるので、パイモンが僕を見上げる形で僕らは肉薄した。

「『貴様、何をする気だっ⁉』」

僕が両手を広げると、パイモンは『ヒッ⁉』と怯《おび》えるように身を固くした。そんな完全に混乱しきったパイモンを、いや、僕の大事な生徒の身体を、僕はそっと抱きしめた。

「『なんだ？　何をした⁉　余の、余の支配が……解けていく……おのれ……おのれぇ‼』」

「うっさい黙れ、邪魔すんな馬鹿悪魔。——アウラさん、ごめん。遅くなっちゃった」

僕は腕の中で喚《わめ》くパイモンを無視して、その向こうにいるだろうアウラさんに謝った。

「いっぱい不安にしてごめん。いっぱい悩ませてごめん。君が手紙に込めた、いっぱいの『助けて』のメッセージに気づけなくて本当に、本当にごめん」

「『そうかなるほど、お前は……ならば、せめて……お前だけは——』」

パイモンが何かをつぶやくと、一瞬、突き上げるように地面が揺れる。どうやら、最後の力を振《ふ》り絞《しぼ》って何かをしようとしているらしいが、僕にとってはどうでもよかった。

「こうして力を手に入れても、これは君じゃない。君じゃないなら、こんな力、意味がないんだよ。こんなの君の大好きなお父さんも、絶対に喜ばないよ」

不意に、背後から頭上にかけて無機質な気配を感じ僕は自分の状況を理解する。でもそんなことより、今はアウラさんを呼び戻すことが大事だった。

「ごめんアウラさん。僕が間違ってた。『立派な魔物』を目指そうなんて言って、君を焦らせて……『君は君のペースで焦らずゆっくり成長しよう』って、僕は言うべきだったのに」

「……衣笠……大地……？」

初めて、その美しい声で名前を呼ばれて、僕は涙が出るほど嬉しかった。

「アウラさん。君は魔神になんてならなくていい。『君じゃない何か』にならなくていいんだ」

僕はアウラさんを抱きしめる腕を緩め、その顔を見下ろした。すると、僕はなぜだか自然と笑顔になった。アウラさんの寝ぼけたような顔が可愛かったからかもしれない。

「おかえりアウラさん。君が君でなくなる必要はないよ。君は君のまま君らしく成長しよう」

僕はそう言ってから、アウラさんを力いっぱい突き飛ばした。もしかしたらそれでどこか怪我をしたかもしれない。でも、コレに巻き込まれるよりは安全だろう。

「大地！　危ないっ!!」

響き渡るシャオさんの声。振り返ると僕の背後には岩でできた剣山《けんざん》のようなオブジェ。

それはパイモンの置《お》き土産《みやげ》。そのオブジェは避《よ》ける間もなく僕に向かって倒れてきた。

まったく、パイモンめやってくれた。『魔法』が効《き》かないと踏んだやつは最後の力で岩盤《がんばん》を操り、僕を押しつぶす仕掛けを作ったのだ。おそらく、僕が『盟約』で守られた人間であることに気づいたのだろう。ご丁寧にも仕掛けを作るとき、僕への悪意をゼロにして粘土《ねんど》遊びでもする感覚で魔法を使ったらしい。悪意や攻撃の意思がなければ、その魔法は『盟約』で打ち消されない。そうしてできあがったアンバランスなオブジェは重力で崩れ僕を押しつぶす。

腐っても魔神、器用なやつだ。

願わくば、アウラさんに何も怪我がないといいのだけれど……そんなふうに考えていたら、岩の突起が僕の頭にぶつかった。幸か不幸か、そこで、僕の意識は、コンセントの抜かれたテレビのように、プツリと途切れてしまうのだった。


気がつくと、どうやら僕はシャオさんに膝枕《ひざまくら》をされているようだった。

「大地……よかった、目を覚ましてくれましたね……本当に……よかった……」

見上げる僕の視界の半分を隠す大きな二つの山の向こうで、シャオさんが顔をクシャクシャにして泣きだすのがぼんやりと見えた。

「パイモンは？　それに、アウラさんは無事ですか？」

「パイモンは再び本に封印されました。アウラなら……」

涙で顔を濡らしながら僕の質問に答えてくれたシャオさんは、そう言って指で何かを差した。

ぼやけて見えない目を擦《こす》ろうと、ボーっとする頭で僕は右手を動かそうとする。しかし、僕の右腕は何か柔らかいものに押さえつけられて動かない。

頭を動かしてみると、徐々にはっきりとしてきた視界の中で、僕の右腕にしがみつくアウラ

さんの姿が見えた。なんだかよくわからない状況だが、無事が確認できて安心する。

覚醒しきらない頭をどうにか回転させるが、まったく思い出せない。

「あれ？　僕はトゲトゲの岩に押しつぶされて……それからどうなったんだっけ？」

「頭部損壊《そんかい》、脳挫傷《のうざしょう》、ありとあらゆる内臓の破裂。君は文字通り死にかけたよ」

「おわぁ!?　くるみ先生？　なんですかそんな、物騒な単語をいっぱい並べて？」

くるみ先生の笑えない冗談に、僕は批難の声をあげる。

「信じてないでしょ？　でも事実。その証拠にほら？　そのボロボロの服。そのシミは全部君の血だよ。君の身体は無数の突起に押しつぶされて、それは、ひどい状態だったんだから」

くるみ先生に言われて、自分の身体を見下ろすと、確かに服は穴だらけ。どす黒いシミで汚れていた。それにこの錆《さ》びた鉄の匂い、どうやら、このシミが血液であるのも事実らしい。

「いや、だったら、なんで僕は生きてるんです？」

当然の疑問だ。そんな大怪我に、この出血量。これが現実なら僕は確実に死んでいる。

「まさか、ここは天国だっていうんですか？」

「天国じゃん。シャオのやわやわの太ももに頭乗せて、ふかふかのおっぱいが視界いっぱい広がって、右手にはアウラも抱きついてる……そこが天国じゃなかったらなんなのさ？」

そのくるみ先生の意見には同意する。確かにここは天国だ。でもそうじゃない。そういうことじゃない。死に瀕《ひん》した相手を回復させるほどの回復魔法は、もうその使い手が存在しないと前にミーシャさんから聞いたことがある。だったら、この超回復はいったい……？

「そ、その……私の血を……だ、大地に……口う……し……で飲ませて……あの……」

僕が頭を抱《かか》えていると、シャオさんが恥ずかしそうに、ボソボソと説明をしてくれた。

「へ？　シャオさんの血を？　どういうこと？」

「衣笠大地、近年、龍族《ドラゴン》の血液には、摂取することで一時的に龍族《ドラゴン》と同じ身体能力を与える力があることがわかっている。強靭《きょうじん》な筋力、強い耐久性はもちろんだが、今回は、その圧倒的な治癒《ちゆ》力で、欠損したさまざまな臓器を回復させた――です」

混乱する僕の耳にすっと入ってきたのは、どこかで聞いたあの冬の朝の澄みきった空気のような美しい声。吸い込まれるように視線を向けると、声の主はやはりアウラさんだった。

「へぇ、なるほどねぇ、龍の血にそんな力が……」

「なお、その副作用で、効果が切れたあとは、脳への血液流入の変化による興奮状態に――」

「って、アウラさん!?　そんな知識、いったいどこから？」

その声のせいもあってか、詳細《しょうさい》な解説にも感心しかけた僕だったが、それを解説したのがアウラさんであることに大きな違和感を覚えた。

「パイモン出てった。でも、パイモンの知識全部残った……です」

「さすがは『あらゆる知識をもたらす悪魔』――ってそうじゃなくて」

形は違えど、パイモンを召喚したことに変わりないわけだから、その権能の恩恵を受けたということなのだろうか。そう考えていた僕は、ある重大な事実に気づく。

「え？　あれ？　アウラさんが僕と喋ってくれてるっ⁉　嘘⁉　マジで⁉　うっわぁ……どうしよう超嬉しい……ヤバ……泣けてきた」

これまで頑《かたく》なに喋ってくれなかったアウラさんが、自然に僕と会話をしてくれたことがあまりにも嬉しくて、恥ずかしながら泣いてしまう僕。そんな自分に若干引いた。

「……このクソみたいな声が嫌いだった……です」

僕から目をそらしながら、アウラさんはポソリとつぶやくように言った。

「私は悪魔族《マモン》なのに、この声を『天使みたいだ』って言われるのが嫌だった。こんな見た目と声で、誰も彼もが私を『天使』だって言いやがるのが本当にクソくれぇだった……です」

それは、彼女が頑なに喋らなかった理由。自分の美しすぎる声に対するコンプレックスから、彼女は喋ることを嫌っていたのだ。その彼女らしい理由に僕は思わず納得させられた。

「……でも、大地は『私のまま変わればいい』って言ってくれた……嬉しかった。悪魔らしいとか天使らしいとか関係なく、『私らしく』変わればいいんだって……そう思えた。私の中のモヤモヤが、全部、全部吹き飛んだ気がした……です」

その言葉の途中からは、嗚咽《おえつ》交じりに僕の腕に縋《すが》りつきながらアウラさんは語った。

「……ごめんなさい……私、校舎をこんなにして……大地に大怪我させて……」

アウラさんの歓喜の声音《こわね》は、いつの間にかその色を変えていた。

「強くなりたくて……立派になりたくて……そしたら、あの本が『願いを叶《かな》えてやる』って……私、本についた封を切って、開いちゃった……それで、力も知性も、願ったものは全部手に入った……でも、それで全部めちゃくちゃにしちゃって……ごめ……ごめんなさぁい……」

泣きながら、そうやって僕に謝《あやま》るアウラさんを僕はそっと抱きしめた。

「そうだね。確かに、君はパイモンにつけいられて、利用されて、失敗した……でも、失敗したっていいんだ。君は自分の失敗をきちんと認めて謝れた。なら大丈夫だ。きっと、君はこれから強くなれる。賢《かしこ》くなれる。君はこれから君のまま、君らしく立派になればいいんだよ」

僕の言葉にアウラさんは何度も何度も頷きながら、声を殺して泣き続けた。

「それにね、アウラさん。僕は君の、その声も可愛くて、すごく君らしいと思うよ」

僕は彼女が泣き止むまで、子供をあやすように頭を撫《な》で続けたのだった。

「……ものすごく感動的なシーンのところ悪いんだけどさ、大地くん。それシャオに膝枕されながらだと、傍《はた》から見るとものすごくダメな感じに見えるよ……」

「っておわぁ!? 確かにいろんな意味でダメダメだぁ!?」

言われて見上げると、視界には再び大きな山とその向こうに困った顔のシャオさん。

僕は跳ね起きてそんなシャオさんに頭を下げた。

「ごめん、シャオさん。本当に僕何やってんだろう? ずっと頭のってて足痺《しび》れなかった?」

いやそもそも、僕にはもっと彼女に伝えるべき言葉があったじゃないか。死にかけた僕を救ってくれたのはシャオさんなのだ。僕は命の恩人である彼女に、まず感謝を伝えるべきだ。

「命を救ってくれて、本当にありがとう。この恩は、どんなことをしてでも必ず返すから」

なぜか勢い余って、頭を下げるどころか土下座する僕。

どうもさっきから自分のテンションがおかしいような気がするのだが、気のせいだろうか？

「いえ、私は未来の妻として当然の責務を果たしたまでです──」

そんな僕に、シャオさんはいつも通りの言葉を満面の笑みで返してくれた。

もはや、このシャオさんのリアクションが、ギャグなのか本気なのか僕にはわからない。

いや、本気だとしたらどうしよう。命の恩人の願いだし、いやでも生徒だし──でもさすがにこれって人生をかけて返すべき恩なのではないだろうか？

考え出したらもう、僕にも何が正解かわからなくなってしまうのだった。


後日、僕は放課後、職員玄関を掃除しながら悶々《もんもん》としていた。

あのときの記憶がどうにも曖昧な僕は、そのテンションに任せて、彼女たちに変なことをしていないかと不安になったのだ。

不安といえばもう一つ。今朝くるみ先生から言われたことも気になる。

『龍皇寺の件や今回は奇跡的に何とかなったけどさ……君のそのやり方は、いつか君自身をどうにかしてしまいそうで私は怖いよ。いろいろ抱え込まずに、もっと私や周囲を頼ることを覚えなさい。君には期待しているけど無理して欲しいわけじゃないんだよ？』

おそらくあれは、いろいろと至らない僕への注意と助言だ。『もっと周りを頼れ』か……やっぱりまだまだ頼りないよな。今回の件でくるみ先生を心配させてしまったのだろうかと不安になる。

しかし、そんな僕の不安は、酒樽《さかだる》を抱えたダークフォレスト卿の来訪とともに吹き飛んだ。

「大地、今回は本当にすまなかった！　全部俺の責任だ！」

彼はあの日、僕が目覚める前に『禁書』関連の後始末のために早々に席を外さなければならなかったこと、このたびのアウラさんの大暴走に対する学校職員への正式な謝罪、そして、事態収束に身体を張って尽力した僕への正式な感謝を伝えにきたのだそうだ。

僕がそんな彼を職員室に案内すると、職員たちに一通りの話を終えると同時に、おもむろに酒樽を開けた。

「俺はお前を気に入ったぞ、大地！　もしも、この学校をクビになったら、ウチに来い！」

そんな不吉ながら嬉しいことを言いながら、彼は無理やりその酒を、僕を含めた職員室の全職員に振舞い、そのまま大宴会へとなだれこんだ。そして、その宴会は朝まで続いたのだった。

その翌日、僕は二日酔いの頭を抱えて、いつも通り、黒板の前に立って授業をしていた。

「さて、英作文のポイントは、『暗黙のルール』を問題から読み取ることだよ」

「ホウホウ……」

それはそうと、僕にとっては嬉しい変化が教室では起きていた。

「例えば、この問題、文の最後に『yesterday《イエスタデイ》』って書いてあるでしょ？」

「ホウホウ……」

先ほどから僕の解説の合間に挟《はさ》まるこの声は、いつものアモンの鳴き声ではない。

先日初めて聞いたあの澄んだ声で、アモンのように相槌《あいづち》をうちながら頷いているのは、何を隠そうアウラさんだ。あれ以来、すっかり僕になついてくれたアウラさんは、授業中ずっとこうして僕に相槌をうってくれるようになったのだ。まるで親鳥になつく雛《ひな》のように。

僕はそんなアウラさんの変化が嬉しくて、鼻歌交じりに黒板に次の例文を書くのだった。

第3話 SMILE

教室の窓から見える、山吹色《やまぶきいろ》のイチョウ並木には、桜吹雪ならぬイチョウ吹雪が舞っていた。花壇に植えられたコスモスも一斉に咲き乱れ、まさに見ごろの時期を迎えている。

そんな十月も終わろうという『秋一色』の景色とはうって変わって、教室内の空気はどうにも寒々しいものになっていた。

「ぐぬぬ……やはりまだ、平均点には及びませんか……」

シャオさんをはじめ、三人が三人とも百面相しながらにらめっこしているのは、人間界より少しだけ早い後期中間考査、俗に言う『後期中間テスト』の結果がまとめられた個人成績票だ。

今回のテストは、『魔物語、算術、人語、魔法、魔物《まもの》史・人類史』の五科目で行われた。人間界でいうところの主要五科目、『国、数、英、理、社』みたいなイメージだろうか。

三人の中では最も成績が優秀なシャオさんでも、学年の平均点には未《いま》だ及んでいない。シャオさんもアウラさんも、ここ最近やっと頑張れるようにはなったものの、これまでの勉強の遅れをすべて取り戻せるわけもなく、『落第クラス』の名に相応《ふさわ》しい結果が出てしまっていた。

前回の『前期期末テスト』と比べれば、シャオさん、アウラさんの二人は、大きく点数を伸ばしているのだ。でも、やる気を出して臨《のぞ》んだテスト結果がこれでは落ち込むのも頷《うなず》ける。

「あっちゃー……今回も全部一桁《けた》だよ。ダメダメだねぇーあははーっ!!」

明るい声で笑っているのはラヴィさん。彼女の点数はこのクラスでも最下位、つまり学年でもブッチギリの最下位だ。教師としては、思わず頭を抱えたくなる結果だ。なんとかしなければと切《せつ》に思う。本来最も落ち込むべき立場の彼女が、ああもあっけらかんとしているのは、彼女が相変わらず、勉強に対して真面目に向き合ってくれていないからだ。

でも、悔《くや》しがる二人の姿は、変な話だが嬉しい変化だ。話に聞く限り、前回は三人ともテストに無関心で、結果に一喜一憂することもなかったらしい。それを思えば目覚《めざ》ましい進歩だ。

「もっと精進《しょうじん》しなくては……せめて、平均点は越えたい……ぐぬぬぬ……」

「シャオチー、そんなの気にしてもしょうがないよぉ！　竹糸エアC《たけいとえあしー》？　だよ！」

「ラヴィ、それを言うなら、おそらくは『Take《テイク》 it《イット》 easy《イージー》』ではないかと……」

「そうそう、それそれぇーっ！　あははーっ！」

若干一名《じゃっかん》、不安しかない生徒がいるが、そんな彼女の言い間違いに、僕は微《かす》かな成長が窺《うかが》えて嬉しくなってしまった。

それというのも、僕の教えた英語を『ローマ字読み』してしまった彼女だが、以前はローマ字すら読めなかったのだ。しかも、驚くことに、その言葉のチョイスはこの会話の流れに合っている。本当に小さな成長ではあるが、教えている僕にとっては、かなり嬉しい変化だった。

「それぞれ結果に思うところがあるのはいいことだと思うし、その気持ちはよくわかるんだけど、まだHR《ホームルーム》は終わってないから静かにしようか。ちなみに、ラヴィさんは全科目赤点だから、来週追試があるからね……」

「うへぇー……めんどくさぁーい……」

不満そうに文句を言うラヴィさんの声が、落ち込んだ教室の雰囲気を代表するように響いた。


心なしか生徒たちの浮き足立っている雰囲気に満ちた廊下を歩いて職員室に戻ると、そこには教師たちの同じような空気が広がっていた。

「今回の試験はなかなかでしたね」

「点数も全体的に例年より良かったですしね」

やはり、もっぱらの話題はテスト結果だ。そのあたりは、生徒も教師も変わらない。

「『落第クラス』が思いの外《ほか》頑張ってくれたおかげで、今回は中2の平均点もずいぶん上がりましたね」

不意に自分の担当している学年の話題が聞こえて、思わず僕は聞き耳を立ててしまう。

「特に、イエンとダークフォレストの二人はすごいですよね」

『イエン』というのがシャオさん、『ダークフォレスト』というのがアウラさんのファミリーネームである。

「いやはや、全科目二十点以上点数が伸びたのには驚きましたよ」

「まぁ、もともと、あんなクラスにいるような『種族』じゃないですからね、あの子たちは……」

そんなふうに話をしていたのは、別学年を担当する教師たちだった。

シャオさんたち二人の変化は、中2の担当教師たちの中でも時折話題にのぼることはあったが、今回目に見える形で結果が出たことで、その成長ぶりが職員室の話題の中心となっていた。

こうして彼女たちが褒《ほ》められると、僕はまるで自分が褒められているようでむず痒《がゆ》くなる。

「しかし、そんな二人に比べて、グリーンフィールドは相変わらずですな」

「あの二人と比べるのは可哀想《かわいそう》ですよ。なんたって『最低ランクの兎獣人《ワーラビット》』ですから」

「確かに。龍族《ドラゴン》や悪魔族《マモン》のエリートと比べるのは酷《こく》ですね。基本スペックが違いますからな」

そして当然のように、話題は『グリーンフィールド』さん、つまり、ラヴィさんに及ぶ。

二人に比べてまだまだ発展途上なラヴィさんを、小馬鹿にしたような教師たちの声が癪《しゃく》に障《さわ》った。大きく成長を見せた二人と違って、相変わらずの結果なのは、もちろんラヴィさん自身のせいだ。それでも、自分の生徒を馬鹿にされて、腹が立たないわけがない。

だが、あまりつき合いのない人たちだったので、チキンな僕にはそれに口を挟む勇気がなかった。

「どうしたのさ、大地《だいち》くん？　にやけたりムスっとしたり忙しそうだねぇ」

職員室に響くような大きな声で僕に声をかけてきたのは、くるみ先生だ。

これは僕の勝手な想像だが、彼女は僕の気持ちを察して、ラヴィさんの陰口のような内容を話していた教師たちに、やんわりと釘を刺したのではないだろうか。その証拠に、くるみ先生の登場で、噂話に花を咲かせていた教師たちは、蜘蛛《くも》の子《こ》を散らすように去っていった。

「それで？　何か聞きたいことがありそうな顔をしているけど、何かな？」

去っていく教師たちの背中を見送ってから、くるみ先生は僕に向かって笑顔で言った。

「私のスリーサイズなら、上から——」

「スリーサイズはけっこうです——……『最低ランクの兎獣人《ワーラビット》』ってどういう意味でしょうか？」

くるみ先生の悪ふざけはピシャリと切り捨てて、僕は先ほどの教師たちの会話の中で気になった単語の意味をくるみ先生に聞いてみた。

「ああ、そうか。そういえば君には大戦時の『魔物ランク』の話はしたことなかったね……これは昔、実際に魔物の間で使われていた言葉だよ。今は使われなくなったけど——」

『魔物ランク』とは、要は魔物の強さに応じて種族ごとに順位を割り当て、それを魔物たちの間で共有していたものなのだそうだ。「差別に繋《つな》がる」と大昔に廃止された古い言葉らしい。

「火龍族《サラマンダー》とか、悪魔族《マモン》なんかは比較的上位。で、獣人族《ワービースト》は下位。特に兎獣人《ワーラビット》は最下位だね」

獣人族《ワービースト》は人間と比べれば高い身体能力を持つが、魔物の中では決して位が高くはない。なにより、魔法の元となる魔力については最低ランクなのだそうだ。使える魔法の種類も魔力量も他の種族に大きく劣るらしい。魔法主体の戦闘が基本の魔物の世界において、この魔力の低さは致命的で、大戦以前は『最弱の種族』として虐《しいた》げられてきたのだそうだ。

「正直、今の生徒の世代は、『魔物ランク』を知らない子のほうが圧倒的に多いだろうけれど……私たち大人世代は、微妙に知ってるから、あんなふうに間違って使う輩《やから》も少なくないんだよ」

もともとは戦闘力の序列であって、学力などの知能にはまったく関係ないらしい。それが言葉が廃《すた》れていく中で、ああした差別的な意味合いの強いものに変わってきてしまったのだと、くるみ先生はため息交じりに僕に教えてくれた。

「それこそ本来は、力で劣る獣人族《ワービースト》のほうが頭は良かったりしたくらいなんだけどね」

「強者は力を、弱者は知恵を……みたいな感じですか?」

「そうそう、そんな感じ。でもまぁそれも、もはや昔のことかな。今は強いも弱いも関係なく、みんながみんな、力も知恵も磨《みが》くようになったしね。教育ってのは、そういうものだよ」

そうまとめたくるみ先生の言葉を聞きながら、僕は『魔物ランク』のことを考えていた。

基礎能力が大きく異なるさまざまな種族が混在する魔物の世界。大昔の大戦の反省や、人間との共存などから、今のような人間社会に近い在《あ》り方《かた》へ至ったとはいえ、魔物たちからそういった差別意識がなくなるわけがない。『落第クラス』の存在や、先ほどの教師たちの話題がその証拠だ。

龍皇寺《りゅうおうじ》を下し『学園最強の魔法使い』なんていう二つ名を手にした僕が、学園内で一目置かれているのもそうだろう。

もしかしたら、魔物たちのほうが、人間よりもそういう差別意識が生まれやすいのかもしれない。

「ありがとうございました。覚えておきます――」

「いや、もう使われてない言葉だから、覚えてなくていいんだけどね……相変わらずだね、君は」

くるみ先生は呆《あき》れながらそう言うが、教師として、旧時代の魔物の序列と、魔物にはそういう性質があるということは気に留めておくべきだと思うのだ。

『最低ランクの兎獣人《ワーラビット》』

その言葉が、最後まで、僕の頭の隅にこびりつくように残っていた。

「おわぁっ!?　ラヴィさん、危ないから遊び感覚で魔法を放っちゃダメだってば！」

「にゃはは、そんなこと言ってぇー、涼しい顔で私の魔法なんて防いじゃうじゃん？」

ラヴィさんの挨拶《あいさつ》代わりの魔法攻撃は、相も変わらず続いている。

「さすがはダイッチ、『何者にも倒せないがくえんさいきょーの魔物』の名は伊達《だて》じゃないね！」

満面の笑みで僕に手を翳《かざ》すと、ラヴィさんは次々と魔法を放つ。座学は一切できない彼女だが、魔法科は得意科目なだけあって、放たれる魔法は実にバラエティに富んでいた。

これで『最低ランクの兎獣人《ワーラビット》』だというのだから、魔物の戦闘力は底が知れない。

この遠慮を知らない魔法攻撃の嵐の原因は、アウラさんの父、ダークフォレスト卿《きょう》にある。

アウラさんの暴走事件を受け、「生徒の皆さんにもキチンと謝罪をしたい」という彼の気持ちを汲《く》んで、くるみ先生が全校集会の中で彼が登壇する場を設けた。すると彼は、ことの顛末《てんまつ》を説明する際に、しなくていいのに僕のことを『事件終息の立役者《たてやくしゃ》』だの、『魔神《まじん》に囚《とら》われた愛娘《まなむすめ》を救い出したヒーロー』などと紹介してくれちゃったのだ。その結果、もともと学園に広がっていた『鉄壁』やら『最強の魔法使い』やらの噂とあいまって、いつの間にか僕は『何者にも倒せない最強の魔物』という、とんでもない二つ名をつけられてしまったのだった。

僕はそこで初めて知ったのだが、なんとダークフォレスト卿は次の悪魔族の王様、次期魔王の最有力候補なのだそうだ。『卿』と呼ばれる偉い魔物だということは知っていたが、そこまでとは思っていなかった。

「はぁ……それじゃあ、今日のHR《ホームルーム》はここまで。明日は追試も赤点だった算術科の計算レポート課題の提出日だから、ラヴィさんは忘れないようにね！」

「はぁーい！」

返事はいつも一丁前だが、ラヴィさんがこうした課題を提出したことは、これまで一度もない。挨拶を終えて、最後にもう一度釘を刺しておこうと思っていたのだが、当のラヴィさんは、あっという間に教室から消えていた。脱兎《だっと》のごとくの『終業ダッシュ』も相変わらずだ。

「はぁ……逃げられたか……」

僕がため息をついていると、不意に教室の後ろの扉が勢いよく開いて、帰った筈のラヴィさんが顔を覗《のぞ》かせた。

「あれ？　ラヴィさん、帰ったんじゃ？」

「うん、帰るよぉー、でもぉ、ダイッチにちゃんと挨拶してなかったなぁと思ってぇ」

そういって、ラヴィさんはウインクをしながら僕に向かって投げキッスをした。

「じゃあねぇ、ダイッチ！　また明日っ！」

突然の行動に、僕が目を白黒させていると、ラヴィさんは今度こそ、教室を飛び出してあっという間に見えなくなってしまった。なんだか最近、少しだけラヴィさんが僕に友好的になってきたように感じるのは気のせいなのだろうか？　もしそうでないならちょっと嬉しかった。

「……嬉しそうですね、大地？」

「シャ、シャオさん!?」

呆然とする僕に、シャオさんは頰《ほお》を膨《ふく》らませて、心底不機嫌そうな顔でそっぽを向いた。

僕は、そんなにだらしない表情をしていたのだろうかと、自分で自分の頬を撫《な》でてみる。

「あいたっ!?」

不意に僕の額を襲う衝撃と、眼前を覆《おお》う暗闇。確認するまでもなく、アウラさんからのメッセージがアモンによって今日も僕の額に届いたのだろう。その手紙には、『シャオという可愛い奥さんいるのに、ラヴィにデレデレはダメ、絶対。……です』と書かれていた。

「……アウラさんまで……あのね、シャオさんは僕の許嫁《いいなずけ》であって、まだ奥さんじゃないし、ラヴィさんにデレデレもしてないからね?」

なぜこれだけ近くにいるのに手紙なのかといえば、未だにアウラさんは自分の声がどうにも恥ずかしいのだそうだ。こうしてコミュニケーションが取れているので無理に喋《しゃべ》らせようとは思わないが、このコンプレックスの解消も僕の課題の一つである。

「帰りましょうアウラ。大地は少し頭を冷やすといいです。そうすれば、そうして伸びた鼻の下も少しは短くなるでしょうし」

シャオさんは鼻息荒くそう言うと、アウラさんの手を取って教室を出ていく。

夕暮れの中、廊下に落ちる仲良く重なる二人の影がだんだん見えなくなるのを見送ってから、僕は黒板と教室の掃除を始めるのだった。

「にしても、本当にラヴィさんは慌《あわ》ただしいな」

成績は依然《いぜん》絶不調のラヴィさんだが、それをものともしない様子を思い返して僕は思わず笑ってしまう。本来はどう改善すべきか頭を抱えるところなのだが。

「慌ただしいといえば、休み時間もそうだったっけ……」

今日の昼休み、たまたま廊下で見かけたラヴィさんは、とにかく大忙しだった。

筋肉バキバキの人馬《ケンタウロス》の男子と、野球の話をしていたかと思えば、次はヴィジュアル系ロックバンドのメンバーのような格好をした翼人《ハーピー》の女子と、好きな音楽の話をして一緒に大笑いをし、その次は額にバンダナスタイルのポッチャリさんな岩巨人《ゴーレム》の男子と、写真のようなものを交換して——といったふうに、校舎の廊下を数十メートル歩く間に、何人もの学生と、楽しげに会話をしては別れて……を繰り返していた。

常に別の相手と一分に満たない時間で、代わる代わる話をして……まるで流れ作業めいた、有名人が街中《まちなか》で記念写真とかサインを求められているような光景だった。

僕はふと、彼らがラヴィさんのことをどう思っているのか気になって声をかけてみた。

『ラヴィちゃんは、楽しくて優しいいい子だよ』

『グリーンフィールドさんは、ああ見えてしっかりしているよ』

『何も考えてなさそうに見えて、ラヴィはちゃんと他人の気持ちを汲める賢《かしこ》い魔物だよ』

誰に聞いても彼女は『好印象』だった。驚くことに悪く言う人は一人もいなかった。

それは、ラヴィさんが、本当に『楽しくて優しい』、『しっかり者』の、『相手の気持ちを考えられる素晴《すば》らしい魔物』だから……なのだろうか？

「たった十五歳の女の子が、そんな非の打ち所もない完璧な性格……なんてあり得るのかな?」

そうならばいい。そうであるのなら、なんの心配もない。ないのだが……。


「ラヴィの交友関係……ですか?」

身近な意見も聞いてみようと、昼休み学食でシャオさんにラヴィさんの話題を振ってみた。

「──はぁ……最近、大地はラヴィにご執心《しゅうしん》のようですね……夫の浮気の一つや二つ見て見ぬふりをするのが良妻というもの。ここはぐっと堪《こら》えるとしましょう」

「あのね、シャオさん。ラヴィさんと浮気なんてしてないし、そもそも君と僕は夫婦じゃない。それに君の考える良妻像もたぶんすごく間違ってるよ」

「失礼しました。声に出ていましたか……良妻とはそういうものと聞いていたのですが……」

この、たまに飛び出す爆弾発言はどうにかならないものだろうか。

何やらブツブツ言いながら口に運んだ生姜焼き《しょうがや》きを飲み込んで、シャオさんは涼しい顔をした。

「うーん……そうですね、ラヴィは私と違って、『学園中に友達がいる人気者』ですかね?」

心なしか『私と違って』の部分に力が入っているように感じられた。

「シャオさん、しっかりしてるし、面倒見がいいから、友達多そうに見えるけど」

「私の場合、以前は許嫁が有名人だったので、私がその嫉妬《しっと》の対象だったのと、彼が私に近づく者を排除《はいじょ》していたので……これまで、友人らしい友人は一人もできませんでした……」

久々に炸裂《さくれつ》した僕の『余計な一言』を受けて、シャオさんは暗い表情で遠くを眺《なが》めた。

それにしても、龍皇寺のやつ、そんなこともしてたのか……シャオさんの話を聞いて、改めて、彼女を龍皇寺の束縛《そくばく》から解放して正解だったと確信する僕だった。

「――ですので、こ、こうして、と……友達ができたのは、その、は、初めてなんです」

シャオさんは少し照れながら口の端から炎を見せ、隣の席に座って食事をしていたアウラさんの口元をハンカチで拭《ぬぐ》う。するとアウラさんは、ポケットから紙とペンを取り出し、何やら書いてシャオさんに手渡した。

何が書いてあるのか気になったので、シャオさんの手元を覗き込もうとしたら、アモンのクチバシ攻撃が突きささる。アウラさんは顔を赤くしてそっぽを向いたので、どうやら怒っているとかではなく、単純に見られるのが恥ずかしかったらしい。

すると、アウラさんに見えないように、こっそりシャオさんが照れながら僕に手紙を見せてくれた。手紙には『シャオ、大好き』の文字。アモンをけしかけた彼女の気持ちも頷けた。

「痛《い》ってぇっ⁉」

再びアモンに額を攻撃される。どうやら今度は手紙を張りつけられたらしいので、取ってみると、『私もシャオが初めての友達だ。文句あるか？　……です』と書かれていた。

「いや、べつに文句とかは全然ないけど……そっか、二人ともいい友達と出会えて良かったね」

僕が素直な感想を口にすると、二人して赤い顔をして照れていた。なんだか初々《ういうい》しいカップルのようだ。末永く幸せになって欲しいものだ。僕の意見に同意してくれているのか、アモンも「ホォウッ！」と元気に一声鳴いて、その羽をバタバタと羽ばたかせた。

デザートのゼリーもぺろりと食べ終えて、シャオさんは両手を合わせて「ご馳走様《ちそう》」とつぶやいた。

「とにかく、ラヴィの交友関係は非常に広いです。下手《へた》をすれば、学園の生徒全員に聞いて回っても、その全員が『私はラヴィの友達です』と答える可能性すらあると思いますよ」

シャオさんはハンカチで、食事を終えたアウラさんの口元を再び拭いながらそう言うと、席を立ち、「それでは教室に戻りますね」と、アウラさんを伴《ともな》って学食を後にするのだった。

「『学園の生徒全員』がラヴィさんの友達……か」


昼休み明けの五時限目。暖房の効《き》いた教室に、独特の気《け》だるい空気が広がっていた。学生にとっては、落ちるまぶたやこぼれる欠伸《あくび》と戦わなければならない時間帯だろう。

「さて、今日からしばらくの間、ＥＸクラスと合同で授業を行うことになります。みなさん、くれぐれも喧嘩などをせず、仲良くするようにしてくださいね」

教壇から響くのは、Ａクラスの担任で学年主任の鬼島《おにがしま》先生の声だ。鬼族《オーガ》だというが、細身でぱっと見あまり鬼っぽくは見えない。額から生える角が唯一の鬼っぽさだろうか。

鬼族でその苗字《みょうじ》だと、いつか桃太郎に退治されてしまわないだろうかと心配になるのは僕だけだろうか。僕だけだろうな。

「普段《ふだん》はクラスが異なりますが、『合唱コン』まで、この教室にいる全員で、クラスを越えて仲間として一致団結し、最優秀賞を目指《めざ》して頑張りましょう！」

教室から、パチパチと拍手が聞こえるが、さすがの僕でも、僕らの存在が、この教室から歓迎されていないことくらいわかってしまう微妙な空気が漂《ただよ》っている。教壇の脇《わき》に直立不動で立っている僕はもちろん、シャオさんたちも居心地が悪そうに、教室の隅で小さくなっているようだ。

このなんともいえない微妙な空気に満ちた授業は、『合唱コン』に向けての合同授業である。

『合唱コンクール』、通称『合唱コン』は、『芸術の秋』の定番の学校行事だろう。

僕も先日の職員会議でその話を聞いたとき、「魔物もそんな行事をするんだなぁ」なんて思った。だがよく考えれば、そもそも、この学園は『人間社会に溶《と》け込《こ》むための学校』なのだから、人間界の中学校の定番行事である『合唱コン』も実施されて当然だった。

そして、このイベントは全校生徒参加、ともすれば職員たちも参加する学校行事だ。

全校参加の行事なのだから、もちろん我がクラスも参加しなければならないが、僕たちは頭数が圧倒的に足りないので、こうして合同クラスで参加するしかないのだ。たった三人では、合唱もへったくれもないからしかたがない。

ちなみに、鬼島先生の言っていた『EXクラス』とは、僕たちのクラスのことだ。

先日の職員会議で、僕の担当クラスが『落第クラス』と呼ばれて馬鹿にされていることへの対策として設けられた新しいクラスの呼称だ。くるみ先生曰《いわ》く、『Extra《特別》』クラスの略称だそうが、『Exception《除け者》』クラスとか、『Exhibition《見せ物》』クラスなどと揶揄《やゆ》する輩も、少なからずいるらしい。

教室のあちこちから、ヒソヒソ喋る声と、チラチラと僕を見る好奇《こうき》の視線を感じる。

この学園で先生をするようになってまだ日が浅いのだが、龍皇寺の件やパイモンの件で、僕はすっかり有名になってしまったので、こうした見せ物状態はしかたがないが、シャオさんたちに向けられる同様の視線やお喋りも、そのあたりが原因なのかもしれない。

微かに聞こえるヒソヒソ話に耳を傾《かたむ》けてみる。

「あの先生が、龍皇寺先輩から許嫁を奪ったんでしょ？　略奪愛ってなんかすごいよね？」

「でも、魔王様が『娘を命懸《いのちが》けで助けてくれた』って言ってたし、本命はあっちの娘《こ》なのかも？」

「魔王様じゃなくて、次期魔王様でしょ？　でも、どっちが本命なんだろうね!?」

——いや、その……やはり原因は僕だった……。なんかもう本当に、彼女たちに対して申し訳ない気持ちでいっぱいになった。

さて『合唱コン』となると、僕のクラスには、大きな問題を抱える生徒がいる。

先日、この合同授業の話をHR《ホームルーム》で話したときに、「今回ばかりは、ちゃんと声を出して歌ってね」とお願いしたところ、僕は額に『嫌《いや》に決まってんだろ、ボケナス……です』というお返事をアモンのクチバシ攻撃とともにいただいた。

しかし、『合唱コン』なのだから、『歌わない』わけにはいかないはずだ。

頑《かたく》なに『歌わない』と主張する彼女に困りきっていたら、『安心しろ、我に秘策ありだ……です』と書いてアウラさんは僕に向かってニヤリと笑ったのだった。

「秘策って……そういうことだったのか……」

僕の心配をよそに、アウラさんの『歌わない問題』は、いともあっさり解決した。

「うわぁ……ダークフォレストさんってピアノがすっごく上手《うま》いんですねぇ！」

Aクラスの生徒から漏《も》れ聞《き》こえたのはそんな感想だった。音楽に造詣《ぞうけい》は深くないが、アウラさんのピアノの演奏が、非常に卓越《たくえつ》したものであることはわかった。

軽快な指使いで美しい音色を奏《かな》でるアウラさんの姿は、まるで別人のようだ。

『どうだ？　安心しろって言ったろ？　……です』という声が聞こえてきそうなドヤ顔で、珍しく僕を見つめて胸を張るアウラさんがなんか可愛い。あとで聞いたところによると、小さい頃からピアノを習っていたらしい。さすがは次期魔王様のご令嬢といったところだろうか。

「伴奏は『EXクラス』のダークフォレストくんで異論はなさそうだね。それでは、ダークフォレストくん、伴奏をお願いしたいのだが大丈夫かね？」

鬼島先生の声に異を唱《とな》える生徒はおらず、アウラさんもその言葉にこくりと頷き、すんなりと彼女は伴奏者という『歌わなくていいポジション』を手にしたのであった。

しかし、思わぬところで問題が発生した。

「むぅ……指揮者の希望者はいないのかね？」

楽器や歌がダメでもできる指揮者は、僕が学生の時はけっこう人気の役割だったと思ったのだが、この教室からはそれを希望する生徒が一人も現れなかったのだ。

「うーん、毎年オーディションをやって決めていたのですが……困りましたね」

鬼島先生の言葉を聞く限り、魔物でも、本来はやはりそこそこ人気の役割のようだ。

あとで別のクラスの担任教師から聞いたのだが、他のクラスはやはり、数名の指揮者希望者が出て、後日オーディションで決めるらしい。

困り果てた鬼島先生が、Ａクラスで去年指揮者をやっていた生徒や、クラス委員などに「やってくれないか」と頼んでみるのだが、誰一人として首を縦に振ってくれなかった。

しかし、鬼島先生の誘いを断る生徒の視線を観察していて、僕はその原因に思い当たった。

声をかけられた生徒たちは、全員が必ず一度、伴奏者となったアウラさんを見ていたのだ。

ずばり、原因はアウラさんだろう。みんな知っているのだ。アウラさんとコミュニケーションを取ることが、困難を極《きわ》めるということを。

基本まったく喋らない彼女と会話するのは、インポッシブルなミッションである。

指揮者ともなれば、どうしたって伴奏者であるそんな彼女とコミュニケーションを図《はか》らなければならないのだ。立候補したくても、尻込みしてしまう気持ちは僕もわからないでもない。

「あ……あの、ラヴィちゃん……グリーンフィールドさんがいいと思います」

そんな停滞しきった状況の中、Aクラスの生徒が一人、おずおずと手を挙《あ》げてそう言った。

立候補者がいない以上、推薦を募《つの》って役割を決めるのは、この手のイベントでは定番だ。

そして、その生徒の推薦は確かに的《まと》を射《い》ていると僕も思った。

「あ、それ、私も思った。ラヴィちゃんだったら安心だよね」

「うん、しっかりしてるし、そっちのクラスもうちのクラスも、ちゃんとまとめてくれそうだし」

確かにこの状況で、おそらくラヴィさん以上の適任者はいない。

まずラヴィさんはアウラさんとでも、無理やりに意思疎通できる。それに、Aクラスにも何人か友達がいるようだ。コミュニケーション能力も高いし、他の生徒からの評判もいい。唯一の問題点があるとすれば彼女の音楽の成績だが、これも主要五科目の悲惨な数値に比べたら決して悪くはないのだ。

それになにより、ラヴィさんには教師たちに何を言われても行動を改めない度胸がある。

ラヴィさんのキャラ的にも「いいよぉー、任《まか》せてぇー！」と二つ返事でOKしそうなものだと僕は思っていたのだが、予想に反してラヴィさんの反応は消極的なものだった。

「えぇー……私なんかには無理だよぉ……」

声のトーンこそいつもの彼女のノリだが、なんだろうか、彼女の言葉に僕は言いようのない違和感を覚えた。その違和感の正体は、もちろんわからないのだが……。

「大丈夫だよぉ！　ラヴィちゃんならできるよ!!」

「そうだよ！　ラヴィなら絶対無理じゃないよ!!」

Aクラスの友達が、渋るラヴィさんを説得しようと声をかける。

「いやいや、『嘘《うそ》』でしょー？　絶対みんな、私なんかにできるなんて思ってないくせにぃー」

「そんなことないよ？　私たち、本当にラヴィちゃんならできるって――」

「――ほらぁ、またそうやって心にもない『嘘』をつくんだからぁ……」

「え？　いや、だから嘘じゃないって……」

僕は最初、そのやりとりを、『最終的には「しょうがないなぁ、みんながそこまで言うんならしかたないかぁ――」という落としどころにたどり着く、じゃれあいのようなもの』だと思って見ていた。しかしどうにも雲行きが怪しくなってきたようだった。なぜかラヴィさんは頑なで、言動や様子がどこかおかしいように感じられるのだ。

「さて、このままだとお互いの主張は平行線ですし……」

ラヴィさんたちのやりとりを見かねた鬼島先生がそう声をかけたとたん、図ったように鳴り響く『ウェストミンスターの鐘』。

「五時限目はここまでですので、続きは休み時間のあとに決めましょう――」

鬼島先生の号令で授業は終了し、『合唱コン』の役割決めも一旦《いったん》終了となった。

休み時間の喧騒《けんそう》に包まれる教室から、ふらりと出ていくラヴィさんの背中が気になって、僕は思わず彼女の後をついていった。彼女はその足で屋上へと続く階段を登っていく。

先に屋上に出ていったラヴィさんに続いて扉を開けると、ラヴィさんがこちらに背を向けたまま僕に声をかけてきた。

「なぁに、ダイッチ？　私に何か用なのかな？」

「用ってほどのことじゃないんだけどさ……ちょっとラヴィさんが心配だったから……」

言いながら、僕が屋上に出て行くと、ラヴィさんはこちらを振り向かずに屋上のフェンスの向こうをジッと見つめながら少し不機嫌そうに僕に返事をした。

「心配？　私が？」

そして、すぐにこちらを振り返ると、いつもの笑顔を僕に向けて笑う。

「あははーっ！　そっかそっかぁ……ダイッチは私が心配なんだぁ～……優しいんだねぇー」

いつも通りのテンション、いつも通りの笑顔、でも、それがどこか違っているように感じた。

「どうしたの、ラヴィさん？　なんか、ちょっとラヴィさんらしくないっていうか……いつものラヴィさんと、どこか違う気がするんだけど……大丈夫？」

そして、深く考えずに、僕の口からいつもの悪い癖がこぼれ出す。

「ん？　私らしくないって、どゆこと？」

「さっきの教室でのやりとりとかかな？　なんかすごく、頑なに断ってるように見えてさ」

「うーん……だってさ、私なんかにはできないよ。指揮者って賢い人がやるものでしょ？」

「そうかな？　ラヴィさん、人当たりもいいし、リズム感も良さそうだし、みんなも言うように、指揮者向いてると思うんだけど……」

「無理無理無理、私馬鹿だし……指揮者とか無理だし……」

まるで、先ほどの教室のやりとりの焼き直しのように、指揮者を薦《すす》める僕の言葉を、ラヴィさんはやんわりと、でも、頑なに拒絶するように僕の視線から逃げるみたいに彼女は目を逸《そ》らした。

「無理じゃないよ。さっきみんなが言ったとおり、全体をまとめることもできると思う。ラヴィさん自身は知らないかもしれないけど、君は本当にみんなからの評判もいいんだよ？」

僕のことを横目で見ながら、ラヴィさんは少し憂鬱《ゆううつ》そうな表情を見せた。

「みんな、そぉやっていつもいろいろ難しーこと言うけど、私は馬鹿だから全然わかんないんだよね。ダイッチもいろいろ教えてくれるけど、私にはそれもほとんどわからない。——でもさ、そんな私でも、みんな本当は私みたいな馬鹿を必要とはしてないんだってことはわかってるんだよ？」

いつも笑顔のラヴィさんが、彼女らしくない弱音を吐きながら僕に背を向けた。

普段の彼女はどこまでも前向きで、強い女の子に見えていた。

そして、それは、きっと、彼女の周《まわ》りにいる全員が、そう感じているのだろう。

彼女は『楽しくて優しい、しっかり者の、相手の気持ちを考えられる素晴らしい魔物だ』と。

彼女の周囲の友人たちは、口を揃えてそう言っていた。

「ラヴィさんは馬鹿じゃないし、みんなが君を必要としてないなんてありえないよ」

「あはは、ダイッチは優しーね。慰《なぐさ》めてくれるんだぁ？　でも、無理しなくていいよ。ダイッチだって、私のこと馬鹿だって思ってるでしょ？　必要ないって思ってるよねぇ？」

「僕は、君のこと、馬鹿だなんて思ったこと、一度もないよ」

「あはは、――それ『嘘』だよね？」

笑顔のまま、ラヴィさんは僕の言葉を、『嘘だ』と言いきった。

「――え？　いや、僕は嘘なんてなにも――」

「ほら、それも『嘘』。私なんかに気を遣《つか》わなくてもいいってばぁ……」

そこで僕は、教室でのやりとりを見て感じた違和感の正体に気がついた。

一つは、先ほどから彼女が繰り返す、過剰なまでの『嘘』という言葉。

「ホントもう、みんな、誰も彼もが『嘘』ばっかりなんだもん。指揮者が私なんかにできるとか、向いてるとか……私が指揮者なら安心？　あはは、『嘘』ばっかり。『落第クラス』の落ちこぼれの私が、指揮者なんてできるわけないってみんなだってわかってるくせに……」

そして、もう一つは、自分を卑下《ひげ》するような『劣等感』に満ちた彼女の言動だ。

「ラヴィさん落ち着いて？　君は落ちこぼれなんかじゃないし、誰もそんなふうには思ってないよ」

「——うん。それも『嘘』だよね？　——てかさ、これまで一度だって『ホントのこと』を喋ったことない君の言葉が、一番信用できないんだけど？」

これまで一度も見たことのないような冷たい笑顔で、ラヴィさんははっきりと言った。

「——……え？」

僕はその言葉の意味が飲み込めず、言葉に詰まる。同時に、そんな彼女の言葉に、強烈な違和感を覚えた。普段の彼女とは別人のような……。

「君はさ、私たちのクラスの担任になった日から、今日まですっと、たったの一度も『ホントのこと』を喋ってないよね？　シャオチーやアウランは騙《だま》せても、私にはわかるんだよ？」

その違和感の正体が、彼女の口調にあることにすぐに気づく。普段は楽しげに僕のことを『ダイッチ』と愛称で呼ぶ彼女が、僕のことを他人行儀に『君』と呼ぶのが、まるで僕のことを突き放すような言い方に聞こえたのだ。

そんな口調の変化の理由も、彼女の言葉の意味も、残念ながら僕にはまったくわからない。

彼女は僕に、今日までずっと『嘘しかついてこなかった』と言うけれど、僕にはまったく心当たりがないのだ。

「いやいや、待ってよラヴィさん。僕は今まで一度もそんなふうには……」

「はいはい、ダウトね。ホントどうしようもないなぁ……だから、私には『嘘』は通用しないんだってば。いいかげんわかろうよ、ね？　『嘘つき』くん？」

とりつく島もない。ラヴィさんはもう何を言っても、『嘘』だと言って話を聞いてくれなかった。

「偉そうなこと言って、『嘘つき』くんも他のみんなと一緒。どうせ口ではいいことばっか並べて、私のこと馬鹿にしてたんでしょ？　兎獣人《ワーラビット》のくせに、『最低ランク』の落ちこぼれのくせに、一人も友達のいない嫌われ者のくせにって……馬鹿にしてたんだよね？」

どうして彼女は、周囲からの好意的な言葉をここまで頑なに信じようとしないのだろうか。

周りがみんなで彼女を馬鹿にしているとか、友達がいないとか、あまりにもラヴィさんの評判に合わない言葉に僕はただただ混乱する。

「僕が君を馬鹿にするわけ――」

「いや、もう『嘘』はいいってば……ホントみんな誰も彼も優しいよね？　平等だとか言って、私みたいな、しょぼしょぼの兎獣人《ワーラビット》にも気ぃ遣って、友達演じてくれて……」

僕の言葉を遮《さえぎ》るラヴィさんの声は、もう今にも泣きだしそうに震えていた。それでも、涙をこらえて、鼻をすすり上げながら、笑顔を浮かべて言葉を続ける。

「ホント優しくて涙出る……でも、わかっちゃうんだよなぁ……私馬鹿だけど、ショボショボだけど、わかっちゃうんだよ……みんなが『嘘』ついてるってさ……」

「ラヴィさん――」

「ああもう、わかったわかった。指揮者、やればいいんでしょ？　誰もやりたがらないし、そう考えれば、私なんかにもピッタリだよね？　私が指揮者をやる。もう、それでいいでしょ？」

顔を背《そむ》け、言葉を遮るようにしてそうまくし立てると、ラヴィさんはそのまま僕から逃げるようにして、声をかける暇もなく屋上から駆け出して行ってしまった。

そして、休み時間明けの六時限目。

ラヴィさんが宣言どおりあっさりと指揮者を引き受ける形で役割決めが終わると、Aクラスの生徒たちだけで大いに盛り上がりながら合唱曲も決まり、その日の合同授業は終わったのだった。

そして、そのまま、ラヴィさんはHR《ホームルーム》にも参加せず、『終業ダッシュ』で帰ってしまい、僕はモヤモヤとした気持ちを抱えながら、職員室へと戻った。

「それはおそらくだけど、獣人族《ワービースト》固有の『能力』かもよ？」

職員室から他の職員がすべて帰ったのを確認してから、先ほどの屋上での一件を相談したら、くるみ先生はそう答えた。

「その『能力』というのが、彼女が『嘘だ嘘だ』って周りの言葉を疑って、まったく信じようとしないことに関係あるんでしょうか？」

過剰《かじょう》とも言える『周囲への不信感』――僕は被害妄想の類《たぐい》かとも思ったのだが……。

「うん。大昔の情報だけど、獣人族《ワービースト》の中には『他者の嘘を見抜く力』を持つ者が稀《まれ》にいたらしい。大地くんはポリグラフって知ってる？　要はそれに近いことができたんだよ」

一昔前に犯罪捜査に使われていた機械が、確かそんな名前だった。

「人間は、機械を用いて、嘘をつくときに生じる些細《ささい》な変化を観測、分析して嘘を見破るでしょ？　それと同様に魔物の中でも随一の感覚を有する獣人族《ワービースト》は、その優《すぐ》れた感覚で相手の嘘を見破ってたらしいよ」

確か奇術師や占い師には、機械なしで相手の嘘を見抜く人もいるはずだ。人間より優れた五感を持っているという獣人族《ワービースト》であれば、確かにそれも可能なのかもしれない。

「それじゃあ、もしかして、ラヴィさんはその『能力』を？」

「君の話を聞く限り、持っていると仮定したほうが自然だと思う」

ラヴィさんの言動に色濃く出ている『周囲への過剰な不信感』は、その能力のせいで、他者の『嘘』に触れすぎてしまったがために生まれた……確かにそう考えることもできるだろう。

誰だって、多かれ少なかれ嘘偽《いつわ》りを織り交ぜて他者とコミュニケーションをとるものだ。

それは誰かを騙そうとする悪意からのものではなく、見栄《みえ》とか、照れとか、ほとんど無意識についてしまう『嘘』も含まれるだろう。彼女の能力が、機械のように自動的にそれを検出してしまうのならば、世界すべてが嘘まみれだと思ってもおかしくない。

たとえば、好きな異性がいて、その異性と『いつか恋人になりたい』という『下心』を抱きながら、現状では『友達』という立場にいるというような状況。不器用な異性が一生懸命作ってくれたクッキーが本当はあまり『美味《おい》しくない』にもかかわらず、『嬉しさ』や『気遣い』から相手を傷つけないように『美味しいよ』と伝えるといった状況。

そんな状況も、ラヴィさんにとっては『嘘』をついているということになるのだろう。

「だとしたら、しんどいですね……誰も信じられなくなって当然だ……」

もしそんな能力を持っていたとしたら、僕ならとっくに限界を迎えて、他者を拒絶して、周囲と関わることを諦《あきら》めているだろう。

「あれ？　でも、だったらどうして、彼女は僕に『嘘つき』なんて言ったんでしょうか？」

彼女がそういう力を持っているとしても、あのとき、僕は彼女に嘘はついてない。なのに、彼女は僕に『嘘だ嘘だ』と繰り返した。あれはいったい、どういうことだったのだろうか？

「いやいや、むしろそれこそが、ラヴィの能力の証明だよ」

「いや、でも、あのとき僕は嘘なんて――」

「『そのときは』ね。でも、君は常に、でっかいでっかい大嘘をついてるじゃん？」

「っ!?　――ああ、そうか。なるほど、そういうことですか……」

　指摘されて合点《がてん》がいった。そうだ、確かにそうだった。

「ラヴィがその能力を持っているとしたら、目の前の相手が『嘘をついているか否《いな》か』ということだけなら一瞬で、直感で判断できるだろうからね。どういう『嘘』かはわからなくても」

　僕は彼女に対して、いや、学園のすべての生徒に対して常に『嘘』をついているではないか。

「確かに僕は、『大嘘つき』でしたね」

　僕は、学園関係者すべてに、『自分は魔物である』という嘘をつき続けているのだ。

「君は馬鹿がつくほど正直だから、無意識に、そのことへの罪悪感を常に覚えているんじゃない？　それが、君の身体《からだ》に、獣人族《ワービースト》にしか感じ取れない『嘘をつくときの変化』を生んでしまって、ラヴィにはまるで君が『常に嘘をついている』ように感じられているんじゃないかな？」

　僕は、学園の誰に対しても、常時正体を偽っている。つまり『常に嘘をついている』ことになる。

「そう考えると、ラヴィにしてみれば、君は出会ってからずっと、自分に嘘をつき続けてきた最低の『大嘘つき』野郎ってことだもんね。そりゃ嫌われて当然だよね！　あははははっ！」

「いや、笑いごとじゃないですからね。てか、なんでそんなに嬉しそうなんですかっ!?」

「だって、最近大地くんモテモテで羨《うらや》ましかったんだもん。リア充は滅ばないと、ねぇ？」

さすがはくるみ先生だ。もはや清々《すがすが》しいまでの暴論だった。

「はぁ……でも、今の話で、彼女の抱えている二つのコンプレックスの正体が、だいたい摑《つか》めました」

彼女の抱える大きな劣等感と、周囲に対する過剰なまでの不信感。

劣等感のほうは、以前聞いた『魔物ランク』で説明がつく。

魔物の中でも最弱とされる兎獣人《ワーラビット》であることの強いコンプレックスのせいなのだろう。

加えて不信感のほうは、その『嘘を検出』するという能力が原因だと考えられる。

「それはよかった。けどどうするの？　ラヴィのこじれ具合は、一朝一夕《いっちょういっせき》でどうにかなるようなものじゃない。しかも、原因がわかっても、ラヴィの中での君の好感度はゼロを大きく下回ってマイナス。これまでみたいに、少しずつ相手の信頼を得ながら解決してっていう流れは、彼女の『嘘センサー』と、君の抱える『大嘘』のせいで難しい……」

くるみ先生の言いたいことはわかる。

僕の言葉や行動はすべて、僕が正体を明かさない限り、彼女にとっては『嘘』になってしまうのだ。

そう考えると、確かにラヴィさんの悩み解決には骨が折れる。

もしかしたら、これまでで一番の難敵かもしれない。

「どうすればいいのかは、まだわかりません。でも、僕のやることは決まってます」

僕に、何が、どこまでできるのかはまったくわからない。でも、結局のところ、問題のすべてはラヴィさん自身にあって、彼女が自分の周囲を捻《ね》じ曲《ま》げて認識しているだけなのだ。

実際に彼女を取り巻く世界には、彼女が考えているような過酷さはなく、驚くほどに穏やかで優しさに満ちている。だったら――。

「ラヴィさんが心の底から笑えるように、ただ、全力で頑張るだけです」

まずは、ラヴィさんと真正面からぶつかってみよう。

信頼はゼロ。彼女にとって、僕は『大嘘つき』だ。嫌われているのも承知のうえ。

「なるほど。『頑張るだけ』か――実に君らしい答えだね。もうすでに盛大に嫌われてるわけだし、ここはもう、とことん嫌われるってのも面白いかもしれないね！」

考えなしな僕の発言に、くるみ先生は呆れを通り越したというような顔をして笑うと、僕の背中を叩《たた》いてくれた。

「今の君は一人じゃない。君のことを悪からず思ってくれている女の子たちがいるだろう？もう少し君は、彼女たちのことも頼るべきだよ。少女のことは、少女に聞くのが一番だしね！」

「見た目だけなら、くるみ先生も少女ですけどね――」

「失礼な、『美少女』だよ！　――んまぁ、あれだ、頑張れ、大地くん！」

最後にそんなアドバイスを残して、くるみ先生は職員室を去っていった。

一人になって、改めて考える。くるみ先生の言う通り、彼女たちに相談するにしても、もう少し考えをまとめておかないと、お互いが混乱してしまいそうだしな。

ラヴィさんの悩みを解消するうえで、解決すべき問題点は、大きく二つだ。

一つ目は、彼女自身が自分に抱いているあまりに強すぎる『劣等感』。

そして、二つ目は、彼女の能力ゆえに生じてしまった周囲への強い『不信感』だ。

そんな『劣等感』と『不信感』を払拭《ふっしょく》するには、どうしたらいいのか？

シンプルな方法としては、誰かが彼女に、心の底から嘘偽りなく、「君は劣ってなんかいない、みんな君が大好きなんだよ」と伝えることだろう。

もちろん僕ではダメだ。僕は彼女の中では『史上最低の大嘘つき』だ。

僕が何を言っても、なに一つ信じてもらえない。いやそれ以前に、聞いてすらもらえないだろう。

だからといって、仮にシャオさんにお願いして、ラヴィさんの説得を頼んだとしても駄目だ。

僕に頼まれているという時点で、彼女の言葉も、そのどこかに微かな『嘘』を含んでしまう。

それでは、ラヴィさんの『能力』に引っかかって信じてもらえないだろう。

つまり、僕が僕以外の誰かに頼んで、ラヴィさんに何かを伝えるということも不可能なのだ。

「――そもそもラヴィさんが欲しいのは、彼女のありのままを受け入れてくれる居場所だ」

それは、心から信頼できる友人、あるいは、互いが対等でいられる関係――。

「つまり、誰かに用意された時点で、それは本物じゃない。偽物《にせもの》だ。――ラヴィさん的にいえば、『嘘』かな？　それじゃあ、彼女は、心の底から笑えない……か」

べつにラヴィさんは、誰にも嫌われてなどいないのだ。彼女が『友達』だと思えていないだけで、周囲のほとんどは、彼女のことを『友達』だと思っている。

しかし、年頃のせいもあるのだろう。素直に友情を伝え合うのが恥ずかしく感じて、本心とズレた言葉を使ってしまう者もいるのだ。逆に、彼女の広い交友関係に引け目を感じて、自分なんかが彼女の友人を名乗るのはおこがましいとか、考えている者もいるかもしれない。

そういう、小さなズレを、ラヴィさんはその『能力』ゆえに、すべて『嘘』だと判断し、『誰も自分と友達になることを望んでいない』と、現実と大きくズレた勘違いをしているのだと思う。

「彼女のズレ……『勘違い』を修正して、彼女の悩みを解決する方法――か」

いろいろ考えてみたが、それがなかなか、僕には思いつかなかった。

「なるほど。ラヴィがそんな悩みを抱えていたとは……まったく気づきませんでした」

ある程度考えがまとまったので、シャオさんに相談しようと格技室に来てみたら、予想どおりアウラさんもいた。なので、僕は二人に、ラヴィさんのことをかいつまんで説明した。

僕には思いつかないようなことを、彼女たちが気づいてくれるかもしれないとも思った。

「『学園中の人気者』なのに、友達が一人もいないと感じているなんて……私なんかよりも、よっぽどラヴィのほうが辛《つら》い状況にいたのですね……」

シャオさんの言葉に深く頷くアウラさん。二人とも、ラヴィさんの悩みについて親身《しんみ》になって考えてくれた。初めの頃は、お互いに無関心にすら見えた彼女たちがこんなふうに成長するとは、夢にも思っていなかった。しかし、ラヴィさんの辛さと、シャオさんたちの辛さは系統が違うというか、比べられないので、どちらがシンドイかは一概《いちがい》には言えない気がする。

「なのに、『人気者』の彼女に嫉妬していたなんて……私は自分が恥ずかしいです」

それを聞いて、僕は思わず笑ってしまいそうになった。なんだかんだ言って、『友達が多く見えていた』ラヴィさんに嫉妬していたということは、彼女も『友達がいっぱい欲しい』普通の女の子なのだと改めて感じられたからだ。

それを言おうものなら、シャオさんは怒《おこ》りそうなので、黙っておくことにする僕だった。

「――うーん、でも、やっぱりラヴィはすごいですね」

すると、おもむろにシャオさんが口を開いた。

「私ならとっくに、誰かを信じることを諦めて、ふさぎ込んでしまいそうなのに、ラヴィはあぁして、周囲と関係を持ち続けている……あれってつまり、『誰も自分と友達になりたいと思っていない』と思い込んでいて、それでも、『友達になろうと頑張っている』ってことですよね？」

僕は思わず、シャオさんの言葉にポカンと口を開けてしまった。

「そうか、そうだよ、やっぱりそうだ……」

「どうしたんですか、大地？　突然立ち上がって……」

そうだ、シャオさんの言う通りだ。ラヴィさんは『自分は嫌われ者だ』と勘違いしているのは間違いない。それでも、傍目《はため》には『人気者』に見えるほどに、周囲から『楽しくて優しい』、『しっかり者』の、『相手の気持ちを考えられる素晴らしい魔物』なんていう高評価を得られているのは、ひとえに彼女が周囲に笑顔を振りまいて、関係を持ち続けているからだ。

「大地？　聞いていますか？　おーい！　……」

彼女のそんな涙ぐましい努力が、『学園の生徒全員がラヴィさんの友達』に見える現状を作っているのは間違いない。悲しいのは、その周囲の気持ちを彼女が誤認していることだが……。

でも、ラヴィさんの行動の裏には、『たとえどんなに嫌われても、どうにかしてみんなと友達になりたい』という、彼女の強い願望があるに違いない。つまり彼女は、『誰《だれ》も彼《かれ》も信じられない』と思っていながら、心の底では『誰も彼も信じたい』と強く思っているのだ。

「やっぱり、ラヴィさんには言ってあげなきゃいけない言葉があるんだ。でも――」

でも、それは僕が言っても届かない。意味がない。だったら――。

「シャオさん、アウラさん。頼みがあるんだ――」

「もちろん、ＯＫです」

「いや、僕はまだ何も言ってないんだけど？」

僕が頼みごとを口にする前に、食い気味にシャオさんは了承してくれた。

「大地からのお願いなら、いかがわしいものでなければ、基本的にすべて了承です」

アウラさんも僕の服の袖《そで》を引きながら、力強く頷いてくれている。

「あはは……ありがとう。でも、だとすれば僕のお願いは、そんな二人の気持ちとは真逆のものになっちゃうかもしれないや……」

二人の信頼は本当に嬉しい。でも僕がやろうとすることを考えると、それでは困るのだ。

「二人には、明日、『僕の敵』になってほしいんだ。――いや、ちょっと違うな。そうじゃない」

僕の言葉に、二人は揃って可愛らしく困ったように首を傾《かし》げる。わかりにくい説明になってしまって本当に申し訳ない。僕はどうにか真意を伝えようと、言葉を変えてこう言った。

「えっと……明日のAクラスとの合同授業で僕はひと騒動起こそうと思う。そこで僕がやることを『僕だから』って色眼鏡で見ずに、『二人が本当に正しいと思う判断』をしてほしいんだ」

僕の言葉に、再び二人は小首を傾げて考えてから、

「よくわかりませんが、わかりました。『大地』より『正しさ』を優先して行動してみます」

と言うシャオさんの言葉に、アウラさんも深く頷いてくれた。

「大地も、くれぐれも無茶はしないでくださいね」

「ああ、うん……肝《きも》に銘《めい》じておくよ……」

言いながら、僕は思わず歯切れが悪くなる。なぜなら、明日僕がやろうとしていることは、まず間違いなく『無茶』だからだ。もしかしたら、二人を怒らせてしまうかもしれない。

でも、むしろ、そんな二人の怒りも重要なのだ。

「ありがとう、二人とも。本当に助かるよ！」

僕は罪悪感を抱えつつも、精いっぱいの感謝を込めて頭を下げる。

すると、二人は笑顔で僕に向かって親指を立ててくれた。


翌朝、職員会議で顔を合わせたくるみ先生が、僕に声をかけてくれた。

「……何を企《たくら》んでいるのか、今回は教えてくれないのか」

「あははは……まぁあれですよ、敵を欺《あざむ》くには——ってやつです」

どうやら、相変わらず顔に出ているらしい。僕がことを起こそうとしていることにくるみ先生は気づいたようだったが、僕は敢《あ》えて説明をしなかった。

理由は単純。なんとなく、この作戦を提案したら、彼女は反対する気がしたのだ。

「そうか……無理はしないでね、大地くん？　君は本当に危なっかしいから、私は心配だよ——」

「——善処します」

シャオさんたちといい、くるみ先生といい——。

皆して僕に『無理をするな』と言ってくるけど、それこそ無茶な話だ。

僕如《ごと》きが、誰かを助けようなんて、そんなの『無理』をしないでできるわけがないのに……。

「それでは、HR《ホームルーム》が始まるので、これで失礼します」

僕は、話を聞きたげなくるみ先生に一礼して、職員室をあとにする。

そして、作戦決行を、固く決意するのだった。


響き渡るウェストミンスターの鐘。6時限目の授業は、音楽室を使って行われた。

「それでは、今日から、AクラスとEXクラスでの、合同練習を始めようと思います」

チャイムの音が鳴り止むのを待って、鬼島先生が生徒たちに向かってそう言った。

ラヴィさんもすっかりいつもの様子で、鬼島先生の差し出す指揮棒を受け取って笑っている。

アウラさんはピアノの前に座って、楽譜を確認し、シャオさんを含めた他の生徒たちは、教室の机を並べ直して、椅子と机でひな壇を作っていく。

着々と進んでいく、合唱練習の準備の様子を眺めながら、僕は一人深呼吸をした。

——これから僕は、この部屋に満ちるやる気を台無しにするようなことをする。

他に、もっと上手いやり方が存在するかもしれないが、少なくとも僕には思いつかない。

でも、これが、ラヴィさんの抱える悩みを解決する、最も効率的なやり方だと思うのだ。

『生徒が苦しんでいるのなら、何にかえても助けるのが教師の務め』

だったら、僕はこの作戦を完遂《かんすい》する。

それできっと、ラヴィさんを救うことができるはずなのだから。


「あの……すみません。いろいろ準備してるところ悪いんですけど、僕から一ついいですか？」

僕は、一歩前に歩み出て、教室全体に呼びかけた。

すると当然の如く、教室中の視線が、一気に集まった。普段は最高で三人の視線しか集まらないのに、その十倍近くの人数。自然と緊張で体がこわばるのを感じた。

「どうしましたか、衣笠《きぬがさ》先生？　何か気になることでもありましたか？」

教室の視線を代表して、鬼島先生が僕にそう言った。

緊張もあるが、それ以上に怖さもあった。これから自分が口にする言葉は、この場にいる全員に、喧嘩を売るようなものだからだ。

鬼島先生に促《うなが》されたのに黙ったままの僕に、教室中から戸惑いの空気が漂い始める。

でも、僕は、一度深く深呼吸して、『嫌われ者』を演じる覚悟を決めた。

「……いや、その……申し訳ないんですけど。やっぱり僕には、昨日《きのう》の指揮者決めが、どうに

る。

「シャオさんも、アウラさんも、そしてラヴィさんも。こいつは何を言い出すんだ？　という顔で僕を見

も納得いかないんです」

　僕の一言で、教室が一気にざわめきたった。鬼島先生も、Ａクラスの生徒たちも、シャオさ

「大地!?　あなたはいったい何を――」

「ダークフォレストさんにピアノを任せるのは、異論はないです。彼女はこの中の誰よりもピアノが上手い。本人にやる気もありますし、任せるに値《あたい》する能力もあります」

　シャオさんの言葉を敢えて無視して、僕は続けた。

「でも、グリーンフィールドさんに指揮者を任せるのはやっぱり無理です。彼女にやる気がないのもそうですが、なにより彼女には、指揮者を任せるに値する能力がないです」

「はぁ――!?　昨日は何も言わずに黙っていただけの人が、突然何を言い出すんですか!?」

　僕の言葉に口火を切ったのは、昨日ラヴィさんを指揮者に推薦した生徒の一人だった。

「みなさんも知ってますよね？　彼女の成績。僕の担当するＥＸクラス、通称『落第クラス』の最下位。つまり、彼女はこの学年で一番、能力の低い生徒なんです。音楽的知識もない、能力もない、やる気もない彼女に、とても指揮者なんて務まるとは思えません」

「担任が生徒のことを、『能力の低い生徒』とか酷《ひど》くない？　マジクズ教師じゃん！」

　先ほどの生徒に賛同するように、Ａクラスの他の生徒も、僕の言葉に対して反論してきた。

確実に教室全体の感情が、僕に対する怒りに満ちてきている。

でも、それでいいのだ。むしろ、もっと怒ってくれなければ困る。

「そもそも、誰も指揮者をやりたがらなかったじゃないですか？　彼女も『無理だ』と断っていましたよ？　でも、そんな彼女に無理やり指揮者の役割を押しつけた。つまり、『面倒な仕事は、兎獣人《ワーラビット》にでも押しつけておけばちょうどいい』と皆さんは考えた……そういうことでしょう？」

僕がそんな周囲の怒りを煽《あお》るように言葉を続けると、教室の雰囲気はより一層険悪なものへと変わっていった。ラヴィさんをこっそりと見てみると、「やっぱりか」という確信と微かな落胆、そして明らかな困惑を感じさせる、複雑な表情を浮かべながらこちらを見ていた。

少なくとも、確実に傷ついているだろうラヴィさんの姿に、僕は締《し》めつけられそうになる胸の痛みを押し殺して、生徒たちに心にもない言葉を投げかけた。

「嫌なことを、最弱の兎獣人《ワーラビット》に押しつけてやりすごそうなんて、酷いのは、君たちのほうでしょう？」

「誰もそんなこと思ってないし！　ラヴィはしっかり者だし、この合同クラスをまとめる力があると本気で思ったから推薦したの。そんな、やりたくないから押しつけたみたいな言い方、マジでムカつくんですけど!!　ホント、おかしいんじゃないの、あの先生!?」

「ちょっと、イェンさん!!　おたくの旦那《だんな》さん、おかしなこと言いだしてるんですけど？　やっぱりイェンさんも、あのイカレた教師と同じ意見なわけ?」

やはり、こうなるだろうと思っていた。僕とシャオさんの許嫁関係はもう公《おおやけ》の事実だ。当然シャオさんも、僕とセットで考えられる。普段のシャオさんなら、ここで僕の意見に手放しに賛同してしまう可能性もあったが——、

「いいえ。妻として、今の主人の意見にはまったく賛同できません。私もみなさんの意見に賛成です」

お願いしていた通り、どうやらシャオさんはきちんと『正しい判断』をしてくれたようだ。

ちなみに僕は主人ではない。

「友達に面倒ごとを押しつけてやりすごそうなんてするわけないじゃん！　本当マジムカつく！」

今にも摑みかかってきそうなAクラスの女子生徒も、ラヴィさんの友達の一人なのだろう。

「『友達』——ですか。よくもまぁ、そんな上辺《うわべ》だけの関係で、彼女との友情を主張しますよね？　じゃあ聞きますが、あなたは彼女が抱える『本当の悩み』を知っているんですか?」

挑発するように僕は言う。

「はぁ?　ラヴィちゃんのことなら、少なくともあんたよりは知ってるし！　意味深《いみしん》なこと言ってごまかそうとしないでよね?　ラヴィちゃんにそんな隠してる悩みなんて……」

自信満々に僕にそう言い返しながら、ラヴィさんを見た女生徒の言葉が止まる。

彼女の視線を受けて、ラヴィさんが困ったように視線を逸らしたからだ。

「え？　ラヴィちゃん……もしかして、『親友』の私に何か隠しごとがあるの？」

「その……えっと……あはは一っ……――ごめん……」

しどろもどろになるラヴィさんを見て、女生徒はショックを受けたように俯《うつむ》いた。

「ほら見たことか……この中の誰も彼女の『本当の悩み』に気づいていない。彼女の苦しみに誰も気づいていない。それのどこが『友達』ですか？　『親友』？　笑わせないでください。『本当の悩み』も打ち明けられない程度の関係が、『親友』なんてありえないです」

僕の言葉に女生徒は涙ぐんだ。酷いことを言っている自覚はある。本当に最低だ。でもやめられない。やめるわけにはいかないのだ。

「『楽しくて優しい、しっかり者の、相手の気持ちを考えられる素晴らしい魔物』……彼女の評判を聞いて回ったら、みんなが口を揃えてそう言いました。そんな『友達にしたい魔物第一位』みたいな理想の性格の子が実在するとでも思ってるんですか？　いるわけないじゃないですか」

さぁ、もっと周囲の怒りの火に油を注《そそ》ごう。沈みかけたこの教室のボルテージを最高潮までぶち上げて、全員の怒りを頂点まで跳《は》ね上《あ》げる、最低の言葉を僕は吐き出し続ける。

「怯《おび》えてたに決まってるじゃないですか？　最弱の兎獣人《ワーラビット》が、力を持つ強者《きょうしゃ》ばかりのみなさんの顔色を窺って、嫌われないように必死に立ち回ってたんですよ。みなさんも薄々《うすうす》気づいていたんですよね？　そんな彼女の気持ちに。だから、馬鹿にしながらも、つき合いやすいから、そんな、なぁなぁな関係に甘んじていたんですよね？」

互いの友情を否定されて、落ち込みかけていた生徒たちの目に、再び怒りの火が灯《とも》る。

「上辺だけの『友情ごっこ』です。誰も彼女の心になんて興味がなかったんですよ。だから、彼女の悩みに、こんな『クズ教師』の僕なんかが一番に気づいたんですよ」

教室にいる全員が、僕に対して我慢ならない怒りを感じている顔をしている。

「今、ここにいるどなたかで、彼女の『本当の悩み』に心当たりがある方がいますか？　いませんよね？　ほら、それが答えです」

あとひと押しだ。そう思って、僕は隠し持っていたカプセル剤を、口元を覆うふりをしてさっと口に入れて嚙《か》み潰《つぶ》し、その中身を飲み込んだ。中身はシャオさんの血だ。パイモンの件があって、僕の身を案じたシャオさんが、自分の血液入りのカプセルをいくつか僕にくれたのだ。

身体に広がる高揚感と急激に上がった視力が、身体の龍化を僕に教えてくれる。

「彼女の本質を見ようともせず、上辺だけを捉えて都合のいい理想像を押しつけてきたあなたたちに、そんなあなたたちをまったく信頼せず、本心を隠して顔色を窺って立ち回ってきた彼女。そんな偽物の『友情ごっこ』なんてしてるから、あなたたちは『面倒ごとを彼女に押しつけようとした』自分の本心にすら気づけないんで――」

ガスンッ――と、硬いものがぶつかる音が教室に響く。

静寂に包まれる教室から、短い悲鳴と息を呑《の》む声が聞こえた。

「いいかげんにしろクソ教師。わけわからねぇご託を並べて、俺の大切な友達を侮辱《ぶじょく》すんじゃねぇ！」

Ａクラスの男子生徒が一人、僕の前に飛び出して僕の頬に固く握った拳を打ちつけたのだ。

すでに龍化していたので、ダメージはさほどないが、人間のままだったら骨折では済まなかっただろう。まぁ、人間だったら『盟約』が発動して殴られることはなかったのだが。

「きっと彼女は、君のこと『友達』だとも思っていないですよ？　そんな彼女のために、『教師に暴力を振るう』なんて退学ものですよ？　――もしかして、彼女のことが好きなんですか？」

「そうだよ、悪いかよ！　仮に、ラヴィが俺を友達だと思っていなくても関係ねぇよ！　俺は、ラヴィのこと、友達だと思ってるし、なんだったら、友達以上になりたいと思ってんだ！　とにかく、そんな俺の大切な人を、これ以上悲しませるようなことを言うってんなら、何発だってぶん殴ってやるよ！　退学？　上等だよっ!!」

怒りを爆発させて、なりふり構わず、本音をぶちまける男子生徒。

「なにが『友情ごっこ』よ！　勝手なこと言わないで!!　ラヴィちゃんがどれだけ優しいかも知らないでしょ!?　何も知らないくせに、偉そうに私たちの友情を馬鹿にするのもいいかげんにしてよね!!　誰がなんと言おうと、私はラヴィのこと、最高の友達だと思ってるんだから!!」

男子生徒の爆発に呼応するように、周囲の生徒たちも次々と自分の本心をぶちまけだした。

「そうだよ！　べつに、ラヴィちゃんが私のことを友達だと思ってなかったとしても、私はラヴィちゃんのことを本気で親友だと思ってる！　馬鹿になんかしてないし、尊敬もしてる！大好きで大切な、私の大事な友達だよっ!!」

「私だって！　ラヴィのこと友達だって思ってる！　ごめんね、ラヴィ。今までラヴィが私たちに打ち明けられないような悩みを抱えてるって気がつけなくて……」

「俺だって！」「私だって！」「僕だって！」――……。

怒りに我を忘れているのだろう。いつの間にか、生徒たちの言葉の矛先《ほこさき》は、『最低のクズ教師』に対する批難の言葉ではなく、心の底からのラヴィへの友情自慢にすり替わっていた。

そうなるように、途中から僕が誘導したので当然なのだが。

「みんな……今まで、私のこと、『友達』だなんて、思ってなかったんじゃ？」

そんな周囲の嘘偽りのない、真っ直ぐな言葉に驚いて、思わずそうこぼしてしまったのはラヴィさんだった。信じられないものを見るような目で、周囲を見つめる彼女に、生徒たちは口を揃えてはっきりと返答した。

「そんなわけない、ラヴィは大事な大事な『友達』だ!!」

そして、どうしてそんなふうに思ったのかと、ラヴィさんに聞きながら、みんな吸い寄せられるようにラヴィさんの元へと集まってきた。

ラヴィさんは語った。

自分の持つ『嘘を見抜く力』のことを。その力でいつも、周囲の言葉の『嘘』を感じ取っていたことを。『嘘』だらけの世界と、『嘘』にまみれた周囲を、いつもどこかで疑っていたことを。周囲が自分を『最弱の種族』だと馬鹿にしていると思っていたことを——。

＊＊＊

——世界は『嘘』まみれ。誰も彼もが『嘘つき』だ。


それは、この世界の唯一無二の真実で、きっと『人間』も『魔物』も変わらない。

誰も彼もが、互いに『嘘』をつき合っているのに、互いにそれに気づかない。

世界はそんな『嘘』で溢《あふ》れてる。

信じられるものなんてない。

きっと誰もが、情けない私を馬鹿にして、心の中では笑ってる——。

私はずっと、そう思って生きてきた。

でも、今日、生まれて初めて、『嘘』のない真っ直ぐな言葉を聞いた。

みんなは私のことを、『嘘』偽りのない言葉で、友達だと叫んでくれた。

最弱の兎獣人《ワーラビット》の私なんかを、友達だと、本気で思ってくれていた。

それが嬉しくて、涙が出た。

「──辛かったね、ラヴィ」

そう言って、Aクラスのクラス委員、蛇人族《ナーガ》のジェーンが泣きながら私を抱きしめた。

「そんな孤独に耐えながら、いつも笑ってたんだね……ごめんね。私、ラヴィの苦しみに、悩みに、孤独に、全然気づいてあげられなかった……いつも笑顔で、優しくて、可愛くて、みんなの人気者で……そんなラヴィに気後《きおく》れして、心のどこかで私なんかじゃ釣り合わないかもって思いながら、私はラヴィに『友達だよ』って言ってた。それって、ある意味『嘘』だったんだ」

「俺も、気恥ずかしくて、本気で『友達だ』って言えてなかったよ」

「私も──」「僕も──」「アタシも──」

ジェーンを皮切りに、みんなが私に、『嘘』じゃない言葉でそう言ってくれた。

そっか……そうだよね……そうなのか……そうだったんだ。

思えば私だってそうだ。みんなの『嘘』を『嘘』だって知りながら、偽物の笑顔を浮かべて、上辺だけの言葉を重ねてきた。これだって、立派な『嘘』なんだ。

恥ずかしかったり、虫の居所が悪かったり、些細なことで誰もがみんな『嘘』をつく。でも、その『嘘』がいつだって、悪意に満ちてるわけじゃないんだ。

そんな当たり前のことが、私はわからなくなってたのか。『嘘』は悪だと決めつけて、すべての『嘘』を悪いほう悪いほうにばかり考えて、卑屈になっていたんだ。

「ごめんね、みんな。今まで私、みんなのこと疑ってた……信じてなかった……最低だった」

私は心からみんなに謝った。

みんなは私を信じてくれていたのに。こんなにも好意を向けてくれていたのに。私はその向こうに、ありもしない悪意をでっち上げて、みんなのことを疑っていたんだ。

私が勝手に、私を嫌われ者にしてたんだ。どうしようもなく馬鹿な私に、みんなは「こちらこそ」なんて、謝ってくれた。謝るのは私のほうなのに、誰も信じていなかった私が悪かったのに。

そうだ。世界は『嘘』に満ちている。それはやっぱり真実だ。

でも、すべての『嘘』が、悪じゃないんだ。必要な『嘘』だってあるんだ。

だからきっと、友情の第一歩は、相手の『嘘』も含めて、相手の全部を信じることなんだ。

私はそれを、みんなから教わった。

こんなふうに、心の底から、『友達』と笑える日がくるなんて。

――本当に、夢にも思っていなかった。

「私、疑わないようにするね。みんなのことを、信じてるから。信じるから――」

「私も、嘘つかないようにするね！」

「――あはは、それ、『嘘』でしょ？　だって、『嘘』つかないなんて無理だもん」

僕はやっと見ることのできた、ラヴィさんの本当の笑顔にホッと胸を撫で下ろした。

よかった。ラヴィさんの心に染《し》みついていた大きな誤解と勘違いを、友人たちの言葉が綺麗に取り払ってくれたようだ。これで彼女は、本当の意味での友情を知っただろう。

後は合同授業の時間をこんな茶番劇によって奪ってしまったことを、全員に詫《わ》びて終幕――。

＊＊＊

パァンッ――と、教室に乾いた音が鳴り響いた。

不意打ちすぎて、一瞬何が起きたのか理解できなかった。

我に返って、それがいつの間にか僕の元に歩み寄っていたシャオさんが、僕の頬を平手打ちした音だと理解した。

「……えっと、シャオさん？」

混乱する頭で状況を理解しきれないが、突然のシャオさんの行動に、周囲の生徒たちも驚きの表情で、僕らのことを見つめていた。

「気が済みましたか、馬鹿大地？　これでラヴィの悩みは解消。彼女は本当の意味で、『学園の人気者』になれました。友人たちとの友情も確かめられて、お互いのわだかまりもなくなり、教室全体が一致団結——実に素晴らしい『綺麗な結末《ハッピーエンド》』ですね、本当にお疲れ様でした」

集まる視線など意にも介さず、シャオさんは満面の笑みを僕に向けた。

その笑顔が逆に怖い。平手打ちを叩き込んでおいてのこの笑顔、僕の背中には冷や汗が伝う。

シャオさんに続いて、口を開いたのは鬼島先生だった。

「——最初は何を言い出すのかと思いましたが、おそらく何かの意図があるのだろうと黙っていました。……衣笠先生、あなたはグリーンフィールドくんのために、わざとあんなことを言いだしたんですね？」

さすがはベテラン教師、僕の意図に気づいていたのか。僕としては途中で止められないかとヒヤヒヤしていたのだが……。

「すみません。大切な合同練習の時間を、こんなことに使ってしまって……鬼島先生ならもっと上手になさったのかもしれないんですが、僕にはこんなやり方しか思いつかなくて」

僕と鬼島先生のやりとりを聞いて、周囲の生徒たちにも驚きが広がっていった。

これは、鬼島先生の気遣いだ。

彼は僕が、この場の全員に謝罪をする機会を、上手く作ってくれたのだ。

「みなさんも、酷いことを言って本当にすみませんでした。生徒の悩みを解消したいっていう、僕のワガママに、みなさんを巻き込んで、すごく嫌な思いをさせてしまって……でも、荒療治でしたけど、これが僕に用意できる最善手だったんです」

そう言って深々と頭を下げる僕に対して、どう反応していいかわからず、生徒たちが戸惑っているのが伝わってくる。当然だ。僕が彼らの立場なら、状況についていけず、きっと同じように戸惑っただろう。

「――『荒療治』確かにその通りですね……事前に『ひと騒動起こす』と言われていたので、何か無茶をするのだろうとは思っていましたが、――こんなやり方、私は嫌いです……私は私の大切なものを護《まも》るためにも、このやり方を認めるわけにはいきません」

そんな微妙な空気と静寂を打ち破ったのは、再び口を開いたシャオさんだった。

「何が『最善手』ですか……あなたは馬鹿です。ザル馬鹿です。大馬鹿です」

淡々と、でも怒っているとわかる声音《こわね》でそう言うシャオさんは悲しそうな顔をした。

「こんなやり方が、『最善』であるはずがないじゃないですか⁉」

「でも、これが一番、誰も傷つけないで、後腐《あとくさ》れなく、綺麗に問題を解決できる方法――」

「はぁ……確かに、ラヴィもみんなも救われて、嫌な思いこそすれど、誰も傷つくことなく、いつも通りの日常に戻れる。後腐れのない『綺麗な結末』かもしれません。ですが――」

言葉を切って僕から目を背けるように俯いて、深いため息をつくシャオさん。

「いるじゃないですか、誰も傷つけないために、その痛みを一身に受けて、一人で背負って、傷ついている人が、一人いるじゃないですかっ!!」

「いや、確かに僕は殴られたけど全然ダメージじゃないし、べつに傷つくってほどじゃ――」

「私が言っているのは、身体ではなく心のほうです！　あなたのような優しい人が、たとえ『嘘』でも演技でも、誰かを傷つけるような言葉を口にして何も感じないわけありません!!」

叫ぶように、絞り出すように、言葉を吐き出すシャオさんに、僕は何も言い返せなかった。

「どうして、そんなふうに作戦は思いつくのに、そんな当たり前のことに気がつかないんですか？　いえ、わかっているのに、どうしてそれを是《ぜ》としてしまうんですか？」

シャオさんは俯きながら、僕の胸に縋《すが》りつき、握りこぶしでポカポカと叩いた。

「なんで、一番頑張ったあなたが、一番傷つくような方法を選んでしまうんですか？　なんで、そんな作戦を『最善手』だなんて言えるんですか!?」

シャオさんの攻撃は、べつに痛くもないし、ダメージもない。なのに、どうしてだろうか、僕の胸は、ズキズキと痛んでしかたがない。

「馬鹿だ馬鹿だと思っていましたが、本当に大馬鹿です。あなただけじゃないんですよ!?　私の、私たちの気持ちも考えてください!!　大切な人が傷ついて、嫌われて、嬉しい人なんていないって――どうしてわからないんですか？　大地、あなたは大馬鹿者です！」

シャオさんの言葉に、僕がどう答えていいかわからずに戸惑っていると、まるで空気を読んだかのように、ウェストミンスターの鐘が響き渡った。

「大地のそういうやり方、私は大嫌いです……」

僕の胸を突き飛ばすように押して、僕から離れると、シャオさんはそう言い残して、足早に教室を飛び出していってしまった。そして、アウラさんも、シャオさんの背中と僕の顔を何度か交互に見て、シャオさんの後を追うように教室を出ていった。

教室には、立ち尽くす僕と、状況についていけず呆然とするラヴィさんと、Aクラスの生徒たちが、事態の落としどころを見失って困惑していた。

「彼女の言う通り、衣笠先生は賢いとは言《い》い難《がた》いと私も思います。誰かを救おうとするとき、自身を犠牲にしてはいけない。それでは、救った側にも救われた側にも禍根《かこん》を残してしまいます。教師として、生徒を導く大人として、そのやり方を貴方《あなた》は考えるべきかもしれませんね」

僕に対して小さな声でそう言うと、鬼島先生は、いろいろあって困惑しきった生徒たちに声をかけて、この混迷を極めた六時限目の合同授業の幕を下ろしてくれた。

生徒たちはラヴィさんに寄り添いながら、ぞろぞろと教室を後にしていき、鬼島先生も僕に会釈をしてから、そんな生徒たちの後に続いて出ていった。

一人残った僕は、未だ呆然としながら、立ち尽くしていた。

耳の奥には、いつまでも、シャオさんの言葉が残って消えなかった。

それから数日が過ぎた。肌に刺さる風は、少しずつその色を変え始め、そろそろ「寒い」という言葉が、校舎のあちこちで聞こえるようになってきた。

僕の周囲に至っては、その変化は著《いちじる》しくて、もはや「寒々しい」と言ったほうがしっくりくるような雰囲気だ。一時は春めいていた空気は、夏も秋も飛び越えて『冬』が訪れたようだ。

「なんかあの先生、ラヴィちゃんに酷いこと言ったらしいよ……」

「聞いた聞いた、能力がないとか、指揮者には相応しくないとか言ったって……」

廊下ですれ違ったときに聞こえてきた生徒たちの会話は、あの日の噂話だ。多少脚色はされているが、まぁ、あんなことをしたのだからこうして噂になってもしかたがない。

あの日以降、シャオさんともギクシャクしている。

自分のやり方が間違っていたとは思わないが、彼女に『大嫌い』だと言われたことが、どうしても忘れられなかった。それに、鬼島先生の言葉もある。

教師として、自分のやり方を考えるべきか……。

間違ってはいなかったと思う。でも、果たしてあのやり方が正しかったのかどうかもわからないのだ。そもそも僕は、教師として正しくやれているのだろうか。

そんなさまざまな疑問が頭をいっぱいにしてしまっていて、あの日のことを、どんなふうにシャオさんに謝っていいのかがわからなくなっていた。

そういえば、アウラさんともあまり話ができていない。

前の関係に逆戻りとまではいかないものの、やはりどことなく疎遠になっていた。

「えっと、ラヴィさん？　僕に何か用かな？」

「わひゃぁっ、な、何でもないよぉ、ベェーッだ！」

そして、あれから、ラヴィさんも不自然だ。

僕のあとをつけ回すくせに、声をかけると、文字通り『脱兎《だっと》の如く』逃げてしまうのだ。

「はぁ……ホント、どうしたもんかなぁ……」

ため息とともに、窓の外を見上げると、今日もイワシ雲が群れをなして、大空を泳いでいた。

「おお！『噂のクズ教師』くんじゃないか！　どうしたの？　ため息なんてついて？」

以前と変わらずこうして僕に絡《から》んでくれるのは、もはやくるみ先生だけかもしれない。

「聞いたよ、大地くん。いろいろ無茶をしたみたいだね。まさか、鬼島くんと君の話をする日がくるなんて、夢にも思わなかったよ」

「いえ、すみません。もう少し穏便に済むと思ってたんですけど、まさかここまで噂が広がるとは……いろいろご迷惑をおかけしてしまって……」

「話を聞いて、私も君に言いたいことがいくつかあったんだけど、どうやらそのほとんどは、もうすでにシャオが君に言ってくれたみたいだから、私からは一つかな？」

僕の顔を見て、真面目な顔をすると、くるみ先生は僕の耳元に口を寄せた。

「――『生徒が苦しんでいるのなら、何にかえても助けるのが教師の務め』。これは確か、恩師から学んだ君の信条だったハズだけど、君はおそらく、この言葉の意味を少々誤認しているように思う。苦しむ生徒のために、自身の安全を切り捨ててまで救うというのは、この言葉の真意じゃないと私は思うよ。君のそのやり方は、やっぱり少しだけ間違っている。君は恩師の言葉の意味を、もう一度良く考えるべきなんじゃないかな？」

シャオさんにも、鬼島先生にも、同じような言葉を言われたが、やはり、くるみ先生も同じ意見のようだった。僕は、恩師の言葉の解釈を、いったいどこで間違ってしまっているのだろうか。

考えても、すぐに答えは出なかった。

「まぁ、急いで答えを出す必要はないけど、考えておいてよ」

「……わかりました」

そう言うと、くるみ先生は、再び表情を柔《やわ》らかくして、僕をからかうような口調で笑った。

「ここ最近広がっている君の悪い噂も、そこまで気にすることはないよ。人の噂も七十五日って言うしね。そのうちみんな忘れてくれるさ！」

「いや、七十五日って、実際けっこう長いですよ？　それだけ時間が経過したら、次の季節が来ちゃいますし……」

確か、そういう意味の言葉だった気もする。どんな噂も、一つの季節が過ぎる頃には、みんな忘れてしまうだろう的な。

「まぁ、実際には、そんなに時間もかからないと思うよ？　君の陰口を囁《ささや》く生徒たちに、『それは誤解だ』って話してまわってる生徒がいるらしいし？」

「……それって、もしかしてシャオさ――」

「残念、私も最初はそうかと思ったら、違ったんだよね」

僕のためにそんなことをしてくれる生徒と言われて、真っ先にシャオさんを思い浮かべた自分がちょっと恥ずかしい。それに、現在はちょっと疎遠になっているのだから、彼女がそんなことしてくれるわけがないじゃないか。

「――それじゃあ、誰が？」

「そんなの――」

サラッと言ったくるみ先生の言葉の途中で、僕は弾《はじ》かれたように駆け出した。

僕は、重い扉を押し開けて、屋上に辿《たど》り着《つ》いた。

その人物を探して校舎を駆け回っているときに、窓から屋上に彼女の長い耳が見えたのだ。

「ラヴィさん！」

一人で屋上のフェンス越しに空を見上げるラヴィさんの背中に、僕は呼びかけて駆け寄った。

くるみ先生が当たり前のように言った言葉。

『そんなの、ラヴィに決まってるじゃん？』

それを聞いて、僕はいてもたってもいられなくなったのだ。

「ダ、ダイッチ!?」

「くるみ先生に聞いたんだ。君が、学園のみんなの僕に対する悪評を、解消しようとしてるって」

「はぁ……──それも『嘘』だよね。ねぇ、ダイッチ。なんで、そんな嘘ばかりつくの?」

僕の言葉を聞いて、ラヴィさんは俯きながらそう言った。

「私、わかんないよ。──ダイッチがわかんない」

ラヴィさんの周囲とのわだかまりは解消した。

でも、彼女にとって、僕が永遠の嘘つきのままだということを、僕は忘れていた。

「これまで、私の知ってるダイッチは、本当に『嘘』しかついてこなかった……ダイッチの言葉は、いっつも『嘘』だった。……だから、ダイッチのことが、信じられない」

それは、当然だ。その口から嘘しか吐き出さないようなやつを信じるなんて不可能だ。

「──だけど、知りたいの。ダイッチが、私に、みんなに嘘をつく理由」

それはつまり、僕のことを信じようとしてくれているということだ。

嘘しかつかないこんな僕を、ラヴィさんは信じようとしてくれているのだ。

「あの日、いろんなことに気づけたんだぁ。みんなにはずっと、『友達じゃない』って思われてるんだって思ってたけど、違ったんだ。みんなは私を信じてくれてたのに、私がみんなを疑ってたんだって。そう気づいたら、みんなの『嘘』が、『嘘』じゃなくなってたの」

ラヴィさんは、真剣な顔で真っ直ぐ僕を見つめてきた。

「あの日、ああしてみんなにも私にも酷いことを言ったのは、私のことを助けるためだったんだよね？　あの日も今も、ダイッチの言葉は嘘だらけだけど、あれが私のためだったってことは、私馬鹿だけどわかるよ？」

その瞳には不安と戸惑い、そして確かな決意の色が見て取れた。

「あれからずっと、ダイッチのことを見てきたよ？　ダイッチは、いろんな人に、いろんな酷いことを言われてた。でも、それを真っ直ぐ受け止めてた。確かに口から出る言葉は『嘘』ばかりだったけど、そのどれも、これまで私が見てきた、どの『嘘』とも違ってた」

ここ数日、僕の後ろをついてまわってたのは、僕に用があったのではなく、僕を観察していたのか。どうりで声をかけると逃げてしまうわけだ。

「なにより、シャオチーは、ダイッチのことを本気で思ってた。あの日のシャオチーの言葉には、何一つ『嘘』がなかった。ダイッチを心の底から怒って心配して……信頼してた。だから、そんなシャオチーが信じるダイッチを私も信じたいって思った。でも、やっぱり、ダイッチからは、どうしても『嘘』の気配がする。私に対してだけじゃない。ダイッチは誰に対して喋っても、その言葉は全部『嘘』に聞こえちゃう。そんなのおかしいのに、あるわけないのに」

僕のことを信じようとする気持ちと、僕の言葉に『嘘』を感じてしまう本能。

その二つがせめぎ合って、ラヴィさんは混乱しているのだ。それを解消しようと思ったら、僕は僕の秘密を、彼女に明かさなければならないだろう。でも、それはできないのだ。

――ん？　いや、違う。僕が『人間である』という真実を隠すのは、『魔物たちに不要な混乱を招かないため』だったはずだ。だとすれば、今、こうして僕が正体を隠すことで混乱しているラヴィさんには、もはや『隠しても、隠さなくても』変わらないのではないだろうか。

「――実に、僕らしい屁理屈《へりくつ》だな……」

でも、どうしてだろうか。ラヴィさんには、真実を話してもいいのではないかと思えたのだ。

「――？　どうしたの、ダイッチ？　一人でブツブツ『嘘』を言って……？」

「ラヴィさん、よく聞いて」

本当なら、くるみ先生に相談してから話すべきだったのかもしれないが、僕はもう、気がついたら口を滑らせていたのだ。――そう、僕の悪い癖だ。

「僕はね、ラヴィさん、『魔物』じゃないんだ。今まで嘘をついてて、本当にごめんね」

「――……え？」

僕の言葉を聞いて、ラヴィさんは目を見開いて、固まった。

「僕は『何者にも倒せない、最強の魔物』じゃない。魔法も使えない、ひ弱な『人間』なんだ」

「……『嘘』？　今までで一番信じられないようなこと言ってるのに、ダイッチの言葉から、『嘘』の感じがまったくしない？　え？　ど、どゆこと？」

そして、アワアワとしながら、キョロキョロと視線を泳がせて、妙な動きを繰り返した。

なんだか、本物のウサギみたいだった。

「改めて、自己紹介するよ。僕は、衣笠大地。くるみ先生に人間界でスカウトされて、君たちの担当教師になった、ごく普通の『人間』だ！」

僕の言葉に、目を白黒させているラヴィさん。僕はそんなのお構いなしだ。

「君たちが『鉄壁』と呼んでいる僕の力は、なんてことはない、『盟約による加護』だったんだよ。これまでずっと嘘をついて騙して本当にごめん」

「……『嘘』の感じが、しない？　え？　ウソ？　ダイッチは『人間』なの？」

「うん。そうだよ。僕は『人間』だ」

ラヴィさんは、やっぱり口をあんぐり開けて、目を見開いて、驚きの表情のまま固まった。

「って!?　なんで、そんな大事な秘密を、ダイッチは私にバラしちゃうのぉ!?」

もうすでに、これ以上驚けないだろうと思うような表情だったのに、それを上回るような驚きの表情を浮かべて、文字通り飛び上がるラヴィさん。

「ねぇ、知ってる？　魔物の中には、『人間』のことを快《こころよ》く思ってない種族も多いんだよぉ？」

それは知らなかったので少しだけ驚いた。でも、よく考えれば当然だ。『盟約』のせいで人間には魔法はおろか物理攻撃も効かないし、魔物側にはいろいろと制限も多い。これを嫌がる心理はわからないでもない。

「そうなんだ。でも、それはしかたないよね。『人間』側にいろいろハンデ押しつけられてるし……」

「もう、本当に、まったく『嘘』の気配を感じないし……シャオチーの言ってたとおりだし……」

今度は心底呆れた顔をして、僕のことを心配そうに見つめるラヴィさん。

「馬鹿なの？　ねぇ、馬鹿なの⁉　これまでずっと隠してたって言ってたじゃん！　それを、こんなあっさりと私にバラして、『鉄壁』の秘密まで話しちゃって……私が、誰かにバラして一大事になったら、どうするの⁉」

そして今度は、何やら一人で大騒ぎするラヴィさん。考えなしの僕を非難するように言っているが、その根底《こんてい》にある僕のことを心配する気持ちが伝わってくる。驚いたり呆れたり慌てたり、実に忙しそうだけど、そのコロコロ変わる表情がとても可愛かった。

「それは大丈夫。ラヴィさんは、そんなことする子じゃないよ。絶対に」

「根拠なんてないくせに、なにその絶対的信頼……一欠片《ひとかけら》の疑いも感じないし。嘘でしょ？　ダイッチってこんなやつだったの？　素直を通り越して、ただのお馬鹿さんじゃん……」

素直な言葉を返したら、今度は顔を真っ赤にして、どうやら照れているらしい。

「ダメだ、コイツ、早く何とかしないと——……こんなんじゃ絶対、すぐ『反共存派』の魔物に正体バレて、あっさり殺されちゃうよぉ——なにせ、一時はあのぽやーっとしたミーシャにすら怪しまれてたくらいだしなぁ……ああ、もう！　ほんと調子狂うなぁ……」

僕に背を向けて、ラヴィさんはなにやら一人でブツブツつぶやいていたかと思ったら、勢いよくこちらを振り返って、大真面目な顔で僕に言った。

「いい、ダイッチ？　今後は私以外に、その秘密をバラしちゃダメだからねぇ！」

「あはは、そんなの当然だよ。こんなふうに『秘密』を話すのは『ラヴィさんにだけ』だよ」

「そういうのは、私にしなくていいから！　そゆことは、シャオチー以外に言っちゃダメ！」

「ええ!?　あぁ、はい。ごめんなさい。こ、心しておきます……」

僕の返答に対して、若干怒ったように言うラヴィさんの勢いに、思わず謝ってしまう。

「はぁ……ダイッチが馬鹿正直、というか、『正直馬鹿』だってことはよくわかったよ」

「『正直馬鹿』ってなに!?」

「前にシャオチーが『嘘なんてつけない、真っ直ぐで誠実な方です』って言ってたときは、絶対嘘だと思ったけど、まさか本当にここまでだったとは……これはもう、『真っ直ぐで誠実』というより、『嘘をつけない呪い』をかけられているとしか思えないよ」

なんだか、酷い言われようだが、この言葉にはくるみ先生も激しく同意しそうだ。

ケラケラと笑いながら僕に絡んでくる、鬱陶《うっとう》しいくるみ先生の姿が目に浮かぶ。

「――いい、ダイッチ？　私は、ダイッチに返しきれないおっきな恩があるの。だから私は、その恩を返さないといけない。これは私の信念で、決定事項だから反論は許さないから」

不意に、真面目な顔をして僕を見たラヴィさんの言葉。

「『恩』なんて、そんなのいいのに。僕は信念に従っただけだ。だから、君が『恩』なんて感じる必要ないいんだよ。そんなの気にせず君は君がしたいことをしていいんだ」

僕が思ったままの言葉を返すと、ラヴィさんは、また驚いたような顔をした。

そして、深くため息をついてから、やれやれといった感じで首を横に振った。

「ううん。返すよ、恩。ダイッチの意思とか、関係ないの。私がダイッチにこの恩を返したいの」

僕の目を真っ直ぐ見据《みす》えて、ラヴィさんは今までで一番真剣な顔でそう言った。

「そっか。――うん、なら、君のしたようにするといいよ。ただ、命にかえなくていいからね?」

「そりゃそうだよぉ。私はダイッチのこと、好きじゃないもん。ああ、嫌いでもないけどね」

「それなら良かった。命懸けの恩返しなんて、さすがにちょっと物騒で怖いしね」

「あはは、当たり前じゃん。ホントバカみたい。これは、絶対にシャオチーは苦労するなぁ」

まるでくるみ先生のように、クスクスと笑ったラヴィさんは、何かを決意したように一度深呼吸をしてから、再び真剣な顔をして僕を見た。

「とりあえずは、その危なっかしい秘密を守る手伝いをするよ。あと、シャオチーとの復縁の手伝いもしてあげる！　まだ仲直りしてないんでしょ？　ダメだよ夫婦は仲良くしないと！」

「ああ、ええと、どうせラヴィさんには隠せないから話しておくけど、僕がシャオさんと許嫁になったのは、変な許嫁に束縛されてたシャオさんを助けるためで、今後、シャオさんが大切な人を見つけるまでの代打って感じだから、僕らは夫婦じゃないからね？」

ラヴィさんからの嬉しい申し出だが、そこにはしっかり訂正しておかないとな。

「……うわぁ……これはシャオチー、本気で苦労するなぁ。はぁ……じゃあ、そっちは、シャオチーの友達として、シャオチーの応援をするってことで！」

「えーと、うん、……お手柔らかにね？」

「それじゃ、ダイッチ。これからは、私の指示にちゃんと従ってねぇ！」

「うん？　あれ？　それってもう『手伝い』じゃなくて『支配』じゃないかな？」

「だって、放っておくと、ダイッチあっさり死んじゃいそうだし」

「僕って、そんなに危《あや》ういのっ!?　いや、でもそうか――わかった、善処するね」

案外くるみ先生も、僕への『反共存派』からの攻撃を心配して、『人間である』ということを隠すように言ってくれたのかもしれないな。

「だから、私の言うこと、ちゃんと聞いてね、ダイッチ！」

「ぜ、善処します――」

「うん、それ、『嘘』だよね？　私の命令は、絶対遵守《じゅんしゅ》だからね！　いい、ダイッチ？」

そんなわけで、僕は、どうにかラヴィさんとの信頼関係（？）を築くことに成功した。

信頼よりは、主従関係という方が正しい気もする。まぁ、上手くやっていくしかないだろう。

僕はラヴィさんの心の底からの笑顔を見て、そんなことを考えるのだった。

第4話 ANSWER

すべてが上手《うま》くいくわけではないのは、もちろん当たり前のことなのだが、本当に、教師というのは難しい職業だと痛感する。いや、この場合難しいのは、乙女心のほうかもしれないが。

「シャオさん、少し話を――」

「今日は、イエン家の会合がありますので、急いで帰らなければいけません……失礼します」

授業が終わって、シャオさんに話しかけても、いつもこの調子だ。これはもう確実に――。

「いやぁーこれは盛大に避けられてるねぇ、ダイッチ。――ねぇ、アウラン？」

ラヴィさんの問いかけにコクリと頷《うなず》くのはアウラさんだ。見ればラヴィさんの腕の中に、アウラさんがすっぽりと収《おさ》まっていた。ギクシャクしている僕とシャオさんとは正反対に、この二人は最近、ずいぶんと仲良くなったようだ。アウラさんの頭の上のアモンも「ホォウ！」と元気に鳴いて、ラヴィさんの言葉に同意しているようだった。

「うーん……いやぁ、おっかしぃなぁー？　シャオチーとの仲直りが、まさかこんなに難しいなんて……もっとすぐになんとかなると思ってたんだけどぉ……はぁー……」

ラヴィさんは困ったような笑顔を僕に向けつつため息を漏《も》らしながら、アウラさんの頬を後ろからつまんでムニムニとイジって遊んでいる。まったく嫌《いや》がらないアウラさんの反応が、二人の今の関係性を示しているように思う。僕があれをやったら、確実にアモンストライクだ。

以前屋上で約束してくれたように、ラヴィさんはここ最近、アウラさんと協力して、僕とシャオさんの間を取り持とうと、いろいろ気を遣《つか》ってくれていた。

混雑した学食で、僕の隣にシャオさんを座らせようとしたり、ラヴィさん自身がシャオさんと話をしているときに、通りかかった僕に声をかけてくれたり……。

だが、そのたびにシャオさんにきっぱりと断られ、どれもが上手くいかなかった。

「はぁー……、やっぱり、嫌われちゃったのかなぁ?」

僕は思わず、情けない本音が口から溢《あふ》れてしまう。

「心の底から落ち込んでるっぽいから、これだけは言っておくけどぉ。ダイッチがシャオチーに『嫌われる』なんてことは絶対にないから! 絶対に!!」

これだけ徹底的に避けられているのに、そう断言する彼女の言葉を、僕はさすがに疑ってしまう。

しかし、彼女の腕の中のアウラさんも、大真面目な顔でコクコク頷いているし、乙女心については僕より、現役の乙女である二人のほうが間違いなく詳《くわ》しいはずだ。

「今、ダイッチ私たちのこと疑ってるでしょ? わかるんだからね? そういう『嘘《うそ》』も私にはバレバレ。まぁ、だからこそ、シャオチーのあの態度も『嘘』だってわかるんだけどねぇ」

くるみ先生、シャオさんに続き、ラヴィさんにも見透かされてしまう僕……。

もはや、本当に顔に文字で僕の気持ちが書かれているのではと心配になる。

「……シャオ……たぶん、意地になってるだけだぜ……です」

馬鹿みたいなことを考えている僕に、シャオさんの親友にして、自称『シャオさん検定一級』のアウラさんが、おずおずと照れながらも小さな声で言った。

「意地になってる？　シャオさんが？」

「うん。あそこまできっぱりと、ダイッチと対立するって宣言しちゃって、その言葉を撤回することもできないし、なんだっけ？　テコ？　を収める先を失っちゃった……みたいな？」

ラヴィさんは、アウラさんといちゃつきながら、アウラさんの言葉を補足してくれた。

「テコじゃなくて、矛《ほこ》だね。……でも、最近いろんな言葉を覚えてて、すごいよラヴィさん」

「おぉっ!?　なんか褒《ほ》められた！　やったぁーっ！」

「でも、まぁ、そうやって引くに引けなくなるっていうのは、確かにシャオさんの性格上、ありそうではあるけど……そうならいいなぁって感じだね」

二人の推測は、ありえそうではあるものの、僕はそれを手放しには信じきれなかった。

「もう、まだ疑ってるの？　大丈夫だってばぁー……」

「ああいや、そもそも、僕って、これまでの人生で、女の子に『嫌われてる』なって経験のほうが多くて、『好かれてた』経験が全然ないからさ……ラヴィさんを信じられないっていうよりは、僕なんかが『嫌われてない』っていうこと自体が信じられない……んだと思う」

僕のこれまで女子に好かれてこなかったという揺るぎない実績が、その原因なのだろう。

そんな僕の言葉を受けて、二人は僕をじっと見た。

「うーん、まぁ、確かに？　ダイッチって積極的に女の子に好かれるタイプじゃないよね。基本的には、見た目通り暗いし、ちょっとキモイし……」

「……頼《たよ》りなさそうだしな……です」

「あはは……辛辣《しんらつ》だね、二人とも」

酷《ひど》い言われようではあるものの、二人のコメントに対して、なに一つ反論できない僕だった。


「……あ、目が覚めた？　おーい、ダイッチ、生きてるかぁ——？」

「あれ？　ラヴィさん？　……えっと、ここは？」

どうにも状況が整理できない。僕はどうして横になっているのだったか。

目を開けると、心配そうに僕の顔を覗《のぞ》き込《こ》むラヴィさんとシャオさんの顔が見えた。

「……医務室です。大地《だいち》、あなたは机の上から落ちた生徒を助けて下敷きになったんです」

シャオさんの言葉を聞いて、徐々に思い出してきた。

ラヴィさんの一件からしばらく経ったとはいえ、まだ『合唱コン』は本番を迎えていないのだ。だから今日も、件の合同授業は継続中だ。その授業で、ちょっとした事件が起きたのだ。

今日の合同授業は、本番を模した合唱練習だった。生徒たちが音楽準備室に集まって、今日も本番のひな壇の代わりに、机と椅子を使って擬似《ぎじ》ひな壇を用意したのだが、それがよくなかった。

ひな壇の最上段として用意された机は経年劣化《けいねんれっか》で歪《ゆが》んでいたのだ。

その机の上に立った女の子が、よろめいたと思ったときには、もう遅かった。バランスを崩《くず》した彼女とともに、足元の机も大きく傾き、一緒に倒れてしまったのだ。

近くにいた僕は、咄嗟《とっさ》に倒れる女生徒を受け止めようとした。でも、女生徒が蛇人族《ナーガ》だったのがさらによくなかった。その体重は予想以上に重く、僕の貧弱な筋力では受け止めきれずに、情けないことに下敷きになってしまったのだ。どうやら、その拍子《ひょうし》に僕は頭を強《したた》かに打ちつけたらしく、脳震盪《のうしんとう》で意識を失い、こうして医務室に担《かつ》ぎ込《こ》まれてしまったようだ。

「そうだ！　あの子はっ⁉」

「ん？　ジェーン？　無事だよぉー。意識のないダイッチに、ごめんなさいとありがとうを連呼してたけど、音楽準備室に残ってもらったよ。あの子クラス委員だからねぇ」

「そっか……彼女が無事ならよかった。――いやぁ、咄嗟に受け止めようとしたのに受け止めきれずに昏倒《こんとう》とか、格好《かっこう》つかないよね……あはは」

「……またあなたは、そんなことを言って……」

僕の言葉を聞いてシャオさんが少し悲しそうな顔をしたような気がしたが、すぐに立ち上がってしまったので、はっきりとは見えなかった。

「あれ？　シャオチー、どこ行くの？」

「鬼島《おにがしま》先生に、大地が目を覚ましたことを知らせに……私一人で大丈夫だから……」

そう言って、スタスタと医務室を出ていってしまうシャオさん。

「——もしかして、シャオさん怒ってた？」

「あれがそう見えるあたり、ダイッチって本当にニブチンのお馬鹿だよね？」

僕の質問にラヴィさんが返してきたのは予想外の罵倒《ばとう》だった。

「身を呈《てい》して、女の子を助けるとか、本当、さすがはダイッチだけどさぁ……もう少し自分を大事にしないと、シャオチーとの溝《みぞ》、深まる一方だよ？　その辺わかってるぅ？」

その言葉を遮《さえぎ》るように鳴ったウェストミンスターの鐘を聞いて、ラヴィさんも「じゃあ、私も音楽準備室に戻るねぇ」と立ち上がって、医務室をあとにした。出ていく直前に、冗談っぽく言ったラヴィさんの台詞《せりふ》が、先日くるみ先生に言われたものと重なって聞こえた。

『生徒のために、自身の安全を切り捨ててまで救うというのは、この言葉の真意じゃない』

僕の信念が間違っているとくるみ先生は言っていた。

鬼島先生にもほとんど同じ意味のことを言われた。

『大地のそういうやり方、私は大嫌いです……』

シャオさんにも、あのときの僕のやり方を否定された。

僕は、自分のやり方が、正しいなんて思っていない。

むしろ、いつだって、これでいいのかと不安に思っているくらいだ。

最善、最良の選択なんて、もともと僕にはできないのだ。そんなことはわかっている。

だから、あれからずっと考えてきた。

『僕はどうするべきだったのだろうか？』と。でも、なかなか答えは出ない。

「はぁ……全然ダメダメだな……僕は」

頭に思い浮かんだのは、一瞬だけ見えた気がしたシャオさんの表情だった。

「──また、僕は、彼女にあんな顔をさせちゃったんだな……」

シャオさんに、大事な生徒に、あんな顔をさせたのは僕だ。僕が不甲斐《ふがい》ないばっかりに、シャオさんに辛《つら》い思いをさせてしまっているのだ。

「──なにやってんだ、僕は……」

苦しむ生徒の心に寄り添って、笑顔に繋《つな》がる道へと導く教師……僕は、昔、僕を救ってくれた先生のような、そんな教師になりたかったはずだ。

それが、どうだ？　今の僕は、そんな僕の理想と真逆の状況にいるじゃないか。僕のやり方が、僕という存在が、シャオさんを苦しめている。

「──本当に、僕は何やってんだよ……」

開いた手のひらが再び閉じて、固い拳を作っていた。どうにかしたいのに、どうしたらいいのかわからない。もどかしさと苛立《いらだ》ちが募《つの》って、自然とまた、歯を食いしばってしまう。

『君には、適性がないよ』

そんな声が聞こえた気がして、僕は思わず、ハッとして周囲を見回した。

「……ははは、こりゃ、末期だな……」

もちろん、それは幻聴だ。それは以前、教員採用試験の面接官が僕に言った言葉だ。

でも、あのときも、そして今も——。

僕には、その言葉を否定することが、できなかった。


「大地、今日の五時限目は『人語』です。『人類史』の授業は、六時限目です」

「うぇっ!?　ご、ごめん。うっかりしてた。すぐに職員室に教材取りに行ってくるよ！」

昼休み、考えごとをしていたら、始業時刻数分前だった。そのまま慌てて教室にやって来たから、持ってくる教材を間違えてしまったようだ。

「……はぁー……しっかりしてください、大地。最近、うっかりしすぎですよ？」

呆《あき》れたようにため息をつくシャオさんの言うとおりだ。マヌケにもほどがある。

ここのところ、本当に、僕はこういうしょうもないミスばかりだった。

英単語のテストを配布するはずが、先に解答を配ってしまったり、週末に配布するはずの課題を配り忘れて、渡すのが週明けになってしまったり――。

「たはは……いやはや、本当に面目ない……」

僕はごまかすように笑って、教室を出て後ろ手でドアを閉めると、大きく肩を落とした。

本当に、何をやっているのだろう。

最近やっと、三人とも勉強に前向きになってくれているのに、その大事な授業時間が、僕のミスで減ってしまうのは申し訳ない。

僕は陰鬱《いんうつ》になりそうになる思考を吹き飛ばそうと、頭を振って両頰を手のひらで叩いた。

「――よし、急いで取りに――」

「大地くん？　自分のほっぺたを全力で叩いて『よし』って、マゾなの？　ドMなの？」

「おわぁっ!?　く、くるみ先生？　ど、どうしたんですか、こんなところで？」

「どうしたのかって？　うっかりさんな君に、忘れ物を届けに来たんだよ！」

くるみ先生から差し出されたのは、僕が職員室に丸々忘れてきた、『人語』の教材一式だ。

「あ、ありがとうございます」

僕がそれを受け取ると、くるみ先生は心配そうな顔で僕を見つめた。

顔に息が当たりそうな、至近距離。こうして改めて見ると、やっぱりくるみ先生、顔だけは、あどけない少女のような愛らしさがあるのに……って、そうじゃないだろ、僕。

しかし、忘れものを届けてくれるなんて、いったいどういう風のふき回しなのだろうか？

「大丈夫かい、大地くん？　最近の君はちょっと、目に見えて『アレ』だからさ……」

その言葉で、僕はくるみ先生の意図がなんとなくわかった気がした。

「……ああ、その……すみません。いろいろ考えごとをしていたら……って、これは言い訳ですね。すみません、最近ちょっと腑抜《ふぬ》けていました。以後はもう少し気合を入れて、しっかりしたいと思いますので、ご心配には及びません」

要するにくるみ先生は、最近、目に見えてミスを重ねている僕に、気をつけるよう注意を促《うなが》しに来てくれたのだろう。鬼島先生からも話がいっているだろうし、くるみ先生は生徒の噂話にも通じている。僕の腑抜けっぷりを看過《かんか》できず、釘を刺しに来てくれたのだ。

「ん？　いや、そうじゃなくてさ。私は君がしんぱ――」

「お気遣いありがとうございます。なんだか変に気を遣わせてしまったみたいで……っと、教室に生徒たちを待たせているので戻ります。ご心配をおかけして、申し訳ありませんでした！」

本来なら、もっときちんと謝罪と感謝を伝えるべきところなのだろうが、気まずさも手伝って、僕はバタバタと逃げるように教室へ戻った。

「ごめんね、みんな。お待たせ！　それじゃあ、確認テストをやっちゃおうっ‼」

しっかりしなくちゃダメだ。そもそも、教員という職業に適性のない僕がさらに腑抜けていては、三人にも迷惑がかかってしまう。

まずは、目の前の業務と、大事な生徒である三人のことを考えなくては。

僕は冷静にならねばと一度深呼吸をしてから、気を引《ひ》き締《し》めて授業に臨《のぞ》むのだった。


しかし、しっかりしようと思えば思うほど、僕の些細《ささい》なミスは増えていった。

気持ちばかりが先走って、いろいろなものが見えなくなって、本当にしょうもない、普段しないような失敗ばかりを重ねてしまう。

焦《あせ》る気持ちが空回って、小さなミスがまた別のミスを呼ぶという悪循環。

そのたびに、ラヴィさんやアウラさんにいろいろフォローをさせてしまった。

そんなふうになんとかかんとか、教師として立ち回りながら、『本当に僕はこれでいいのか？』と自問自答を続ける毎日だった。だから——、

「僕の『解雇《かいこ》』を求める、『嘆願書』——ですか」

くるみ先生から理事長室に呼び出されて、そんな話をされたときも、思い浮かんだのは、「とうとうきたか」という、我ながら他人事《ひとごと》のような感想だった。

「あ……れ？　さすがにもっと慌てふためくと思ったんだけどな……これはいつもの悪ふざけじゃなく、残念ながら現実だよ？　そのへんはわかっているのかな、大地くん？」

僕の反応が薄すぎて、現実として受け入れられないのかと思ったのだろう。くるみ先生は、困ったような表情をして、僕の顔の前で手のひらをヒラヒラと振った。

「ああ、はい。すみません。もちろん理解しています。夢だなんて思ってないですよ」

「だったら――」

「『生徒と決闘』、『生徒と婚約』、『生徒たちへの暴言』、『最近の山積するミスの数々』……さすがに数《かぞ》え役満《やくまん》ですよ。『学園をパイモンの脅威《きょうい》から救う』という功績でも帳消しにできないほどのマイナスがあるんですから、むしろ、僕としては、『ああ、とうとうきたか。遅かったな』くらいの感覚です」

そもそも、かなり早い段階で、ダークフォレスト卿《きょう》からも僕の『解雇』の要請はあったのだ。『龍皇寺《りゅうおうじ》と決闘して、その許嫁《いいなずけ》を略奪した』時点で、おそらく多くの良識ある保護者は、僕という教師の存在を快くは思っていなかっただろう。だったら、この結果はもはや、必然だ。

「でも、君の数えている役のほとんどは、言葉にすれば聞こえの悪いものばかりだけど、生徒のためにやむなく選んだ手段ばかりでしょ。それに、やり方はどうあれ、そこから得られた結果は、常に生徒の笑顔のためになってたと思う。君の尽力《じんりょく》なくして、彼女たちの今はなかったよ」

「結果、救われた人より、その過程や『聞こえの悪い手段』に対して不満を持った人のほうが多かったんだと思います……単純明快なロジックですよ。ですので、僕からの申し開きは特にありません。くるみ先生の……理事会の決定に従いますよ」

なんだかアベコベだ。『解雇』される立場にある僕は、あっさりとその決定を受け入れようとしていて、『解雇』する側のくるみ先生は、その決定を受け入れようとしていない。

「落ち着きなよ、大地くん。やけっぱちになるもんじゃない。今はまだ、その『嘆願書』を預かっただけだ。これから理事会でその審査と調査が行われる。だからまだ、君の『解雇』は決まっていない。いや、決まらせやしないよ、絶対に……」

どうやらくるみ先生は、僕が自棄《やけ》になっていると思ったらしい。僕に言い聞かせるようにそう言うと、彼女は嘆願書とは別の、紙の束を取り出して僕に差し出した。

「――これは？」

「『嘆願書』に添えられた『君の解雇を求める生徒たちの有志による署名』だそうだ」

その束はＡ４用紙で百枚はあるだろうか。

「――こんなに……」

龍皇寺を筆頭に、多かれ少なかれ、僕を快《こころよ》く思わない生徒はいるとは思っていたが、こうして物理的な量として目の前に出されると、多少なりともショックはあった。

「これだけの数の署名だ――……添付資料としての威力は、これ以上ないだろうね。――でも、おかしいんだ。いくらなんでも、これは多すぎる」

重さを確かめて、数枚の紙に目を通すが、そこに並んでいた名前は、僕の知らない生徒のものばかりだった。さすがにすべてを見ても覚えきれないし、覚えたところで意味はないので、ページをめくる手を止めて、そのままそれを僕はくるみ先生に返した。

「これまで、君が関わってきた生徒の数なんてたかが知れている。君によって実害を被《こうむ》った生徒は、もちろんこんなにいない。『決闘』だって、『婚約』だって、肯定的な生徒も多いんだ。けれど、確かに署名の筆跡はすべて本人のものだった」

納得いかないという雰囲気で、ため息をつくくるみ先生。

なんでも、その数は学園の生徒の半数を優に超えるものなのだそうだ。

「今のままだと、理事会の採択も、君を解雇する方向に向かってしまう可能性が高い――」

学園の半分もの意見ともなれば、理事会もそれを無視できないのは当然だろう。

「反対に、この不自然に多い署名さえなければ、採択の風向きはまったく逆に傾くだろうね」

しかし、現実としてもう目の前にその署名は存在している。

つまるところ、結論はもう出ているも同然だった。

「まだ、諦《あきら》めるには早いからね？　大地くん」

僕の心を見透かしてか、くるみ先生は僕にそんな励ましの言葉をかけてくれるのだった。

理事長室をあとにして、廊下を一人で歩きながら、僕は窓の外にふと目をやった。

無数の魔法陣が浮かぶ現実離れした空もすっかり見慣れてしまったが、実際は九月の終わりに僕がここに来てから今日までひと月半くらいしか経っていないのだからびっくりだ。

夢の職業に就《つ》いたものの、結局数か月ともたずにクビになってしまうかもしれないというのに、落ち着き払っている自分には僕も驚いている。

もともと、くるみ先生との出会いで、奇跡的に手にした生活だ。短い時間ではあったが、『適性がない』とまで言われた僕が、教師として生徒に触れ合うことができたのだ。悔《く》いがないと言ったら嘘になるが、それでも、受け入れられないこともない。

本当はもう一人、僕のクラスには吸血鬼のキリエさんという生徒がいるのだが、結局最後までその顔は見ることができなかった。それがある意味、唯一の心残りではある。

しかし、担当することになった三人の生徒に関しては、おそらくはもう大丈夫だ。

頑張ることを諦めていたシャオさんは、頑張りすぎるくらいに頑張れるようになった。

悪魔族《マモン》らしくなさに悩んで自信をなくしていたアウラさんは、自分らしさを手に入れた。

その『力』ゆえに周囲を信用できなかったラヴィさんは、友情と信頼を知った。

それぞれが抱えていた悩みは、三人が三人とも、それぞれの力で乗り越えられたと思う。

もちろんまだまだ、さまざまな問題点・改善点は多いが、それはもう、本人たちが経験の中で一つ一つ解決していけるだろう。

あとは、僕でなくとも大丈夫。むしろ鬼島先生なら、僕なんかよりもよっぽど安心だろう。

あの人なら彼女たちそれぞれときちんと向かい合い、しっかりと導いてくれる。そんな気がする。

彼女たちも、日々少しずつ成長している。できることを増やして、少しずつ、役割を見つけて頑張っている。だとすれば、もう、彼女たちの未来に、僕は必要ないのだろう。

きっと立派な魔物《まもの》として、この学園を卒業し、それぞれが人間界に巣立っていく。

「この、魔法陣だらけの空を見上げるのも、あと何回くらいなんだろうな――」

授業開始の五分前を告げるウェストミンスターの鐘が、校舎中に響き渡る。

僕は短くため息をついて、今日一日を悔いのないように過ごそうと小さく決意した。


不思議なもので、それから僕はこれまでが嘘だったかのようにミスをしなくなった。

もしかしたら、肩の荷が下りたことで、失敗しないようにと入りすぎていた力が抜けて、いろいろなことが上手くできるようになった……そんな感じなのかもしれない。

「ダイッチってさ、やっぱ、本当に馬鹿だよね？」

相変わらず、どうにも上手く話せないまま、教室を出ていってしまったシャオさんの背中を見送って肩を落としている僕に、ラヴィさんが声をかけてきてくれた。

「落ち込んで肩を落としている人に対して、かける言葉じゃないよね、それ――」

ニコニコと笑顔を浮かべながら、僕を罵《ののし》るラヴィさんに通じないとわかっていながらも批難の声をあげてみる。

「――『ああいうやり方』が、一番シャオチー嫌がるのわかってて……それでも実行しちゃうんだもん……ダイッチは、本当、天才的に大馬鹿者だよ」

ラヴィさんの言う『ああいうやり方』とは、おそらくは、先日の合同練習のときの女生徒を庇《かば》って僕が倒れた件のことだろう。でも、考える前に身体が勝手に動いてしまったのだ。

自分の身を犠牲にするようなやり方は良くないとわかってはいるつもりだ。

でも、わかっていても、やってしまうのだ。たぶん、『そこ』が、僕の問題なのだと思う。

それは、『駄目なのに言ってしまう』という、僕の『一言多い』悪癖と根本は同じだ。

「だけど、僕も怪我したわけじゃないし、あの子も無事だし……仮に僕がちょっと怪我をしたとしても、それであの子が助かるなら、結果オーライってやつじゃないかな？」

ラヴィさんには嘘はつけないので、思わず油断して、そんな本音を口にしたら、背中側から予想外の声が飛んできた。

「教科書を取りに戻ってみれば——大地……まだ、そんなことを言っているんですか？」

「え？　シャオさんっ!?」

言葉に振り返ってみると、教室のドアのところに、シャオさんが立っていた。そして、その横では、アウラさんが顔を覆《おお》って、ガックリと肩を落としている。

「……『そんなこと』って——」

「生徒が怪我をしないようにするために、あなたが傷つくことが結果オーライ？　あなたの犠牲を前提にしたやり方が、あなたは『正しい』と言うんですか？」

質問に質問で返そうとした僕に、しらばっくれるなと言いたげな攻撃的な視線をぶつけてくるシャオさん。僕らを見守るラヴィさんとアウラさんの心配そうな視線も感じる。

「……いや、僕もそれが『正しい』なんて言ってないし、思ってないよ」

シャオさんに、僕は思わずそんな言葉を返した。

「……そうですか。あなた自身も、あのやり方が『正しいわけではない』ことはわかっているんですね……でも、私が言いたいのはそういうことではありません。どうしてあなたは、わかっているのに、それを是《ぜ》としてしまうんですか？」

その言葉は、あの日の、ラヴィさんの問題を解決しようとした日の焼き直し。

「あれは、あのまま彼女が頭から倒れてたら、大怪我をしていたかもしれないから――」

「それはあなただって同じでしょう？　事実あなたは昏倒して、数十分間も意識を失っていたんですよ？　自分が大怪我をしていたら、とは、考えられなかったんですか？」

「だって、あの場面では、僕があああするのが、一番被害の少ない、確実な――」

「……『あの場面では』？　いいえ、違います」

言葉を遮るように、僕の並べる言い訳に対して、シャオさんは厳しい声でピシャリと言った。

「あなたは、『今までずっと、そうやって』……これまでの問題を解決してきたじゃないですか？」

痛いところを突かれた、――そう思った。

「私のときも、アウラのときも、ラヴィのときも、そして、あの子のときも……あなたはいつだって、その身を犠牲にするようなやり方で、問題を解決してきた……違いますか？」

違わなかった。彼女の言う通りだった。

「どうして、あなたはそうやって、自分を犠牲にするようなやり方ばかりを選ぶんですか？」

悲しそうな、辛そうな表情で、シャオさんは僕にそう問いかける。

「『生徒が苦しんでいるのなら、何にかえても助けるのが教師の務め』だ。これは僕の信念で、尊敬する恩師の言葉だ。僕はただ、その信念に従って行動しただけだよ」

結局、僕の根っこにあるのは、この言葉なのだ。言い換えれば、僕にはこの言葉しかないのだろう。それが、僕の問題点であり、きっと、これが、僕という人間の限界なのだ。

「──信念、ですか……教師として、その身を顧《かえり》みず、生徒のために全霊をもって邁進《まいしん》する……滅私奉公《めっしほうこう》、立派な信念だと思います。あなたの恩師は素晴らしい方だったのでしょう」

そうだ。この信念は間違っていない。生徒のために最善を尽くすというこの言葉は、教師のあるべき理想のはずだ。つまり、問題は信念のほうではなく、僕自身にあるのだ。

「なるほど、あなたという人物が、少しだけわかりました……信念に従う──ですか。つまり、あなたはそのやり方を、改める気はないんですね？」

シャオさんの問いかけから、僕は目を逸《そ》らす。

教師としての理想を掲げながら、導く立場のはずの僕が、その道を見失っている。

間違っていることに気づいていながら、その間違いに縋《すが》りつく。

それはもはや、教師とは呼べない別の何か——なのかもしれない。

「——そうですか。その崇高《すうこう》な理想に、殉《じゅん》じようとしているのですね、あなたは」

悲しそうに言って、シャオさんは深くため息をついた。

「その理想を貫《つらぬ》こうとする姿勢は、素晴らしいと思います。教師という役割の機能としては、そのあり方は正しいのかもしれません……ですが、あなた個人としてはどうでしょうか？」

その言葉には、僕への心配や思いやりの気持ちが感じられた。

「生徒のため、理想のため、教師という役割のために、あなたという個人が犠牲になるというやり方は、その犠牲によって胸を痛める別の誰かが必ず生まれてしまいます。そんな結末を、私は解決だなんて思えません。認めることができません」

理想と現実は嚙《か》み合《あ》わない。理想はあくまでも理想で、現実はどこまでも現実だ。誰もが、そのギャップに苦しみ、その間を埋めるために、折衷案《せっちゅうあん》を設けて妥協しながら生きていく。

しかし、僕は理想だけを追い求めている。

自分という現実を摩耗《まもう》させながら、理想だけを貫こうとしている。

そんな僕を心配して、彼女は心を痛めながら、こうして言葉をぶつけてくれているのだ。

その目が言っていた、『それでもあなたは、その在《あ》り方《かた》を変えないのですか？』と。

「僕を気遣ってくれる君の気持ちは本当に嬉しい。感謝もしてる。でも、僕一人が傷つくことで、大切な生徒たちが助かるというのなら、僕はそれを犠牲だなんて思わないよ。教師は、生徒が壁を越え、前へ進むための踏み台でいいと僕は思ってるから……」

考えた末に、僕はそう言った。そう答えるしかなかった。

これまでずっと、そうしてきた。それは、僕がそれ以外のやり方を知らないからだ。だから変われない。変えられない。どう変わったらいいか、わからない。

結局、そうやって僕は、愚かにも、理想に縋りつくことしかできなかった。

「――そう、ですか……」

僕の言葉を聞いて、彼女はあのときと同じように、眉根《まゆね》を寄せ悲しそうな辛そうな顔をした。

僕はまた、彼女にこんな顔をさせてしまっている。その現実が僕の胸をひどく締めつけた。

「偉そうなもの言いをして、すみませんでした。――行きましょう、アウラ」

僕から目を逸らして、お辞儀をすると、シャオさんは自分の机から、忘れたという教科書を鞄《かばん》に入れ、アウラさんを伴《ともな》って足早に教室を出ていった。

「……はぁー……意地になってるのは、ダイッチもかぁ……」

なりゆきを黙って見ていたラヴィさんは、ポツリと言って、僕の背中を軽く叩いた。

「シャオチーはさ、ダイッチが心配なんだよ。ホントもう、それだけなんだと思う。――で、たぶんダイッチは大人だから、きっといろいろ考えて、こんがらがってるんだよね。私は馬鹿だから、よくわからないけどさ……もっと単純でいいんじゃないかなぁ？」

そして、ラヴィさんもそのまま走って教室を出ていった。シャオさんたちを追いかけていったのかもしれない。

一人教室に残った僕は、天井を見上げて、ため息をついた。

理想を掲《かか》げながら、その理想と真逆の現状。

たぶん、僕がどうするべきかは、僕の中でもう決まっている。

きっとそれが、僕らしいやり方のはずだ――誰も傷つけないつもりで誰かを傷つけるのかもしれないが。


翌朝、僕は出勤したその足で、理事長室を訪れた。

「――えっと、『これ』は何かな、大地くん？」

「見ての通りです。短い間でしたが、お世話になりました」

僕の早朝からの登場に、くるみ先生は驚いたが、僕が懐《ふところ》から出した封筒を見て、それとは比べ物にならないほどに驚愕しているようだった。

「諦めるのはまだ早いって言ったよね？」

僕が机に置いたそれを決して受け取らず、僕の顔を正面から見据《みす》えてくるみ先生は言った。

「『諦めた』とか、そういうんじゃないんですよ。あの『嘆願書』を気にしてとか、そういうんでもありません。キッカケではありますけど。――この一か月半、憧れの教師という仕事をやってみて、いろいろ考えて、考え抜いて、僕が出した結論がこれだってだけです」

僕は、机の上の辞表を指差して笑った。くるみ先生はニコリともしてくれなかったが。

一晩、眠らずに考えた。これまでのことと、これからのこと。

僕という人間の、教師としての資質と、その限界。

そうして、たどり着いた結論が、この辞表だった。

「僕を不採用とした人たちの結論は、正しかったんだと思います。僕に『適性がない』と言った面接官の言葉も――彼の言った通り、僕には教師としての資質が決定的に不足している。それを痛感したんです。自分の限界に気づいた……それだけです」

くるみ先生は、じっと黙って、僕の目をまっすぐ見つめた。

「――本気、か。……まぁ、なんにしても、決意は固いようだね」

そして、やれやれという感じで、ため息をついた。

「はぁー……悪いけど、保留だ。私は『これ』を、受け取れない」

「そんなっ!?　ちょっと待ってください――」

「落ち着きなよ、大地くん。いきなり『こんなもの』渡されて、はいそうですかって受け入れられると思う？　私にも考える時間が欲しいってことだよ。そんな簡単に、信頼を置いていたスタッフを手放せるほど、うちは余裕ないしね……だから、しばらく保留ってことで頼むよ」

「……すみません」

「うん、本当だよ。本当に大迷惑だ」

頭がいっぱいで、まったく気が回っていなかったが、くるみ先生の言葉を聞いて、気がついた。僕は僕のワガママで、くるみ先生にとんでもない迷惑をかけようとしていたのだ。

「――それに、君にももう少し、考える時間が必要だと思う。新人の君の周《まわ》りで、いろいろありすぎたしね。気が滅入《めい》るのも当然だ。……だからね、大地くん、君に休暇を与えよう」

いつもの調子で微笑《ほほえ》んで、くるみ先生は僕にそういった。

まるで、冗談でも言うように、『安心していいよ、有給休暇だ。本当なら半年勤務しないと有給はあげられないんだけど、理事長パワーで特別に、ね！』なんて、楽しそうに言うくるみ先生。

「ゆっくり考えるといいよ。君はもう、『考え抜いた』って言うけどさ。きっとまだ、君が考えられてないことも、考えなきゃいけないこともたくさんあると思う。だから、大いに悩んで、考えて、そのうえでもう一度、君の答えを聞かせてよ」

「……わかりました。いろいろ申し訳ありませんが、お言葉に甘えさせていただきます」

そう言って頭を下げて、理事長室を後にしようとする僕の背中に、くるみ先生はこうつけ加えた。

「そうやって考えて出た結論が、変わらず『これ』なら、そのときはしかたがないから受け取るよ。――そして、君の言う大切な生徒たちを見捨てて、どこへなりとも逃げればいい」

その安い挑発はおそらく、僕に発破《はっぱ》をかけようとする、くるみ先生の配慮だ。

僕はくるみ先生のその言葉に、振り返らずに一言返した。

「彼女たちを導くには、僕では力不足です。それぞれの力で各々《おのおの》の問題を乗り越えた今の彼女たちには、もう僕は必要ありませんよ……いや、最初から必要なかったのかもしれません。彼女たちには、僕よりもっと相応《ふさわ》しい導き手がいる……そう思います」

僕の返事を聞いて、落胆のため息をつくくるみ先生の気配を背中に感じる。

「――本当に、君は馬鹿だな、衣笠《きぬがさ》大地くん……」

「僕も、そう思います。――それでは、失礼いたしました」

最後にもう一度、くるみ先生に向き直って、僕は深々と頭を下げた。

それから、扉を閉めて、振り返ることなく理事長室を後にした。

校舎を出た僕の背中越しに聞こえたのは、響き渡るウェストミンスターの鐘の音。

各教室から、朝のHR《ホームルーム》の始まる気配を感じる。

たぶん今頃、あの離れの教室では、くるみ先生が僕の代わりに挨拶《あいさつ》をしていることだろう。

シャオさんは、アウラさんは、もしかしたらラヴィさんも、驚いたりしているのだろうか。

僕の体調を心配して、くるみ先生に質問するシャオさんの姿が思い浮かぶ。アウラさんやラヴィさんは、きちんとくるみ先生の言うことを聞いて勉強してくれるだろうか……。

そんなふうに、教室の光景を夢想する自分の未練を振り払うように首を振って、僕は決して校舎を振り返ることなく、学園から、――魔物のいる異様な日常を離れて、どうしようもなく平凡な、何の変哲もない人間界の日常へと帰っていった。

喫茶店の窓から眺《なが》めた駅前ロータリーは、思いの外閑散《ほか》としていた。

時計台の針は午前十時を指《さ》している。通勤通学の時間が終われば、田舎町の駅なんてこんなものか。ここのところ、魔物学園で仕事に明け暮れていたので、忘れていた。

そういえば、最近はみな携帯で時間を確認するから必要がないという声があって、あの時計台も近々撤去《てっきょ》されるなんて話をどこかで聞いた気がする。

「必要がないからなくなるのは、必然だよな……」

携帯電話の普及で、以前ならそこかしこにあった公衆電話は姿を消した。携帯にカメラ機能があるおかげで、インスタントカメラも見かけなくなった。携帯でインターネットもできるようになってからは、何でもすぐに検索できるようになって、辞書も売れなくなったらしい。

より良いもの、便利なものが現れて、必要のないものが消えるというのは世の理《ことわり》なのだろう。

新しいものが古いものに取って代わる、それが世代交代というやつだ。

よく見れば、駅前の景色も昔とは大きく変わっている。

昔と変わらず残っているものより、新しい便利なもののほうが多いのは、きっと当然のことなのだろうな。そんな景色の中で、消えていってしまったものに自分を重ねてため息をついた。

思えば、あそこから始まったんだ。

あの駅前で揉《も》める親子の間に割って入って、そのお父さんを怒らせてボコボコにされて。

くるみ先生に助けられて、よくわからないうちに、魔物の存在を知って、気づけば魔物だらけの学園『Mono - NOCE《モノ・ノーチェ》』で働くことになっていた。

そこら中に『魔物』がいて、当たり前に『魔法』があって――。

そんな学園で、欠陥だらけの僕が、『教師』なんてやっていたのだ。

きっと誰に話しても、信じてもらえないような、作り話のような毎日だった。

こうして、『魔物』もいない、『魔法』もない日常に戻ってきた僕自身も、あの日々が嘘だったんじゃないかって思ってしまう。本当に夢でも見ているような、そんな、毎日だった。

テーブルの上に、手つかずで置いたままにしていたコーヒーに手を伸ばすと、もうすっかり冷めていた。砂糖もミルクも入れ忘れたそれは、思った以上に苦かった。

くるみ先生に辞表を出してから数日、やることもなく家を出て、ふらりと立ち寄った喫茶店。

いかにもというふうなおしゃれな音楽が流れる店内に僕はぼんやりと目を向ける。

数組のお客さんが各々コーヒーを飲んでカフェタイムを楽しんでいるようだ。

ふと、気づいた。

お店の隅で、時折汗をハンカチで拭いている男性客を見て、『あのスーツの男性、たまにチロチロ見える細長い舌は、たぶん蜥蜴獣人《リザードマン》ではないか』と――確証はない。でもそんな気がした。

僕はもう日常に帰ってきたはずなのに、と、自分の思考に苦笑いする。

でも、一度気がついてしまうと、店の窓の外には、人に化けた多くの『魔物』が行き交っていることがわかってしまう。どうしようもなく平凡な僕の日常に、確かに存在する『非日常』が、どうしたって目についてしまう。

窓の外、信号待ちをしているＯＬふうの女性も、風でふわりと浮いた髪の下から見えたうなじには羽毛、おそらくは翼人《ハーピー》だ。それに、二人乗り自転車で交差点を通り抜ける学生ふうのカップル。自転車を漕《こ》ぐ少年のくるぶしソックスから見え隠れする黄色い鱗《うろこ》まみれの足首は、たぶん金翅鳥《ガルーダ》。後ろに乗る彼女も、アクセサリーに見せかけているが、スカートのポケットから出ているストラップふうのファーは尻尾、だとすると猫妖精《ケットシー》だ。他にも――。

知っているから気づけるというのももちろんあるが、なんだか、ずっとフィクションだと思っていた、『魔物』が、実はこんなにも身近に存在していたのかと、素直に驚いた。

考えてみれば、当然なのだ。『魔物』は人間に紛れて、人間の世界で生きているのだから。今まで知らなかっただけで、『魔物のいる異様な日常』はずっとすぐそこにあったのだ。

気がつけば、『魔物』のことばかり考えている僕がいた。未練なんてない……つもりだったのに。

「――未練、たらたらじゃないか……」

でも、どんなに後ろ髪を引かれても、変わらないのだ。

僕では、彼女たちの教師に相応しくないという現実は、変わらない。

くるみ先生は、『僕がいい』と言ってくれたが、やはり僕では駄目なのだ。

その証拠が、記憶に残る、三人の最後の表情だ。

シャオさんは、悲しく辛そうな顔をしていた。アウラさんは、困ったような戸惑いの表情だった。ラヴィさんは、哀《あわ》れむような切なそうな目で僕を見ていた。

三人が三人とも、その表情を曇らせていたのだ。

彼女たちをそんな顔にしかできない僕には、彼女たちを正しく導けるはずもない。

だから、より相応しい誰かに彼女たちを任《まか》せるために、僕は学園を去るべきだと結論づけた。

何度考えても、どんなに思考を巡《めぐ》らせても、行き着く答えは同じだった。

「それにしても、なんだかずいぶんと、生き苦しそうだな……」

なにげなしに観察していた『魔物』たちは一様《いちよう》に、何をするにも周囲の人間たちの顔色を窺《うかが》っているように見えたのだ。

たとえば、魔物の妊婦さんが、バス停のベンチを人間の老人に譲っていた。

たとえば、魔物の子供が、駅前の公園で人間の子供に遊具を譲っていた。

パッと見は善意に満ちた、でも、よく見ると怯《おび》えているような、そんな様子。

絶対優位である『盟約《めいやく》』に『加護』されている人間に、『魔物』たちが過剰《かじょう》なまでに気を遣っている……そんなふうにも見えるのだ。何も知らず、『魔物』たちに偽《いつわ》りの善意を強要している『人間』と『人間』の顔色を窺う『魔物』の現状を、僕らは本当に『共存している』なんて言っていいのだろうか？

「っ！　痛ってぇ!!」

　ふと見た光景からあらぬ方向に飛んでいた思考を引き戻すように、額を襲った衝撃は、懐《なつ》かしささえ感じる鋭い痛み。真っ白なフクロウのくちばしによる攻撃の痛みだ。

「アモン……久々だからって、気合入りすぎじゃないかな？　これ、血とか出てないか？」

　テーブルの蒸しタオルを額に当てるが、赤く染まることはなかったので、どうやら出血は免《まぬが》れたようだ。しかし、痛い。これまでで一番痛かったかもしれない。

　だが、そんな僕の言葉に反応する余裕もないほどに、アモンは取り乱しているようだった。

　白い羽根をまき散らしながら、しきりに翼をバタつかせている。

　自分の額や周囲を探すが、いつもの手紙らしきメモ帳は見当たらない。ということは、このアモンの攻撃は、いつもの郵便ではなく、アモンからのSOSだと考えるべきかもしれない。

　僕は、慌てて席を立とうとして、躊躇《ためら》った。今さら僕に、何ができるというのだろうか、と。

　アモンの様子を見るに、きっとただごとではないことが起きているのだろう。それはわかる。

　でも、そのただごとではない何かに対して、僕に何かできることなどあるのだろうか？

　また、誰かを傷つけることしか、できないのではないか？

　また、彼女たちを悲しませることしか、できないのではないか？

また、彼女に、あんな顔をさせてしまうのではないか？

また、彼女を、傷つけてしまうのではないか？

――そんな考えが頭を巡って、立ち上がろうとする足に、僕はどうしても力を入れることができないでいた。一歩踏み出すどころか、立ち上がることさえ、ままならなかった。

『――大地先生』

ふと、誰かの、声が聞こえた気がした。

それが空耳なのはわかっている。でも、確かに聞こえた……気がしたのだ。

僕にできることがあるかどうかもわからない。また誰かを傷つけるかもしれない。また誰かを悲しませるかもしれない。そんな不安は消えていない。

どんなにご託を並べても、くるみ先生の言う通り、僕は彼女たちから逃げ出したという事実は変わらないのだ。そもそも僕にはもう、戻る資格はないのかもしれない。

でも、僕はいつの間にか立ち上がり、その足は自然と学園へと向かっていた。

ノロノロとした歩みは次第に早足になり、気がつけば必死に走っていた。

何が起こっているのかもわからない。抱えていた悩みに、答えが出たわけでもない。

それでも、胸の中の何かに突き動かされるように、僕はがむしゃらに走っているのだった。

アモンが、ホォウと一声鳴いて、僕の頭に止まった。

すると、次の瞬間、僕の脳裏《のうり》に、あの離れの教室での見覚えのない景色が映し出された。

――僕が、すべてに背を向け逃げ出したあとの、あの日の教室の光景が……。

＊＊＊

「やっほーっ！　みんな久しぶり！　元気してた？　じゃ、シャオ、号令よろしく！」

響き渡るチャイムの音とともに教室に入ってきたのは、くるみだった。

私はくるみに言われるままに号令をかける。

くるみの登場に驚きながらも、ラヴィも、アウラも、私の号令に合わせて挨拶をしてくれた。

「おぉっ!?　こうして三人がきちんとこっちを向いて挨拶してくれる日がくるなんてねぇ」

自分でやるように言ったくせに、私たちの挨拶に驚いた表情を見せてから、くるみはいつものニヤニヤした顔に戻ると、改めて教室にいる三人の顔を見た。

「うんうん、三人とも、いい面構《つらがま》えになったね。これも全部、大地くんのおかげかな？」

満足そうに頷くくるみ。そんなくるみに、ラヴィが当然の疑問を投げかけた。

「ねーねーくるみぃ、その肝心《かんじん》のダイッチはどぉしたのぉ――？」

「あはは、まぁ、そうなるよね？　大地くんはね、今日はお休みだ。まぁ、体調不良……かな？　二、三日したら、元気になって戻ってくるよ。だから、心配はいらない。まぁ、そんなわけだから、しばらくの間は、大地くんの代わりに私が君たちの担任だ」

そう聞いて昨日《きのう》の放課後、喧嘩《けんか》みたいになってしまった大地先生とのやりとりを思い出す。

確かにあのとき、いつもと違って、酷く疲れたような思いつめたような様子だった。

そうか、体調不良だったのか……そんなふうに私が納得しかけていると、不機嫌そうにラヴィがくるみに言った。

「……あのさ、くるみ。そういう『嘘』はいいから――ダイッチに何かあったんでしょ？」

ラヴィの、『嘘を見抜く』という能力。

そんな力を持つラヴィがくるみの言葉を『嘘だ』というのだから、くるみは嘘をついたのだ。

しかし、いったいどの言葉が嘘なのか……なんだか言いようのない嫌な予感がした。

「あちゃぁ……そっか。ラヴィには隠しごとできないんだっけ……うーん……よし！」

私たちの顔をジッと見つめて、何やら考え込んでから、くるみは意を決したように力強く頷くと、『落ち着いて聞いてね』と前置きをしてから、大地先生の身に起きたすべてを教えてくれた。


「そんな――なんで、大地せ……大地が辞《や》めなければならないんですか!?」

くるみが一通り話し終えると、静まり返った教室に、私の声が響いた。

「まだ決まったわけじゃないんだけど……雲行きは限りなく怪しいね。大地くんはもともと、私が理事長権限で無理矢理ねじ込んだ教員だから、怪しんでる輩《やから》もけっこういたんだ。それにほら、大地くんのやることってけっこう派手でしょ？　見方によっては悪者にも見えちゃうんだよね」

そう言って、くるみは、以前ダークフォレスト卿《きょう》が学校に来ていたのも、初めは大地先生を辞めさせるためだったとも教えてくれた。ダークフォレスト卿の場合は、その後、大地先生のことを知って、その申し出を取り下げてくれたそうだが、今回は離職を求める署名がかなりの数集まってしまって、とても無視できる状況ではないらしい。

「大地くんの『解雇』を求める声の数が、おかしいくらいに多すぎて、説得も難しい……そういう現実や、他にもいろいろあって、大地くんはその『大勢の声』を受け入れることを選んだ——そんな感じだね。私はとりあえず保留って形にしてるけど……どうなるかな？」

みんなの声を受け入れてその身を引こうとする決断は、自分を犠牲にすることを決して犠牲だと思わない大地先生らしい決断だとも言える。

でも、だからといって、納得なんてできない。だけど、何をしたらいいのかもわからない。

「……おい、くるみ、『おかしいくらいに多すぎる』とは、どういうことだ……です？」

おずおずと、くるみに質問をしたのはアウラだった。

「驚いた、『そこ』を拾《ひろ》うのはシャオあたりかと思っていたんだけどね……言葉のとおりだよアウラ。『数がおかしい』んだ。彼の解雇を求める署名をしている者のほとんどが、彼との面識がまったくないんだ。彼の悪い評判があったとしても、いくらなんでもあの数は多すぎるのさ……」

「つまり、偽造や捏造《ねつぞう》……不正にでっち上げられた署名の可能性があるということですか？」

私がした質問に、くるみはウインクしながら親指を立てて、『ご明察！』と、楽しそうに言った。

「大地くんにも、その可能性を匂《にお》わせてたんだけど、予想以上に思い悩んじゃって、そこまで気が回らなかったみたい。理事会でも調査はしてるんだけど、私が引き入れた教員が問題になった＝《イコール》私を理事長から引きずり下ろすチャンス！　みたいに考える輩が多いみたいで……」

大人の事情はよくわからないが、権力争いの材料として、大地先生の件が利用されてしまっているということはなんとなくわかった。

だから、くるみが直接動いても、隠蔽《いんぺい》などを疑われてしまって意味がないのだそうだ。

「うーんと……難しいことはよくわからないけどぉ、――要は、その署名が偽物《にせもの》だって証明すれば、ダイッチは辞めなくて良くなるってことでいいのかなぁ？」

「そうだね！　大地くん自身の問題もあるから、それで全部解決ってことになるかどうかはわからないけど、少なくとも学園として、彼を辞めさせる流れは、それで変えられるはずだよ」

ラヴィの質問をくるみは笑顔で肯定した。大地先生自身の問題というのが気になりはしたものの、大地が辞めるのを阻止するために、私たちがまずやるべきことはわかった。

「だったら――」

「その『署名』が『嘘』だって証拠、私たちが見つけようよぉ!!」

私が二人に視線を送ると、私の言葉に続いて、ラヴィがそう叫んで拳を突き上げた。

「でもさぁ、シャオチー。『タンガンショ』って本当に言うとおりにしないといけないの?」

「くるみの話だと、基本的にその手の書類は、学園で預かったあと、理事会で審査や調査が行われて、その嘆願を採択《さいたく》するか話し合われるんだそうです。結果それが採択されれば、学園が正式に大地に『解雇』を申しつけて、大地はこの学園から去ることになる――」

「シャオチー、それ何語?　えっと、シンサー＝サイタークー＝カイコー?」

「ラヴィ……意味のわからない言葉を混ぜてはダメです。なんだか頭の良さそうな学者さんの名前みたくなってしまいます――ごめんなさい、ラヴィ。言葉が難しかったようですね」

これまで勉強をサボりにサボってきたラヴィに、何かを説明する難しさを私は痛感する。

普段の大地先生の苦労が、こんなところでわかるとは夢にも思わなかった。

ラヴィにどうやって説明したものかと悩んでいたら、アウラがラヴィの服の裾《すそ》を引いて、耳元でボソボソと何かを囁《ささや》いた。すると、ラヴィは『なるほどぉ!』とすんなり納得したようだ。

「とにかく、この『署名』の『嘘』を見破らなければなりません」

私たちは、アウラの使い魔アモンがこっそり持ち出してきてくれた、『署名』リストの紙束をジッと見つめていた。

「でもさぁ、こんな人数のサイン、いつ集めてたんだろぉね？」

「……確かに、ラヴィの言うとおりです。仮に、大地がこの学園に来た次の日から集めたとしても、この人数の署名を集めるには一日に十数人のペースでないと間に合わない……」

そんな数の署名を、人知れずに集めるというのはおかしい。人の行き来の多い昇降口や学食で、通り過ぎる人に片《かた》っ端《ぱし》から声をかけて集めでもしなければ到底無理な数だ。

しかし、署名は現実にここにある。くるみの話では、魔法で『筆跡』を調べたところ、この署名はすべて本人が書いたもので間違いないらしい。

ではいったい、どうやってこの数の署名を集めたのだろうか？

「うえぇー……健太郎《けんたろう》もツユもクレアも春樹《はるき》も、ダイッチに辞めてほしいって思ってたってこと？　春樹とかツユなんかは、りゅーおーじやっつけたとき、ダイッチかっこいいとか言ってたのになぁ……はくじょーなやつめぇ……」

署名の名簿をペラペラとめくりながら、そこにある名前についてブツブツとつぶやくラヴィ。さすがは、学園一の交友関係を誇るラヴィだ。その中にある名前の半分程度は、友人のようだ。

「ラヴィ、この署名の中のあなたの友人たちに、この署名をいつどこで書いたか聞けますか？」

「えぇー……全員はしんどいよぉ……」

「いえ、一部で十分です。数人、できればしっかり者で、あなたが信頼を置ける友人がいい」

私がそう言ったとたんに「ＯＫ、わかったぁー……それくらいなら大丈夫！　何人かに聞いてくるね！」と教室を飛び出していくラヴィ。授業中なのでメールでいいと言う暇もなく、文字どおり脱兎《だっと》のごとく駆けていってしまった。数分後、「授業中だって怒られたぁー」と言いながら戻ってきたラヴィに、今度は何人かの友人に携帯電話でメールを送ってもらった。

「えーっとね……なんかみんな、『そんなの知らない』って言ってるよ？」

本人には身の覚えのない本人自筆の署名。それがここに存在するという矛盾《むじゅん》。

ラヴィの報告を聞いて、アウラと私は顔を見合わせた。

「……署名ってのは基本的に、それを集めるやつの意見に賛同する意志をもって名前を書くことだろ？　ってことは、署名したはずのそいつらが身に覚えがないってことは——です」

「その証言だけで、この『署名』の効力は無効にできる……ということですね」

「んん？　ね、どゆこと？　私には、難しくてわかんないんだけど？」

そもそも同じ学園の生徒である私たちが、署名活動の存在を知らなかった時点で、おかしいのだ。

特にラヴィ。彼女の交友関係は広い。その彼女に『大地先生を解雇するための署名活動』の噂が入らないのは、どう考えても不自然だ。これだけの数を集める署名活動で、しかも、ラヴィの友人の何人かが参加しているのに、その事実がラヴィに届かないのはおかしい。

つまり、ラヴィの耳に入っていない時点で、その署名活動が存在しないことの証明なのだ。

「……この『署名』は、別の目的のもんを転用《てんよう》したってわけだな……です」

「そうですね……しかし、いったい何を……」

「ねーねー……どゆこと？　シャオチー？　アウラン？」

完全に話に置いていかれてしまったラヴィは、涙目でキョロキョロしている。こういうときのラヴィは本当にうさぎっぽくて可愛い。しかし、このままでは可哀想なので、私がアウラに目配せすると、ラヴィに説明をしてくれた。

「おぉ!?　ってことは、もう解決じゃん！　この『署名』が偽物だってわかったじゃん!!」

ラヴィの言う通り、彼女の友人たちの証言と、その友人たちから『身に覚えのない署名である』という『署名』でも集めれば、この問題は解決できる。でも――、

「ええ、ラヴィの友人たちのおかげで、『署名』は完全に無効にできます……ですが――」

「こんなことをしたやつをぉ、許せるわけがないよねぇ？　シャオチーの気持ち私も一緒!!」

「私たちの大切な人にケチつけて、傷つけたこと――」

「……きちんと『落とし前』つけてもらわねぇとな……です」

犯人を突き止めて、しかるべき罰を与える。そうしないと、私たちの腹の虫はとうてい収《おさ》まらない。

三人で顔を見合わせてお互いの決意を確認していたら、ラヴィが私を見てニヤニヤしていた。

「なんですか？　ラヴィ？」

「いやいやぁー……なんか、シャオチー、ダイッチと喧嘩してたふうなのに、ダイッチのために頑張っちゃって……可愛いなぁ、って思ってぇ」

ニヤニヤと、私をからかうように笑うラヴィ。何を言うのかと思えば、そんなことか。

「べつに、私はまだ大地のあのやり方を認めたわけではありません」

私と大地の間の問題は、この件とはまったく別だ。

「私は大地が大切です。だから、大地を攻撃する者はなんであろうと許しません。それは本人でも例外ではないんです。今回大地を貶《おとし》めようとしている輩も、ことあるごとに自分を貶めようとする大地自身も、私は決して許しませんから」

「ぬぅ……ダイッチの問題のほうが、解決は難しそぉだぁ……あはは――……」

私の返答を聞いて、ラヴィはどこか遠くを見上げて、何やらブツブツと言っていた。


それから数日、ラヴィを通じて『署名』に名前のあった人物から話を聞いて回った。

そうやって聞き取った話をまとめることで『署名』の正体に見当がついてきた。

「どうやら、それが、この『偽署名』の正体のようですね……」

『遅刻者名簿』。

この学園では、遅刻者はこの名簿に『氏名』と『学年』を記載する決まりになっている。

そして、提出された例の署名に書かれていたのも、『氏名』と『学年』だ。

以前、パイモンの暴走で校舎が半壊したとき、翌日、大勢の遅刻者が出たのだ。

さすがにあれだけ壊れた校舎を修繕するのに、学園が休みになるだろうと多くの生徒が判断した。私は、くるみが魔法を使って、あっという間に校舎を直してしまった様子を見ていたからそうは思わなかったが、普通はそう考えてもおかしくなかっただろう。

そして、実際は学園は休みにならず、それに気づいた生徒たちが大量に遅刻してきたわけだ。

「……あの日の遅刻者は、優に学園全生徒の半数を超えてた……間違いねぇだろ……です」

「後はぁ、それを使って、誰がダイッチを貶めようとしたか……だねぇ？」

「──それにも、心当たりがあります」

私は、その心当たりを確認するために、アウラのほうに向き直った。

「アウラ、あなたに『禁書』のことを教えたのは、誰ですか？」

すると、アウラはきょとんとしたあと、何かに納得したような顔をして、私の予想した通りの人物の名前を答えた。

すべての来賓《らいひん》に対応し、学園の図書の管理を担《にな》い、あのパイモン事件のとき、現場に駆けつけた、『遅刻者名簿』の管理をしている人物の名前を──。

＊＊＊

「それで、シャオさんたちは、三人で犯人のところに殴り込みをかけた……ってとこかな?」

僕は、全力疾走で学園に向かいながら、『魔法』というものの凄《すご》さを改めて痛感した。

僕が今見たヴィジョンは、たぶん、アウラさんがアモンに施《ほどこ》した『魔法』が見せたものだ。どういう原理かは、まったくもってわからないが、学園に向かって走る僕の頭に、アモンが止まったと思ったら、いきなり頭に流れ込んでくるように、それらの映像が再生されたのだ。

「いや、でも、まさか……どうしてあの人が、こんなことを……」

アウラさんが口にした人物の名前。僕も映像を見ながら、映像の中のシャオさんと同じタイミングで、その人物に思い当たっていた。根拠もほとんど同じだ。

アウラさんの事件。アウラさんは父親が学園を訪れるタイミングで、二回とも問題行動を起こしていたけれど、どうして彼女は、父親が学園にやってきたことを知っていたのだろうか。

来賓用の昇降口は生徒の使う校舎とは反対側で、生徒の誰かがそれに気づいてアウラさんに知らせたとは考えにくい。そもそも、彼女はそういう友達自体が少なかったしな。

つまり、生徒以外の誰かが、わざわざアウラさんに父親の来訪を報告していたのだ。

もう一つ。なぜアウラさんは、図書館に例の禁書が隠されていることを知っていたのだろう?

ダークフォレスト卿に確認したが、彼女がそれを知ることはあり得ないと言いきっていた。

だから、アウラさんに、その禁書の存在と隠し場所を教えた何者かがいたということになる。

アウラさんに父親の来訪を伝えられて、禁書の隠し場所を知り、なおかつ、『遅刻者名簿』を偽装して偽の署名を用意できる——そんな人物、僕は一人しか知らない。

アモンが僕に見せた映像は、その人物のいる場所へ三人が踏み込んだ直後、不自然な形で途切れていた。普通に考えれば、その時点で何らかのトラブルが生じ、アウラさんがアモンを通じて僕に助けを求めた……ということになるだろう。

しかし、僕の知る彼女はこんなことをする人とはどうしても思えない。

とにかく、駆けつけて、どうしてあんなことをしたのか話を聞くほかないだろう。

僕は例の廃ビルに飛び込んで、壊れたエレベータのボタンを押し、転送魔法を起動する。

『社章ヲ認証。——登録者キヌガサダイチヲ確認。学園エントランスニ転送シマス。オ久シブリデス、キヌガサダイチ。完全転送マデ、アト五秒——本日モ頑張リマショウ』

数日ぶりに聞く、機械的な声に懐かしさを覚えながら、僕は転送が終わるのを待ちわびた。

暗い廃ビルのエレベータ前の景色が、見慣れた校舎の姿に代わる。

「よし、急がないと！」

完全に転送が終わって、駆け出そうとしたとき、僕が向かおうとした教室のあたりから、大きな爆発音が連続して聞こえてきた。

どうやら、『物騒なこと』になっているようだった。僕は弾《はじ》かれたように駆け出して、爆発音の止まない目的地を目指して急いだ。

土煙の舞う廊下を進むと、瓦礫《がれき》の奥からまた爆発音が聞こえてきた。

元は教室のドアだったのだろう残骸の近くに、『事務室』と書かれた教室札が落ちている。

やはり爆心地は、『事務室』で間違いなかったようだ。

信じたくはないが、どうやら犯人は彼女で間違いないようだ。

僕はアモンと連れ立って、土煙の中に飛び込んだ。本来事務室があるべきはずの空間に壁はなく、土煙の向こうには、曇天模様の空が見えている。これは、パイモンのときほどではないものの、校舎はかなり損壊《そんかい》していると考えたほうが良さそうだ。

他の生徒たちの避難なども気になったが、それよりまずはシャオさんたちの安否が気になる。

僕はシャオさんたちの姿を探して、未《いま》だに鳴り止まない爆発音が聞こえるほうへと、足を進めた。

すると、土煙の向こうに膝《ひざ》をつく人影に向かって、特大の光弾を放とうとする人影が見えた。

「――まずいっ!?」

気がつけば、僕は放たれた光弾の前に躍《おど》り出《で》て、それを『盟約の加護』でかき消していた。

誰が誰に魔法を放とうとしていたのはまったくわからない。

わからなかったが、あの魔法攻撃が直撃したら、おそらくただではすまなかっただろう。

僕は、シャオさんたちに被害者にも加害者にもなってほしくなかったのだ。

「っ!?　大地っ!?」

背後からシャオさんの声。どうやら僕は、シャオさんが被害者になるのを防げたらしい。

「もうやめてください、ミー……って、あれ？　君は確か……」

背後にいるのがシャオさんなら、今僕が相対《あいたい》しているのが犯人だと思って、立ち込める土煙の向こうの人物に話しかけた僕だったが、予想外の出来事に、状況の理解が追いつかなかった。

「――っ！　邪魔をするな、衣笠大地!!」

そう叫びながら、僕に向かって次々と魔法攻撃を放つのは、確かAクラスのクラス委員の女の子だ。蛇人《ナーガ》族のジェーンさんだったか？　少し様子のおかしい彼女の放った魔法を手で払ってかき消しながら、僕は必死に、この状況を理解しようと頭を回転させた。

「ちょ、ちょっと待って、なんで君が？　ぜ、全然状況が理解できないんだけど――」

シャオさんたちは、犯人を突き止めてここに来て……でも、目の前の彼女は、もちろん犯人ではない。むしろ、無関係と言ってもいいはずだ。

「大地、上です！　上からの攻撃にも注意をっ!!」

混乱する僕に飛んでくる、シャオさんの声。弾かれたように見上げると、そこには純白の羽根を撒《ま》き散《ち》らす、大きな翼を広げた美しい天使が笑顔を浮かべて僕に手を翳《かざ》していた。

「あらあら、バレちゃいましたねぇ……こんにちは、大地先生。そして、さようなら――」

そんな言葉とともに放たれたのは、以前魔法科の教師が放つのを偶然目にした最上位攻撃魔法。校舎が瓦礫《がれき》になるわけだ。こんな威力の魔法を撃ち合っていれば、この惨状も納得だった。

直撃すれば、確実に命を落とす一撃だ。たとえるなら、ミサイル一発の火力を半径三メートルに凝縮したようなものだと、以前くるみ先生が言っていた。

僕とシャオさん、そして、ジェーンさんもろともというつもりだろうか。自分が操《あやつ》っている味方までというのが、清々《すがすが》しいまでに悪役らしくて悲しくなった。

「ミーシャさん！　どうしてあなたみたいな人がこんなことを!!」

迫りくる魔法を薙《な》ぎ払《はら》うようにかき消して、僕はこちらを見下ろしながら笑顔を浮かべる天使様に向かって叫んだ。

「うーん、やっぱり、効《き》きませんかぁ……魔法の反応はありませんし、どうやら情報は正しいみたいですねぇ……」

僕の言葉を無視して、ミーシャさんは何やらブツブツ言っている。

「ジェーンさぁーん！　そこの瓦礫の物陰に、他の二人が隠れてますから、瓦礫ごと吹っ飛ばしちゃってくださぁーい！」

「お任《まか》せください、ミーシャ様！」

ミーシャさんの言葉を受けて、躊躇いなく放たれたジェーンさんの攻撃魔法は、僕が止める間もなく爆風とともに、瓦礫をきれいに吹き飛ばした。

瓦礫に魔法が着弾する直前に、その影から飛び出してきたのは、ミーシャさんの言った通り、アウラさんとラヴィさんだった。

ラヴィさんがアウラさんを小脇に抱えて、シャオさんのすぐ横に着地する。

「二人とも大丈夫……!?　っ痛《つ》ぅ……」

爆風によって吹き飛ばされた窓ガラスの破片が、僕の肩を掠《かす》めたようだ。

「『大丈夫？』はダイッチのほうでしょう？」

「ああ、うん。ちょっと掠っただけだから。……それより、そっちこそ大丈夫なの？」

アウラさんを地面に下ろして、ラヴィさんが僕に駆け寄ってきた。

肩に小さな怪我を負った僕なんかよりも、服もところどころ破け、体中のいたるところに擦《す》り傷《きず》を負っているラヴィさんのほうが僕は心配だ。

「あははー……私たちはさっきのミーシャの魔法と同じの食らっちゃって……アウランの魔法障壁のおかげで無事だったけど、このありさまだよ……ダイッチも気をつけてね？」

苦笑いを浮かべながら、無事をアピールするラヴィさんだが、声を聞く限り、とても無事という状態ではなさそうだった。それは見た限り、アウラさんも同じようだ。

「――やっぱり、間接的な攻撃は防げない……これも予想通りですねぇ……腐《くさ》っても魔神《まじん》ってことでしょうか？　……パイモンも少しは役に立ってくれましたね……うふふ」

何やらつぶやいているミーシャさん。その言葉を聞いて、僕は一抹《いちまつ》の不安を覚えた。

「……すまねぇ、衣笠大地……落とし前をつけるつもりが、二対三でこのざまだ……です」

申し訳なさそうに僕に話しかけてきたのはアウラさんだ。

曰《いわ》く、当初の計算では、多彩な魔法を持ち、強大な魔力と希少な回復魔法を持つ天使であるミーシャさんを相手取っても、三人の力を合わせれば圧倒できるはずだったらしい。

魔法攻撃は苦手だが、卓越《たくえつ》した武術と圧倒的な耐久性、加えて魔力も詠唱《えいしょう》も必要としない圧倒的火力の火炎息《ファイアブレス》を有する火龍人《サラマンダー》のシャオさん。

体術はからきしだが、父親譲りの底なしの魔力と、パイモンの置き土産である知識から、さまざまな古式魔法や近代魔法を扱える悪魔族《マモン》のアウラさん。

体術や魔法では二人に劣るものの、相手の心理を的確に読み解き、ブラフもハッタリも通用しない兎獣人《ワーラビット》のラヴィさん。

三人が力を合わせれば、確かに龍皇寺が相手でも圧倒できそうな気はする。

「先ほど大地が凌いだのとほとんど同じ手口に、私たちはまんまとはめられてしまいました」

シャオさんの説明によると、ミーシャさんをとっちめようと事務室に殴り込みをかけた三人だったが、扉を開けてすぐミーシャさんに操られたジェーンさんからの不意打ちにあい、状況が飲み込めないうちに、先ほどのものと同じミーシャさんの魔法を食らってしまったそうだ。

「ミーシャが、まさか無関係のジェーンを洗脳魔法で巻き込んでくるとは思いませんでした。しかも、ジェーンは私たちの学園では最強の戦闘力を有している天使族《エンジェル》と蛇人族《ナーガ》のハーフ、天使の強大な魔力と、蛇人の高い身体能力と耐久性は、上位龍族《ドラゴン》のそれに匹敵します」

さすがは最高ランクであるAクラスのクラス委員。その能力もAランクということだ。

「無関係の彼女に怪我を負わせることもできませんし、防戦一方になってしまって……」

今に至ると言うことらしい。単純な戦力で言えば、おそらくアウラさんの見立て通り、こちらの三人に軍配が上がるのだろうが、無関係なジェーンさんという人質が、彼女たちの攻撃を封殺する盾《たて》として完全に機能してしまった結果、このボロボロの現状なのだろう。

「そろそろいいですかぁ？　まったく、待ちわびましたよぉ大地先生。あなたなら、もっと早く私に辿《たど》り着《つ》いてくれると思ってたのに、なんだか下らないことに思い悩んじゃって……落ちこぼれの三馬鹿トリオが、先に私のところに来ちゃうんですもの……」

ニコニコと余裕の笑みで僕らを見下ろしていたミーシャさんは、楽しそうに語りかけてきた。

シャオさんたちは『三馬鹿トリオ』という言葉に、カチンときているようだ。彼女のそんな物言いには、僕も酷く腹が立った。そんなものお構いなしにミーシャさんは喋《しゃべ》る。

「あ、もちろんわかってますよね？　私が命じれば、ジェーンをいつでも自害させられるんですからぁ……無関係な彼女を死なせたくなかったらぁ、私の言うこと聞いてくださいねぇ。彼女も馬鹿ですよねぇ、操られるとも知らずに、ホイホイ呼び出しに応じちゃうんですからぁ」

ミーシャさんは、ジェーンさんを人質にして、笑顔でこちらを牽制《けんせい》してきた。

「あらあら、大地先生でもそんな顔をなさるんですねぇ……可愛い生徒さんを馬鹿にされて、怒っちゃいました？　でも、不甲斐ないあなたと、そこの小娘たちのせいで、危《あや》うく私の計画が台無しになるところだったんですから、これくらいの暴言は許してくださいよぉ」

いつもの口調、いつもの笑顔なのに、いちいち癇《かん》に障《さわ》る言い回しをしてくるミーシャさん。

だが、それよりも僕は、彼女の言葉の中にある違和感が気になった。

「なんだか、まるで、自分が犯人だってバレて欲しかったみたいですね？」

確認するように問いかける僕の言葉に、ミーシャさんは楽しそうに笑う。

「当然じゃないですかぁ？　こんな半端なタイミングで解雇を求める『嘆願書』なんて、どう考えても不自然じゃないですかぁ。多すぎる署名まで付けて疑うように仕向けたのに、全然こちらに来ないから、気づいてくれないいんじゃないかって、心配だったんですよぉ――」

あっけらかんと僕の言葉を肯定するミーシャさん。しかし、その思惑がまったくわからない。

「最初はぁ、この学園に混じった異物をさっさと排除したくてぇ、担当クラスの生徒に問題を起こさせて、調江《ととのえ》とあなたに責任を取らせてクビにしようとしたんですよぉ」

僕の胸の内を知ってか知らずか、ケラケラと笑いながら、自らの思惑を語るミーシャさん。

「うまいことアウラちゃんをけしかけたのに、まさかダークフォレスト卿を味方につけちゃうなんて……大地先生ってば、思った以上に優秀でホントにビックリしましたよぉ」

やはり、アウラさんをけしかけたのはミーシャさんだった。そしてそれが、僕とくるみ先生を排除するためだということもわかった。

だが、その本当の目的がわからず、どうにも理解が追いつかない。

「でもぉ、パイモンのおかげで、私たちでも、あなたを殺せることがわかったのは、本当に大きな収穫でしたよぉ――っ!!　あなたが私の仕掛けによって死を迎えればぁ、それは、私の同胞たちの大きな希望になりますからぁっ!!」

そこまで聞いて、僕は初めて、彼女の目的を理解した。

彼女の目的は、『僕の殺害』だ。

そして、先ほど感じた一抹の不安は間違っていなかったようだ。

おそらく彼女は、僕の正体に気づいている。

僕が『人間』だとわかった上で、『魔法』で僕を殺そうとしているのだ。

もしそれが実現したなら、それは『盟約の無効化』を証明することに他ならない。

それによって、もう『盟約』は絶対遵守《じゅんしゅ》のルールとして機能しなくなる。

加えて、魔物と人間の共存・共生のための教育機関である『魔物学園Mono - NOCE《モノ・ノーチェ》』の職員による『殺人』は、そんな魔物と人間の関係に計り知れない大きなダメージを与えるだろう。

つまり、彼女の計画とやらが目指す最終目的は、この『魔物と人間の関係の破壊』なのだ。

「ふーん……その顔、もう私の目的にも気がついたみたいですねぇ。さすがは大地先生。あの調江が気に入るわけですねぇ――ふふふ、でもこれで、調江もこの間違いだらけの学園もおしまいです」

僕の顔を見て、また楽しそうに笑うミーシャさん。

「どうしてミーシャさんは、くるみ先生やこの学園を否定しようとするんですか？　僕には、どちらも間違っているようには思えない……くるみ先生も他の職員のみなさんも、生徒たちの未来のために一生懸命で……それはきっとミーシャさんだって——なのに、どうして？」

「あははーっ、『生徒たちの未来のため』？　笑わせないでくださいよぉ！　その生徒の未来を閉ざそうとしているのがこの学園でしょう!?　どうしてあなたたちはそれがわからないんですか!?」

ミーシャさんの言葉には、学園と、学園を肯定する僕に対する怒りが感じられた。

「大昔の大戦で住む世界を失って路頭に迷った魔物たちに、『盟約』なんていう『呪い』を強要して、隷属《れいぞく》しない代わりに無理矢理な隠居《いんきょ》を押しつけて……人間の世界に順応させるために、教育という名の洗脳を子供たちに施《ほどこ》す……それがこの学園の正体じゃないですか」

ミーシャさんは、口調こそ変わらないが、苦虫をかみ潰《つぶ》すような表情で語った。

「魔物のあるべき姿を徹底的に封じて、『人として振る舞え』？　笑わせないでください。『生徒たちの未来のため』？　違います。全部『人間の平和のため』、『人間の未来のため』じゃないですか!?」

僕はその言動に、学園、いや、人間に対する憎しみにも似た激情を感じた。

「人間なんて、『盟約』がなければ、魔物にとって代わられてしまうような脆弱《ぜいじゃく》な存在のくせに！　どこまでも愚かな人間なんかのために、どうして私たちのほうが変わらなければならないんですか？　人間界なんて、今すぐにでも支配して、私たち魔物に隷属《れいぞく》させてしまえばいいのに！」

ミーシャさんの言葉は、きっと、魔物の誰もが一度は考え、それでも我慢してきた気持ちだ。

魔物にばかり不利益を押しつけているこの現状は、とても平等とは言《い》い難《がた》い。

人間は、大昔の魔物の善意につけ込んだのだ。魔物という圧倒的強者を前にして、圧倒的弱者である自らを守るために、知略《ちりやく》を巡らせ、魔物の脅威を封じたのだ。

それは、どこまでいっても、脆弱で利己的な人間側の都合でしかない。

だから、ミーシャさんの激情は、魔物側の正当な感情であると僕は思った。

「確かに、『人間』と『魔物』の関係は、正しいとは言えないかもしれません。同じ世界で、ともに生きるために、『魔物』にだけ不都合や不利益を押しつける今のあり方は、見直されるべきだと思います」

気づけば僕は、ミーシャさんの主張に賛同するような言葉を口にしていた。

頭をよぎってしまったのだ、街《まち》で見た『魔物』と『人間』の間の矛盾に満ちた現状が。

「驚きました。てっきりあなたも調江と同じようなことを言うものだとばかり思ってました」

そう言って、呆気《あっけ》に取られて瞬きをするミーシャさん。

「だけど、ミーシャさん。このやり方は違います。『魔物と人間のあり方』を変えるために、ジェーンさんや、シャオさんたちを危険にさらすようなこのやり方は、絶対に間違っていますせんよぉ」

「本当に、どこまでもお人好《ひとよ》しなんですね、あなたは……でも、『革命』にはいつだって、多少の犠牲がつきものなんです。可哀想かもしれませんが、彼女たちは私たちの『革命』の礎《いしずえ》として、犠牲になってもらいます。すべての魔物たちの真の平和のためです……しかたがありませんよ……」

異を唱《とな》えようとして、僕はその言葉を飲み込んだ。

気づいてしまったのだ、そのやり方は、形は違えど、僕が掲げる信念とよく似ていることに。

『生徒のために己の犠牲を厭《いと》わない』僕と、『魔物のために小さな犠牲を厭わない』彼女のやり方は、ともに何らかの『犠牲』を前提としているのだ。

「ああ、そうか。僕も間違っていたんだな……」

思わず、そんな言葉が口をついて出た。こんなときに、こんなところで、僕は自分の間違いに気づかされた。

シャオさんたちを犠牲にして目的を成《な》そうとするミーシャさんを僕が認められないのと、自分を犠牲にして誰かを助けようとする僕を認められないというシャオさんの感情は同じなのだ。

「そうです。あなたも、この学園も、そして、この世界も、すべてが間違っているんです」

僕の口から溢れた言葉を、ミーシャさんは僕も彼女の考えに同調したと捉《とら》えたらしい。

「私は、この間違いだらけの世界を正します。それは、あなたの死によって完成する。その実現もすでに決まっています。だって、こうしてあなたがここに来た時点で、私は勝ったも同然なんですから！」

ミーシャさんの解釈は間違っていた。僕は彼女の思想に同調なんてする気はサラサラない。

なにかの『犠牲』の上にしか成立しない結末は、間違いなのだ。きっとその結末には、悲し

む誰かが生まれてしまう。だから、どうにかして彼女の目的を阻止したい。

しかし、彼女の言う通り、現状はすでに決しているのだ。

このままでは、僕は成《な》す術《すべ》なく彼女によって殺され、『魔物と人間の関係の破壊』という、

彼女の掲げる大義のために、おそらくはシャオさんたちともども犠牲となってしまうだろう。

ジェーンさんという人質の存在が大きい。

彼女があちらの手の内にある以上、こちらには打つ手がないのだ。

そして、僕の想像が正しければ、ミーシャさんの計画とやらは、あと一手で完成してしまう。

「じゃあ、最終段階ですねぇ……大地先生、ジェーンさんの命が惜しければぁ――」

「――彼女の代わりに、僕が人質になれ――ですよね？」

「あはっ！　さすがは大地先生です！」

僕とジェーンさんの人質交換。それでミーシャさんは、切り札を手にできる。

ジェーンさんという盾を失っても、彼女は僕という『対三人』最強の盾を手に入れられる。

僕のことを少なからず大切に思ってくれているシャオさんたちの攻撃は、それで完全封殺だ。

仮に、彼女たちが僕の犠牲を是として、ミーシャさんに対して攻撃を試みても、その攻撃は僕を通じて『盟約』がすべて打ち消してくれる。

しかも、僕の動きも封じられ、いつでも殺せるようになる。実によく考えられた作戦だ。ジェーンさんという人質がいる以上、僕にはこの人質交換を絶対に拒否できない。

だから完全に『詰《つ》み』。本当に周到《しゅうとう》に準備された、完璧な作戦だ。

「大地!? ……また、あなたはそうやって……」

悲しそうな顔をして、シャオさんが僕を見た。彼女にしてみれば、僕はまた、自分を犠牲にするようなやり方を選んだように見えるのだろう。

事実、僕はそうすることで、ジェーンさんを助けようとしているので言《い》い逃《のが》れもできない。

「シャオさん、今までごめん。僕のやり方が間違っていた。なのに、またこんな方法でしかジェーンさんを助けられない僕は本当にダメなやつだと思う——でも、諦めたわけじゃないから」

「大地、それはどういう?」

僕を見つめるシャオさんの耳元に一言残して、僕はその返事を聞くことなく、ミーシャさんの前へ歩み寄り、両手を上げて無抵抗を表すジェスチャーをする。

「——これで、チェックメイト!」

ミーシャさんが手を翳すと、あたり一面に散乱した、粉々になった窓ガラスの破片が、僕の周囲を取り囲むように集まってきた。それらが組み合わさって、僕の立つ地面ごと切り取り、僕を中心としたガラスの球体を作り上げる。僕に直接作用しない魔法が打ち消されないことは、以前パイモンが証明していたので、ミーシャさんもそれに倣《なら》ってのことだろう。

そして、その球体をミーシャさんとシャオさんたちの間に位置取らせた。

ミーシャさんの思惑通り、彼女の切り札、僕という名の無敵の盾の完成だ。

「では、約束通り、人質は返しましょう。ジェーン、ご苦労様でした」

ミーシャさんがそう言うと、つい先ほどまで殺気立った目でこちらを睨んでいたジェーンさんは、まるで電源の切れた機械のようにガクリと膝《ひざ》からくずおれそうになる。

それを、慌てて駆け寄ったラヴィさんが、抱きしめるように支えた。

シャオさんもアウラさんも、僕を盾にされているので、身動きが取れないでいるようだ。

その膠着《こうちゃく》状態を利用して、ミーシャさんは高出力の攻撃魔法の詠唱《えいしょう》を始める。

「……おいおい、あれは、古代魔法……威力は極大《きょくだい》魔法の比じゃねぇぞ……です」

強大な威力の大魔法は、本来非常に長い詠唱時間を必要とするという。そして、その威力は、詠唱時間に比例して大きくなるのだそうだ。以前魔法科の教科書で見た覚えがある。

だとすれば、このミーシャさんが放とうとしている魔法は、とてつもない威力になるだろう。

「――そんな『悪意』に満ちたままじゃ、その魔法は打ち消されるんじゃないですか？」

「大丈夫、この魔法が滅ぼすのはあなたじゃない……あなたはこの魔法によって生じる副次結果、『爆風』によって吹き飛ばされ、その身に無数の砕《くだ》けたガラスによって傷を負うの」

僕の問いに、ミーシャさんはしたり顔でそう答えた。

「そして、今この学園にいるほとんどの魔物はこの魔法によって消滅、あなたの傷を癒《いや》す者はいなくなります……全身の裂傷からの出血なら、ほどなくしてあなたは死を迎えるでしょう」

勝ち誇るようなミーシャさんを見て、僕は確信した。

ミーシャさんは、いくつかの大きな見落としをしている、と。

確かにこの作戦はよくできている。

ジェーンさんという盾でシャオさんたちを牽制し、人質交換で僕というこの場における最強の盾を手に入れ、その盾もろともすべてを吹き飛ばす——。

彼女の前提がすべて正しければ、非常に周到な作戦だ。

でも、残念なことに、彼女は前提を間違えている。

第一に、『盟約』の解釈を間違えてしまっている。彼女は『盟約』が『人間を狙った攻撃でなければ打ち消されない』と思っているようだが、それは違う。

『盟約』が防ぐのは、『魔物』から『人間』への『攻撃すべて』だ。つまり『魔物』から放たれた『攻撃』は、その効果範囲に『人間』がいる場合、狙った対象に関係なく打ち消されるのだ。だからこそ、パイモンがアウラさんにかけていた傀儡《かいらい》魔法や、先ほどシャオさんに放たれた攻撃魔法を、僕が打ち消すことができたのだ。

僕に大怪我をさせたパイモンの魔法が打ち消されなかったのは、パイモンが魔法で行ったのが自壊するオブジェの構築で、そもそも攻撃魔法ではなかったから。また、先ほどガラスの破片で僕の頬を傷つけた魔法が打ち消されなかったのは、その効果範囲に僕がいなかったからだ。

つまり、今ミーシャさんが放とうとしている大魔法は、効果範囲に僕がいる以上、間違いなく打ち消されてしまうだろう。よって、あの魔法で僕はおろか、おそらく誰も殺せないのだ。

そういう意味で、僕は『対魔物』においては『最強の盾』であることは間違いない。

僕という盾を持っている限り、魔物であるシャオさんたちには、ミーシャさんを攻撃することはできない。

しかし『僕が最強の盾』であるのは、『僕が人間であること』が前提だ。

つまり『僕が人間でなければ』そもそもこの場には『最強の盾』など存在しなくなるわけだ。

そう、ミーシャさんの二つ目の間違いは、シャオさんの血による『龍化』を知らないことだ。

先ほど彼女が、『あなたの傷を癒す者はいなくなる』と言っていたのも、パイモンの件で死にかけた僕が、誰かの回復魔法で一命を取り留めたと思っているからに他ならない。

だから、彼女は、僕に『人間ではなくなる』手段があることを知らないのだ。

僕は、ミーシャさんに気づかれないよう、こっそりポケットから、ラヴィさんのときと同じように、シャオさんの血の入ったカプセル剤を取り出した。

以前渡されたそれの最後の一個。僕は素早《すばや》くそれを口に入れ嚙み潰しその中身を飲み込んだ。

格段に鋭くなる感覚と肩の傷の回復が、僕の身体の『龍化』を教えてくれる。

これで僕は、『人間を護る盟約の加護《かご》』から外《はず》れて、彼女の切り札『最強の盾』ではなくなった。

それは同時に、ミーシャさんの優位性の崩壊を意味している。

「ミーシャさん。誰かのために誰かが犠牲にならなきゃいけないなんて、やっぱり間違ってると思います。生徒のために自分を犠牲にしてきた僕も、魔物の未来のために子供たちを犠牲にしようとしているあなたも、やり方を根本から間違えてる――」

僕の言葉に、ミーシャさんは首を傾《かし》げて笑っていた。

「だから、僕はあなたを止めます――」

もはや僕には何もできないとタカをくくっているのだろうが、その油断が、僕の考えの正しさの証明だった。

「シャオさん！　火炎息《ファイアブレス》だ！　君の最大火力で、僕ごとミーシャさんを焼き払って!!」

突然叫んだ僕の声に、真っ先に反応したのはシャオさんだった。

「でも、そんなことをしたら大地が!?」

しかし、僕の意図に気づいたラヴィさんが、シャオさんに声をかける。

「大丈夫だよシャオチー！　ダイッチを、私たちの先生を信じてっ!!」

その言葉を聞いて、何かを決意したように頷いて、シャオさんは躊躇いなく、すべてを焼き尽くすような火炎息《ファイアブレス》を放つ。紅蓮《ぐれん》の炎が、周囲の瓦礫を燃やしながら一気に迫ってくる。

「追い詰められてどうかしちゃったんですか？　あなたがいる限り、そんな炎、なんの意味も──」

ミーシャさんは油断しきっていた。

僕が『龍化』していることなど夢にも思わず、ミーシャさんは魔法の詠唱を続けていた。

──チェックメイト。僕は心の中でそうつぶやいて、迫りくる炎にこの身を焼かれる覚悟を決めた。

そして、僕はおそらく人類史上初の光景を目の当《ま》たり《あ》にする。目の前にあったガラスの壁が、花火でビニールを燃やすときのように融《と》けながら消えていく光景──眼前でガラスが一瞬のうちに蒸発する様子は、普通に生きていれば、人間には生涯見ることのできない光景だろう。

「きゃあぁぁっ!?　なんで!?　なぜ『盟約』は打ち消さないの!?　熱いっ！　熱いぃっ!!」

僕の後ろで、ミーシャさんの悲鳴が聞こえた。ふり返ると、燃え盛る劫火の中で転げまわる姿が見える。

あの厚さのガラスが蒸発する熱量。ざっと見積もって、摂氏《せっし》数千度の炎。人間なら一瞬で蒸発する状況だ。魔物という生き物の頑丈さと耐久性の高さを痛感させられる。

この灼熱《しゃくねつ》の炎の中で、僕が無事なのは、『龍化』によって得た火龍人《サラマンダー》の性質のおかげだ。

だからこそ、シャオさんに火炎息《ファイアブレス》での攻撃をお願いしたのだ。

火龍であるシャオさんは、自ら吐く炎で火傷《やけど》を負うことはない。だったら、『龍化』した僕も、彼女の炎でダメージを受けないのではと思ったのだ。その推測は、どうやら正解だったらしい。

「って、シャオさん、もう十分だよ、ストップストップ！」

これ以上はミーシャさんの命に関わる。しかし、僕の静止の声にシャオさんは不服そうだ。

「大地に怪我をさせただけでは飽き足らず、盾にするなんて、とても許せる罪ではありません。いっそ焼き鳥にでもして、丸かじりにしてしまいましょう！」

シャオさんにしては珍しく、鼻息が荒い。

「いやいや、天使は鳥じゃないし、食べないであげてよ。それに、今はシャオさんの血のおかげで回復力も上がってる。むしろ前より元気なくらいだから大丈夫だよ」

僕は、息巻くシャオさんをなだめようと、たちこめる煙を抜けてシャオさんに駆け寄った。

「――っ!?　馬鹿ですかあなたは！　馬鹿ですねあなたは！　今すぐそれをしまいなさい!!」

煙も晴れてきて、やっとお互いの姿が見えるようになってきたと思ったら、シャオさんはそう叫びながら、口から炎を迸《ほとばし》らせた。見れば顔を真っ赤にして、僕から目を背《そむ》けている。

「え？　あ、いや……んん？　確かに僕は馬鹿だけど、しまうっていったいなんの話？」

僕は、シャオさんからぶつけられた言葉の意味がまったくわからず、思わず首を傾げた。ラヴィさんは顔を真っ赤にしながらも、興味津々《しんしん》でこちらを見つめてくる。

「ひゃー……ダイッチって、顔に似合わず、けっこうきょーぼーだぁー……」

「――お父様と同じくらい？」

「アウラ！　そんなもの見てはいけません！　大地は早く、これを腰に巻いてください!!」

ラヴィさんと同じく興味津々でこちらを見ていたアウラさんの両目を、片腕で胸に抱えるように隠して、シャオさんは僕に自分の上着を脱いで寄越してくれた。

「……腰に？　って、おわぁっ!?　ご、ごごご、ごめん!!　その……お見苦しいものを」

シャオさんから差し出されたものを見て、僕はやっと自分のしでかした失態に気づいた。

僕はそれを、申し訳なく思いながらも、急いで腰に巻く。

火龍人《サラマンダー》の性質を手に入れていた身体《からだ》は無事だったが、僕の着ていた服は普通の布だったので、シャオさんの炎で跡形もなく燃え尽きていたのだ。要するに、僕はその……裸だった。

「本当です。なんてものを見せるんですか――いくら許嫁でも早すぎます。順序があります」

「いや、もう、本当に、大変申し訳ありませんでした……って、アウラさん！　悪いんだけど、ミーシャさんの火傷を治してあげて！」

ミーシャさんの応急処置を終えたあと、僕らは彼女をアウラさんの魔法で拘束した。

そこに、大勢の武装した職員を引き連れて、くるみ先生がやってきた。

「今回の件は、すべて私の不徳の致すところだ。いろいろ迷惑をかけてしまって本当にごめん」

くるみ先生は、妙に改まって、僕に深々と頭を下げた。

「いえ、顔を上げてください、くるみ先生。迷惑だなんて僕は思ってないんですから」

なんだかいつもと様子の違うくるみ先生に少々驚きはしたものの、これは、僕の本音だ。

「いいや、違うんだ大地くん。もう、君も気づいていたようだが、これまで君が関わってきた事件に、ミーシャは悪意を持って干渉していた……私はその可能性を疑いながら、確証が持てずに何もしてこなかったんだ。それはもう、共犯と同じじゃないか――」

「言いたいことはわかります。でも、それだって、彼女が勝手にやったことで、あなたの責任じゃないですよね？　これまでも、そして今回も、結局なんとか解決できたじゃないですか。まぁ、校舎はこんなになっちゃいましたけど……」

僕は、くるみ先生の言葉を遮って、できるだけ明るい声でおどけてみせた。

それに、自分の言葉に嘘はない。それは、その言葉を聞いて『本当に馬鹿だこいつ』という顔で僕を見るラヴィさんが証明してくれている。

「それにミーシャさんがやろうとしたことは、手段とかいろいろ間違ってましたけど、その目的に関しては僕にもわかる気がするんです。この世界のあり方を、魔物と人間の関係をもっと考えて、より良い方向に変えていく必要があると僕も思いますから――」

僕の言葉を聞いて、目を見張るくるみ先生。

「君は、いったいどこまで他人《ひと》の気持ちを汲《く》むんだ……自分があんな目にあったのに、それでどうして、そんな顔して笑えるんだよ……本当にどこまでも損な性格をしているよ、大地くんは……」

そして、僕に向かってどうしようもなく出来の悪い生徒に対して向ける、呆れたような優しい笑顔を浮かべて、くるみ先生は問いかけた。

「──『答え』は出たのかい？」

僕は、そんなくるみ先生の言葉に、苦笑いを浮かべる。

「どうでしょうか……その『答え合わせ』がこれからなんです」

僕の言葉を聞いて、くるみ先生は満足そうに微笑むと、「せいぜい居残りにならないようにね」と僕の肩をポンと叩いてから、職員と意識のないミーシャさんを引き連れて去っていった。

そして、僕は僕のことを待つ、三人の生徒のもとへと歩き出した。

彼女たちと、キチンと話をするために──。


所々に点在する校舎の瓦礫。何かが焦《こ》げたような匂い。割れたガラスの破片の上を歩くと、パキンと音が鳴った。見上げれば、いつも通りの魔法陣だらけの空がある。

くるみ先生が「その格好はさすがにダメでしょ」と言って魔法で用意してくれたスーツは、少し大きかったが着心地は快適だ。魔法というものの凄さを、僕は肌で感じながら歩いた。

校舎の半分がまるで焦土《しょうど》と化し、もはやちょっとした広場になっている。

僕がその広場の真ん中に歩いていくと、三人は複雑な表情で僕を見た。

期待と不安の入り混じった、微妙な表情。僕は、そんな三人に深々と頭を下げた。

「ごめん。何も言わずに、君たちの前から逃げ出したこと、本当に申し訳ないと思ってる」

何よりも最初に、僕が彼女たちに告げるべきなのは、おそらくこの言葉だろう。

「本当に、ごめん……」

何も告げなかったことにも、逃げ出したことにも、もしかしたら、悲しませてしまったかもしれないことにも、僕は心から謝罪をしなければならないと思ったのだ。

「それに、アウラさんの魔法で、君たちが頑張ってくれたことも知ってるよ。『署名』の偽装を、君たちは三人で力を合わせて見破ってくれた。君たちを置いて逃げ出した僕なんかのために、君たちが頑張ってくれたこと……すごく嬉しかった。本当に、ありがとう」

「大地、自分のことを、『なんか』なんて言わないでください」

おずおずと口を開いたのはシャオさんだった。その言葉に、僕は思わず苦笑いをしてしまう。

これから僕がしようとしている『虫のいい話』を語る前に、キチンとけじめをつけなくてはいけないと思うのだ。だからまずは僕の胸の内をすべて彼女たちに伝えよう、そう決めていた。

「シャオさん、君が僕のやり方を『認められない』って言った気持ち、今ならわかるよ。ミーシャさんが、君たちの命を『多少の犠牲』と言ったとき、僕もそれを認められなかった……」

上手く言葉にできる自信はないが、頭をフル回転させて僕は必死に言葉を選ぶ。

「なにかの『犠牲』を前提にした結末は、やっぱり間違いだ。その結末には必ず誰かの悲しみがある。だから僕は、僕のやり方は、間違ってたんだ――」

　自分が間違っていたことをやっと自覚した。言いたかったのはそれだけだったはずなのに、気持ちとともに言葉が溢れ出してくる。

「本当はずっと間違ってるんじゃないかって思ってた。僕の人生はこれまで、失敗続きだったから――。何度も夢に破れて、挫折して、絶望して……そんなことを繰り返してた。どこかで何かを間違えてることには気づいていたけど、僕は基本的に馬鹿だから、他のやり方が思いつかなかくて……それに縋りついて、正しいんだって自分に言い聞かせてきた。だけど本当は、いつも自信はなかったんだ。だからかな、あの日、署名をくるみ先生から見せられて、『ああ、やっぱり僕は、君たちの先生として相応しくなかったんだな』って思って逃げ出したんだ――本当に最低だった……」

　僕はただ、シャオさんの言葉が正しかったという話をしたかったはずなのに、溢れる感情のままに話をしていたら、気持ちが空回りして大きく話が逸れてしまっていた。

　これでは完全に誤解されてしまう、そう思ったときには遅かった。

「どうしてそんなふうに考えるんですか!?　自分のことを馬鹿だとか、最低だとか、どうしてあなたはそうなんですか!?　――私の大好きな人のことを、なんでそんなに悪く言うんですか!　大地は、自分の駄目なところばかり見て、私の見ている大地の素敵なところを知りもしない!!　私の大切な大地を、貶めるようなことをいうのは止めてください!!」

シャオさんはその両目から大粒の涙を流しながら、僕の目の前まで歩み出て、叫ぶように僕に言葉をぶつけていた。僕の長い長い『余計な一言』を、彼女は完全に誤解していた。

「……ごめん、シャオさん、落ち着いて……誤解なんだ――」

「なにが誤解ですか!?　私は誤解なんてしてません!!　どうして『相応しくない』なんて言うんですか？　そんなわけないのに、絶対にそんなわけないのに!!　今の私があるのは、大地のおかげなのに……どうして、そんなことを言うんですか!?」

爆発してしまった感情に振り回されて、頭に血が昇《のぼ》ったシャオさんには僕の言葉が届かない。

大きな瞳から涙をこぼしながら、口から炎とともに溢れるシャオさんの言葉は止まらない。

「頑張ることから逃げていた私に、頑張ることの意味を教えてくれたのも、絶望した私に、私の望む言葉をくれたのも、私の未来を覆う暗闇を吹き飛ばして、私に未来を夢見る力をくれたのも、全部大地じゃないですか……」

自分がどれだけ僕に救われたか――それを必死に説きながら、僕を叱咤《しった》してくれるシャオさんの言葉は、涙が出そうになるくらい嬉しかった。もしも僕が、彼女たちの教師であることを諦めかけていたのなら、きっとその言葉に励まされ奮《ふる》い立《た》っただろう。

「シャオさん、落ち着いて！　お願いだから僕の話を聞いて！」

でも、違うのだ。勘違いなのだ。だって僕は、彼女たちの教師であることを諦めていない。

「私が、どれだけ大地に感謝しているか。私が、大地をどれだけ大切に思っているか。そんな大地が傷つく姿を見て、私がどれだけ苦しいのか。私が、大地をどれだけあいし――」

「――シャオさん！　僕は、これからも君たちの『先生』でいたいって心の底から思ってるよ!!」

僕は、シャオさんの言葉を遮りながら、本当はもっとあとで、違う形で言うつもりだった『虫のいい話』を叫ぶように言った。これ以上、僕は彼女の言葉を聞いてはいけない。勘違いした彼女の胸の内を覗き見することはできない。そう思ったからだ。その両頬にそっと手を添え、その顔を僕の両手で挟むようにして無理やりこちらを向かせ、その瞳を正面から見つめる。

「――ふぇ……？」

僕の言葉に、シャオさんはその口から小さな煙とともに、そんな可愛い声をこぼした。

「……ええと、――シャオさん？」

さすがに心配になって、僕がそっと声をかけると、シャオさんは再び口から炎を吐きながら、その顔をみるみる真っ赤に染めていった。

「……あぁ、あああぁぁぁぁぁ……わた、……私は、なぜあんなことを――」

僕の手を振り払って、シャオさんは僕に背を向けうずくまると、両手で頭を抱えながら淡い炎を口から垂れ流し、震える声で何かをブツブツとつぶやいていた。

「シャオチー！　大丈夫、傷は浅いよ!!　……きっと」

そんなシャオさんの横にしゃがみこんで、ラヴィさんはその肩をポンと叩きながら励ました。

アウラさんも、同じようにシャオさんの横にしゃがみこんで、彼女の頭を優しく撫でている。

そんな彼女たちの様子を眺めながら、僕はシャオさんが落ち着くまでの間、これから話すべきことを頭の中で整理した。考えなしに心のままに喋った結果がこれだ、本当はもっとキチンと考えて喋るべきだったのだ。シャオさんに恥ずかしい思いをさせてしまった。

しかし、こんな筈ではなかったのだ。予定ではもう少し格好をつけて話すつもりでいたのに、なぜだか自分の感情に振り回されて、話が大きく脱線してしまったように思う。

そう考えて、僕はあることに気がついた。

どうにも感情のコントロールが上手くいかないと思ったが、これはおそらく、以前にもあった『龍化による副作用』だ。確か、効果が切れた後に、興奮状態に見舞われるのだ。

僕は自分の心を落ち着かせるためにも、もう一度大きく深呼吸した。

「まったく！　そういうつもりなら、なんであんな紛《まぎ》らわしい話をしたんですか!?」

落ち着きを取り戻したシャオさんは、恥ずかしさの次は怒りがこみ上げてきたらしく、ご立腹の様子だ。

「うん、それは本当にごめんね、シャオさん。いろいろ思うところがあって、頭がこんがらがっちゃってさ……でも、もう大丈夫だから。今度こそ、キチンと話を聞いてほしい」

そして、僕は自分の気持ちも含めて、一度仕切りなおしてから、今度は頭を整理しながら、語るべき言葉を選んで話を切り出した。

「少しだけ話を戻すね、――くるみ先生から『解雇』の話を聞いて、いろいろ考えて自信を失っていた僕は、くるみ先生に辞表を出したんだ。君たちはそれぞれが自分の壁を乗り越えた、もう僕は必要ない……そんなふうに思ってた。でも、学園を離れて、これが正しいんだって自分に言い聞かせようとすればするほど、頭の中に思い浮かぶのは、君たちのことばっかりだった――」

自分の選択の正しさも、心の在り方も、全部見失っていた僕の心に、それでも残っていたのがそれだった。あのときの僕は『魔物のことが気になっていた』んじゃない、『人間界に溶け込む魔物たちの向こうに、彼女たちの未来を見ていた』んだ。

「本当に、君たちのことばかり考えてた……そんな時、アモンが飛んできて、君たちが大変だって知って、何ができるかもわからないのにさ、――気がついたらこの学園に戻ってきてた」

どこをどう走ったかも、もう覚えていない。それくらい夢中だった。

「あんなに頭を埋め尽くしてた悩みなんて、全部なかったみたいに吹っ飛んでた。ただ、君たちが心配で。ただ、君たちを守りたい一心で……こうして君たちの前に立っていることが、僕の答えなんだってことに、ようやく気づいたんだ」

逃げ出しておいて、投げ出しておいて、虫のいい話だということはわかっている。

「許されるなら、僕は、これからもずっと、君たちの『先生』であり続けたいって思ってる」

僕は三人に向かって、ハッキリと自分の思いを告げた。

そして、嬉しそうに顔を見合わせる三人が、何かを言おうとする前に言葉を続ける。

「ごめん、ラヴィさん。いろいろ協力してくれてたのに、僕はそれを全部台無しにしようとしてた」

「——え？　えっと、うん。べつにいいよぉ、ダイッチが馬鹿なのはいつものことだし？」

僕の言葉に少し驚いたような顔をしたあと、ラヴィさんはそれをさらりと受け入れてくれた。

「あはは、違いないね。アウラさんも、ごめん。絶対に裏切らないって、絶対に君のことを諦めないって約束したのに、僕は君のことを諦めて、裏切ろうとしてた——」

「……いい。あんたは自分の失敗をきちんと認めて謝れた、それでいいんだっていったのは、他でもないあんただろ？　……です」

唐突に謝罪を伝える僕に、いつか僕が送った言葉を彼女はそっくりそのまま返してくれた。

次に、シャオさんを見る。彼女もまた、緊張しているのか顔をこわばらせていた。

「えっと、その、しゃ、シャオさん。さっきの言葉、すごく嬉しかった。ありがとう。それにごめん。君の未来と、その隣に、無理矢理割り込んだくせに、僕はそれを全部投げ出して、逃げ出そうとしてた。本当に、本当に最低だった……本当に、ごめん」

「ほ、掘りおこしゃにゃいでください!!　……はぁ……まったく……、あなたの言う通り、その点に関しては、本当に最低です……本当に、最低、最悪の許嫁です」

シャオさんが、顔を真っ赤にして噛んだあと、ため息まじりに言った言葉は、まさにその通りすぎて僕は返す言葉もなかった。

「僕は、やっぱり君たちの『先生』でいたい。君たちの『先生』であり続けたい。君たちに寄り添って、君たちの成長を、誰よりも近くで見ていたい——だから、だからこそ、僕は、僕が君たちの本当の『先生』であるために、言わなきゃいけないことがあるんだ——」

ずっと迷っていた。

教師として、彼女たちの前に立ち、彼女たちの未来を正しく導こうとする僕が、彼女たちに嘘をついて騙《だま》していていいのだろうか、と。

「……君たちは、今回のミーシャさんの行動をどう思う？　『盟約』っていう絶対遵守のルールで、自分たちと同じように生きることを強要する『人間』から魔物たちを解放するために、あんなことをしてしまった彼女を」

「ダイッチ！　何を話すつもり？　まさか——!?」

真っ先に反応したのは、すべてを知るラヴィさんだった。僕はそんな彼女を、笑顔で制する。

ラヴィさんの危惧した通りだった。人間との共存に反対するミーシャさんに、僕は命を狙われた。僕が人間だという事実は、魔物たちに、どうしたって波紋を投げかけてしまうのだろう。

ラヴィさんと僕とのやり取りの雰囲気と、僕が何を語ろうとするのかわからない不安から、戸惑《とまど》いを隠せないシャオさんとアウラさん。そんな二人に、僕は意を決して語りかけた。

「僕は、君たちに、ずっと隠してきたことがあるんだ」

もしかしたら、それで僕は、彼女たちから拒絶されるかもしれない。

それでも僕は、彼女たちに胸を張って、『先生』を名乗れる自分でありたい、そう思うから。

「――僕は、『魔物』じゃない。ただの『人間』なんだ」

三人の目を真っ直ぐ見つめて、ハッキリと、僕は自分の正体を明かした。

キョトンとするシャオさん、首を傾げるアウラさん、片手で顔を覆ってため息をつくラヴィさん。三者三様の反応を見せる三人に、僕は再び頭を下げて言葉を続ける。

「これまでずっと騙してて、本当にごめん……」

頭を下げたままなので、僕には彼女たちの表情がわからない。

失望されただろうか、裏切られたと思ったかもしれない。嫌われてしまったかもしれないし、これまでの信頼を失ったかもしれない。いろいろな不安がこみ上げて頭の中がいっぱいになる。

でも、こうして真実を明かすことで、初めて僕は、彼女たちと本当の関係が築けるのだと思うから。

「正体を隠して、嘘をついて、逃げ出して、迷惑をかけて、間違ってばかりの、何の力もないただの『人間』の僕だけど、もし許されるなら、受け入れてもらえるのなら、今度こそ、本物の、君たちの『先生』に僕はなりたい」

込み上げる不安を、なけなしの勇気を振り絞って押し殺す。

「――僕を、君たちの『先生』にしてください。お願い……します」

情けなく震える声を途中で裏返らせながら、僕は声と同じく震える手を三人に差し出した。

「はぁーあ……本当にどうしようもないなぁ、ダイッチは……『先生』にしてって、普通生徒に頼む先生なんて聞いたことないよ？」

最初に声をあげたのは、ラヴィさんだった。

「でも、『恩を返す』って言ったでしょ？　だから、そのお願い、聞いてあげる」

「ラヴィさん……」

差し出した僕の手に、そっと手を重ねて、呆れたように笑うラヴィさん。

「──愚問だな。この身すべては、元よりあんたのものだ。──それに、『先生』は『生徒』がいて初めてなれるものだしな……私もその『生徒』の一人として協力するぜ……です」

「アウラさん……」

僕の手に手を重ねるラヴィさんの手を包むように握る、アウラさん。

「断るわけがないじゃないですか。どうか、私の、私たちの『先生』であり続けてください」

そう言って、僕らの手にその手を重ねてくれる、シャオさん。

「こんな僕で……いいの？　『人間』の僕が、君たちの先生で……いいのかな？」

「──不格好でもいい、情けなくてもいい。『魔物』なのか『人間』なのかなんて関係ない……私の『先生』は、他でもない大地です。他の誰でもない、大地でなければ、嫌なんです」

情けない声を出す僕に、微笑みかけてくれたのはシャオさんだ。

「本当に、馬鹿ですね大地は。確かに、ミーシャのような考えを持つ魔物も、少なくはありません。でも、そうじゃない魔物もたくさんいるんです。私からしたら、魔物も人間も大差ありませんよ。むしろ、人間のことを尊敬すらしています」

呆れるようにため息をついて、シャオさんは言った。

「人間は私たちより圧倒的に弱く、寿命も短い。ですがそれを認め、乗り越えようと必死にあがいて、さまざまな不可能を可能にしてきた。翼も魔法も持たない人間が、空を超えて宇宙に至るなんて……そんな素晴らしい人間の歴史を教えてくれたのは、大地ですよ？」

シャオさんが、そんなふうに人間のことを考えていたなんて知らなかった。

「……魔力がねぇんだから『盟約』で守るのも当たり前だろ？　スポーツだってなんだって、ハンデなんてつきものじゃねぇか。それを狡いなんて思わねぇよ。それに、『鉄壁』なんていう聞いたこともない能力じゃなく『盟約』のおかげだったたってほうがよっぽど納得いくしな……です」

あっけらかんと言いきるアウラさん。その目は「何をくだらないことを」とでも言いたげだ。

そんな二人の言葉を受けて、僕とラヴィさんは、思わず顔を見合わせてしまう。

こんなにもあっさりと、二人が僕の正体を受け入れてくれるとはさすがに思っていなかった。

「私は、たとえ大地が魔物でも人間でも、最低で最悪でも何も変わりません。病めるときも健やかなるときも、喜びのときも悲しみのときも、富めるときも貧しきときも、ともに助け合い、支えあって、その命の続く限り、真心を尽くし寄り添い合うのが夫婦ってものじゃないですか？」

「あはは……ありがとう――でも、僕と君は、夫婦じゃないよ、……シャオさん」

「あなたが、自分を大事にするのが苦手なら、私が妻として全力で、あなたを守ります！」

――本当に、シャオさんには、敵わない。

シャオさんにだけじゃない。僕は本当に、彼女たちには敵わない。心の底からそう思った。

『魔物』か『人間』かなんて関係なく、僕がいいと言ってくれる、かけがえのない生徒が居る。

今度こそ本当に、心から彼女たちの『先生』になりたいと思う、ただの『人間』の僕が居る。

教師だからとか、そんなの関係なく、『目の前の生徒のために、全身全霊で頑張る』。

『教師の務め』だからじゃない、僕がそうしたいから……それが、僕の新しい信念になった。

「僕、今度こそ、絶対になってみせるよ、『先生』に。他の誰でもない、君たちの『先生』に！」

僕を真っ直ぐ見つめる、彼女たちの気持ちに背中を押されて、僕はそう、決意するのだった。

「あ……れ？　なん……か……眩暈《めまい》……が……」

「大地？　どうしました、大地!?」

張り詰めていた糸が切れて、安心したからだろうか？

不意に、強烈な眩暈に襲われた僕のふらつく身体を、シャオさんがそっと抱きとめてくれた。

「……『龍化』に加えて、超高温状態耐久による消耗……単純に電池切れ……です」

遠くでぼんやりと聞こえるアウラさんの声を聞きながら、全身の血が逆流するような感覚のあと、身体に力が入らなくなり、僕はそのままシャオさんの胸で眠るように意識を失った。

エピローグ

目覚めたら医務室のベッドの上っていうパターンは、なんだか漫画の主人公みたいだな。

見れば、僕の手を握ったまま、シャオさんとアウラさんが眠っていた。

眠っている二人を起こさないように注意しながら、そっと身を起こすと、ベッドの横の椅子に腰かけたくるみ先生が小さな声で僕に声をかけてきた。

「どうやら、答え合わせは上手《うま》くいったみたいだね」

「えーと、はい。おかげさまで……」

僕の様子を見て、くるみ先生は嬉しそうな顔をして笑ってくれた。

くるみ先生は声と表情を真面目なトーンに変えると言葉を切って、一度深呼吸した。

「ミーシャは、私の古い恩人の娘でね……昔は素直で優しい女の子だった。そんな彼女が、父が死に、母と祖母のためと、私を頼ってきてくれたから、快く学園事務として雇ったよ」

語られたのは、僕が雇われる少し前のミーシャさんの過去だった。

「真面目に働いてくれたよ。一生懸命で、職員たちの評判もすこぶる良かった。本好きだったから、図書館の蔵書の管理を申し出てきたときも、信頼できるって思って任せられた――」

　その声のトーンで、その信頼が厚いものであったことが伝わってきた。

「だから、あの『パイモン』の一件はショックだった。あの本の所在を知ってたのは、ダークフォレスト卿《きょう》と私、そしてミーシャだけだったからね。卿がアウラに本のことを教えるわけがない。私はすぐにミーシャの仕業《しわざ》だと気づいた。でも、それでも、私はあの子を信じたかった」

　思い返せば、彼女の悪評を一度も耳にしなかったが、それはラヴィさんのときと同じだった。

　ミーシャさんも、ラヴィさんと同じで、いい人を演じていたのだろう。

「信じたくていろいろ調べたよ。そして、わかったのはあの子の父親についてだった。あの子の父親は、人間界で教師をしていた。実直で頑固者だけど、子供が好きで、生徒思いのいい教師だった。そんな彼は生徒たちからの暴行が原因で亡くなったんだそうだよ」

「人間による、暴行……」

　魔物《まもの》は、『盟約《めいやく》』のせいで人間には決して歯向かえない。

「素行の悪い生徒を更生させようとして叱りつけた報復に、集団暴行を受けたそうだ。ショックだったんだろう……そのまま行方をくらませて、数日後に遺体で見つかったそうだ。自殺の可能性もあったらしい――」

　やるせない話だった。でも、僕もラヴィさんを助けようと嫌われ役を演じたからわかる。ときに教師は、生徒の敵になってでも、その生徒をどうにかしたいと思う瞬間があるのだ。

「父親は生徒のためにとその事実を隠していたそうだ。けれど、葬儀のとき、一人の生徒がミーシャに真相を語ったらしい——ミーシャは『人間』と『盟約』を、そして、『人間に紛れて生きる』という今の魔物の在り方を、強く憎んだんだろう……」

父親を死に追いやった『人間』、そして、抵抗を許さなかった『盟約』——彼女が語った言葉の一端を、僕は少しだけ理解できた気がした。

「そして、ミーシャは君に目をつけた。理事長直々《じきじき》の推薦で教師になった君に問題があれば、私や学園の信用を地に落とすことができる……そんなふうに考えたのだろうね。君が失敗するように嫌がらせをしていたみたいだよ？　男が持つには不似合いな可愛いレターセットを譲って生徒から気持ち悪がられるように仕向けたり、アウラたちの不安を煽《あお》ったり、君の解雇を望む署名を捏造して学園から追い出そうとしたり、最終的には、その命を奪おうとしたり……ね。結局、なに一つ成功させられなかったわけだけど——」

えげつない手段を選んでいるわりに、結局僕なんかの力で解決できてしまったのは、彼女の中にどこか迷いがあったからなんじゃないだろうかと僕は思う。もし、彼女が本気で僕を陥《おとし》れようとしていたのなら、ジェーンさんのときように、生徒や職員を操ってもっといろいろなことをしてきてもよかったはずだ。なのに、彼女は最後の最後まで、そうすることをしなかった。

「なんか、嫌《いや》がらせの詰めが甘すぎるところはアウラさんに、猫っかぶりの外面《そとづら》はラヴィさんに、真っ直ぐな愛情はシャオさんに似てる気がしますね」

「――君ってやつは……本当に――……ああ、そう、かもしれないね」

僕の言葉に、驚きながらも同意してくれたくるみ先生。きっと、根は悪い魔物ではないのだ。でも、そんな彼女が復讐を誓いたくなるくらい、彼女はお父さんのことが好きだった。

「そんなわけで、ミーシャのことを学園に引き入れたのも、パイモン事件のあと、疑わしいと思いながらも、彼女を泳がせ続けてしまったのも私だ。その結果、君は学園一の嫌われ者となり、解雇寸前までに至った。すべては私の責任だ。本当に、申し訳ない限りだ」

「わかりました。では、その言葉はきちんと受け止めたうえで、許します。僕はこれまで、さんざんくるみ先生にも、ミーシャさんにも救われてきました。だから、両成敗《りょうせいばい》ってことで」

僕の言葉に、なぜかまた、くるみ先生は驚いたような顔をしていた。

「ミーシャさんは、このあとどうなるんですか？」

その僕の質問に、くるみ先生は答えにくそうに苦笑いを浮かべた。

「魔物の世界の刑務所行きだよ。実は彼女、魔物の世界の反社会的集団とつながっていたらしい。『征人会《せいじんかい》』。人間界の征服や人類の魔物への隷属を目的とする集団だ。加えて、あの大立ち回りだ……やったことを考えれば当然だろうね。でも、彼女の罪を君がすべて『未遂』にしてくれたおかげで、それほど重くはならないと思う。彼女が罰せられるのは、彼女が罪を働いたから。彼女の結末について、君が気に病むことはないよ」

因果応報《いんがおうほう》。それは、おそらく正しいのだろう。でも――。

「――いいえ、気に病みますよ。少なくとも僕は、彼女のことを、同じ職場の仲間だって思ってましたし、それは今も変わりません。だから、盛大に気に病みます」

「――本当に、君は、馬鹿なんだね」

「とうとう、ストレートに『馬鹿』って言われた!?」

僕はやっぱり、ミーシャさんのことを恨んだり憎んだりはできそうにないのだった。

不意に、僕の両手を握ったまま眠っていた少女たちが、もぞもぞと身じろぎをし始めた。

「なんですか？　うるさいですね……って、大地!?　無事ですか!?　どこも痛くないですか!?」

「――衣笠大地、おはよう。無事でよかった……です」

僕が大きな声を出したもんだから、シャオさんとアウラさんが起きてしまったようだ。

「なになに、ダイッチ、目が覚めたん!?　おはよー！」

騒ぎを聞きつけて、医務室に飛び込んでくるラヴィさん。医務室の外で待っていたのだろう。

「可愛い生徒に囲まれて、君は本当に幸せ者だねぇ……ああっと、そうだった。伝え忘れるところだったよ。――私が預かっていたものは、焼却したから。この意味わかるよね、大地先生？」

ラヴィさんと入れ替わりに医務室を出て行くくるみ先生は、三人にもみくちゃにされる僕を見て、ニンマリ笑って手を振った。

くるみ先生が去ったあとの医務室では、ドラゴン少女が心配そうに僕を見上げ、ウサ耳少女が楽しそうに跳《は》ね回《まわ》り、悪魔少女が安心したような笑顔で本を取り出し読み始めた。

彼女たちと初めて顔を合わせたあの日のような光景に、僕はもみくちゃにされながらも、なんだか胸がいっぱいになった。

ミーシャさんの処遇については残念だけど、くるみ先生の話では、そう遠くないうちにまた会えるそうだ。罪を償《つぐな》った彼女と、いつかまた、きっと出会える、そう思う。

だったらそれまで僕は、彼女の苦しみに気づけなかったことを気に病むことにしよう。

生徒たちと一緒に守った、この大切で賑《にぎ》やかな、日常の中で。

ホールのざわめきが、舞台袖《そで》にいる僕にも聞こえてきて、僕がステージに立つわけでもないのに、緊張してきた。見れば、シャオさんも緊張でカチコチになっているようだ。

「だ、大地……こういうときは、手のひらに『魔』の字を三回書いて飲み込むんでしたっけ？　あれ？　『魔』ってどう書くんです？　大地、笑ってないで教えてください!!」

ソロパートを任されてしまったシャオさんは、もう緊張でガチガチだ。

気休めに教えたおまじないだったが、今思えば画数が多すぎた。平仮名の『ま』か、カタカナの『マ』の字にするべきだったと反省する。

「みんな！　ワッ、トゥッ、スリッ、フォッ!!　で歌いだしだからね！」

おそらく一番目立つ、一番視線が集中する立場に居るはずのラヴィさんは、僕らと違って楽しそうに笑っている。それはアウラさんも同じで、もう次が僕ら合同クラスの出番なのに、楽譜を読むどころか、昨日買ったという新しい小説を黙々と読んでいるのだから大したものだ。

あれから数週間、彼女たちはそれぞれの役割をこなしながら、必死に練習し、Ａクラスの生徒たちとも団結して、とうとう『合唱コン』の本番、彼女たちの合唱の順番を迎えたのだ。

「それじゃ、ダイッチ！　出番だから行ってくるねぇ～」

「い、行ってきます。健闘を祈っていてください。大地」

二人は僕に向かってそう言って、アウラさんは無言で親指を立てて、それぞれステージへ出ていくために僕に背を向け歩きだす。そんな三人に、僕は苦笑いを浮かべる。

「あのね、そろそろちゃんと、僕のことを、『先生』って呼んでほしいんだけどな？」

僕の言葉に、「ダイッチはダイッチじゃん」と笑うラヴィさん。「気が向いたら呼んであげますよ」と微笑むシャオさん。アウラさんには、呆れた表情をして鼻で笑われた。

「ちょっと！　僕を君たちの『先生』にしてくれるんじゃなかったの!?」

さて、本当にいろいろあって、いろいろ悩んで、やっと僕にもわかったことがある。

それは――。

「僕のことを、『先生』って呼んでよっ!!」

この魔物な生徒たちに、これからもずっと僕は『先生』と呼ばれていたいのだということだ。

あとがき

はじめまして、もしくは、ご無沙汰しておりました、花井《はない》です。

本作は、アウラから始まりました。魔物《まもの》×教師というテーマを決めて、最初に浮かんだのが、主人公の授業に「ホウホウ」と呟《つぶや》き頷《うなず》くフクロウの魔物の女の子でした。彼女メインの企画書は、担当さんに「メイン向きじゃない」と却下されたのですが。思い返せば本作では、度々《たびたび》担当さんと闘いました。でも、その過程でシャオがラヴィが生まれ、気付けば作品が出来上がっていて、気が付けば三年半が経っていました……。ちなみに、大地にはモデルがいます。実在の人をモデルにキャラを考えたのは初でしたが、驚くほど自然に主人公になってくれました。

では、最後に謝辞を。お久しぶり先生、魅力的なイラストに一目惚《ぼ》れでした。本当にありがとうございました。担当編集様には感謝が尽きません。加えて、jブックス、並びにダッシュエックス文庫編集部の皆様、再び本を出す機会をくださり、誠にありがとうございました。また、大地のモデルにさせてもらったS先生、応援してくれた生徒達、支えてくれた家族にも感謝を。そして、この本を手に取ってくださった全ての読者様、あなたに最上の感謝を捧げます。本当にありがとうございました。また、お会いできることを信じて。

二〇十八年　初夏

この作品の感想をお寄せください。

あて先　〒101-8050　東京都千代田区一ツ橋2-5-10
集英社　ジャンプ・ノベル編集部　気付
花井利徳先生　お久しぶり先生

ダッシュエックス文庫

「まもの」の君に僕は「せんせい」と呼ばれたい

花井利徳

2018年5月30日　第1刷発行

★定価はカバーに表示してあります

発行者　鈴木晴彦
発行所　株式会社　集英社
〒101−8050　東京都千代田区一ツ橋2−5−10
03(3230)6297(編集)
03(3230)6393(販売／書店専用)03(3230)6080(読者係)
印刷所　図書印刷株式会社

ISBN978-4-08-631249-3 C0193